ANOUSKA KNIGHT

desde

que

no

estás

Editado por Harlequin Ibérica.
Una división de HarperCollins Ibérica, S.A.
Núñez de Balboa, 56
28001 Madrid

© 2013 Anouska Knight
© 2015 Harlequin Ibérica, S.A.
Desde que no estás, n.º 75 - 1.2.15
Título original: Since You've Been Gone
Publicada originalmente por Mira Books, U.K.

Todos los derechos están reservados incluidos los de reproducción, total o parcial. Esta edición ha sido publicada con autorización de Harlequin Books S.A.
Esta es una obra de ficción. Nombres, caracteres, lugares, y situaciones son producto de la imaginación del autor o son utilizados ficticiamente, y cualquier parecido con personas, vivas o muertas, establecimientos de negocios (comerciales), hechos o situaciones son pura coincidencia.
® Harlequin, HQN y logotipo Harlequin son marcas registradas por Harlequin Enterprises Limited.
® y ™ son marcas registradas por Harlequin Enterprises Limited y sus filiales, utilizadas con licencia. Las marcas que lleven ® están registradas en la Oficina Española de Patentes y Marcas y en otros países.
Imagen de cubierta utilizada con permiso de Harlequin Enterprises Limited. Todos los derechos están reservados.

I.S.B.N.: 978-84-687-5621-9
Depósito legal: M-30443-2014

Con su primer libro, *Desde que no estás*, Anouska Knight ha obtenido un gran éxito internacional, apareciendo en las listas de *bestsellers* y mereciendo los elogios de escritoras consagradas.

Y no es nada sorprendente, porque tiene un ritmo ágil y la narración no se estanca en ningún momento, llevándonos en un vuelo hasta el final.

En este relato de segundas oportunidades, nuestra heroína se pregunta cómo se puede seguir viviendo después de haber perdido al amor de tu vida, y no cree que la respuesta pueda encontrarla en un rico playboy.

Desde que no estás expone de una manera muy clásica la historia de amor entre los protagonistas, pero también resulta muy refrescante y actual. Los personajes secundarios son muy interesantes, entrañables algunos, y no falta la bella antagonista encaprichada del protagonista que causa malentendidos entre la pareja.

En definitiva, una novela muy romántica que queremos recomendar a nuestros lectores, y que estamos seguros de que los hará fans de Anouska Knight.

Feliz lectura

Los editores

Para mis chicos, a los que quiero más que a la nieve.

Capítulo 1

Se suponía que iba a ser su día libre. Había prometido que no tardaría. Solo tenía que ir a ver qué tal se estaban portando los chicos, para que no corrieran riesgos. No quería tener que redactar informes sobre miembros amputados durante un tiempo, y para eso debía estar muy encima de ellos. Yo había prometido hacerle su plato preferido; *linguine* con limón y albahaca y él había prometido estar en casa a tiempo, antes de que se pasaran los *linguine*.

De todos modos, ahora no me parecían tan apetitosos. Miré el engrudo de pasta fría que llevaba un tiempo mareando en el plato y procuré no sentirme abandonada. Puse automáticamente el cuchillo y el tenedor encima, con los mangos en paralelo y a las cuatro en punto, como era de rigor para señalar que se había terminado de comer, y me pregunté otra vez por qué demonios me tomaba esa molestia.

Los modales en la mesa eran una de esas ironías que tiene la vida. Resultaban completamente superfluos para quienes comían casi siempre con personas a las que en realidad no les importaba que una pusiera o no los codos en la mesa. Pero mi madre, Pattie, nos los había inculcado a machamartillo cuando éramos pequeñas, y se habría horrorizado al ver a su pequeñina comiendo de cualquier manera en la barra del desayuno, en vez de usar una de sus doce e innecesarias sillas de comedor. Enterarse de cuántas veces comía su hija de pie delante del fregadero habría bastado para que tensara la boca.

El tic de la desaprobación: yo lo había visto muchas veces.

Todos sabíamos que mi madre había soportado una vida de vergüenza y frustración por no poder llevar el tren de vida de sus amigas con el sueldo, más bien mediocre, de mi padre. Quería a mi padre, eso también lo sabíamos, ¿cómo no iba a quererlo?, pero no pudo resistirse al impulso de intentar compensar sus frustraciones educándonos a Martha y a mí como si estuviéramos matriculadas en una especie de escuela de etiqueta para señoritas finas, de donde saldríamos inmejorablemente pertrechadas para «pescar» a un abogado o un médico. A cualquiera, en realidad, que fuera un buen partido. Pensaba que las niñas debían ser señoritas educadas para encontrar un marido que les proporcionara una buena posición social y, por tanto, una vida de dicha eterna.

Pero yo a esos me los conozco bien.

En el caso de mi hermana la estrategia de mi madre había calado bien hondo, aunque Martha había sido lo bastante lista para buscarse un marido que, además de ser abogado, tenía un gran corazón. Pero yo, la primera vez que vi a Charlie cargando troncos en el camión de su jefe, con los brazos morenos y los músculos abultándosele bajo la camisa de guardabosques, sin tener ni idea de su propio atractivo, comprendí enseguida para quién iban a ser mis modales en la mesa.

Mi madre me dijo que Charlie era muy tosco. «Nada refinado», dijo, aunque rebosara encanto. Que con veinticinco años era demasiado joven para casarme, por lo menos, con un guarda forestal, y que todo aquello acabaría en lágrimas.

Tenía razón. Charlie me había hecho llorar mucho últimamente.

Miré los trocitos de albahaca que se pegaban al plato, delante de mí.

Tenía que llamar a mis padres.

Hacía casi tres semanas que no hablaba con ellos y se suponía que tenía que mantenerles al tanto del grosor que alcanzaban los tobillos de Martha. Tener veintisiete años no me permitía desentenderme demasiado de las exigencias agobiantes de mi madre, pero por suerte las tres horas de vuelo entre el Reino Unido y su casa de Menorca, donde vivían desde su jubilación, me permitían un pequeño respiro.

El taburete en el que estaba sentada se tambaleó un poco cuando me bajé y rodeé la barra del desayuno para dejar mi plato y mis cubiertos en el lado izquierdo del fregadero de porcelana de dos senos. El señor Jefferson y yo habíamos optado por dividírnoslo: un lado para él y otro para mí. Sobre todo porque yo no soportaba que Charlie irrumpiera en la cocina con los brazos cargados de verduras llenas de barro, y en parte porque tenía su punto de encanto tener dos pilas, la una al lado de la otra, delante de la mejor ventana de la casa. Son ese tipo de decisiones raras que se toman cuando una está borracha de amor. Esa época feliz, antes de que llegaran las lágrimas.

Busqué algo más que fregar en la encimera mientras el agua caía sobre los pocos cacharros que había dejado en la pila. Eran las siete menos cuarto.

«¿Dónde está?», me pregunté, echando un buen chorro de lavavajillas en el agua humeante. Ya le había avisado de que la cena estaba lista.

Fuera seguía sin haber ni rastro de él cuando hundí las manos en la espuma caliente. Empezaba a tener un poco despellejada la piel de entre los dedos. Podía invertir en un par de guantes de goma, pero me lavaba tantas veces las manos en la pastelería que me parecía absurdo ponerme guantes en casa.

Martha dice que soy la única persona que conoce que

opta conscientemente por usar el fregadero antes que el lavaplatos. Ella es la única persona que yo conozco que opta conscientemente por tambalearse sobre unos tacones de aguja estando embarazada de ocho meses, aunque tenga los tobillos del mismo grosor que las rodillas. Ha intentado convencerme de las ventajas de llevar tacones: alargamiento de la pierna, porte, feminidad en general, del mismo modo que yo he intentado explicarle que, a no ser que tengamos invitados para cenar, tardaría una semana en llenar el lavaplatos. Además, por disfrutar de esta vista del valle vale la pena que de vez en cuando se te agrieten un poco las manos.

Cuando le compramos nuestra mitad de la granja a la señora Hedley, la vecina de al lado, agrandamos la ventana de la cocina solo por esa razón. Una vista impresionante desde la pared lateral de la casa, sobre la suave pendiente de nuestros prados y hasta las aguas negroazuladas del embalse.

Por esa ventana se ven todos los colores de la naturaleza, gracias en buena medida a la debilidad de Charlie por plantar todos los bulbos, arbustos y árboles que caen en sus manos. Cuando empezamos a reformar la casa, se empeñó en ponerse a plantar para que, mientras nosotros nos peleábamos por el color de las habitaciones, fuera creciendo el jardín.

Al final tuve que empezar a esconderle la cartera durante el horario de apertura del vivero. Ahora reside en mi cómoda, junto con otras cosas importantes pero inútiles.

De pronto me di cuenta de que me había puesto muy quisquillosa con él.

No me esperaba que el agua del grifo estuviera tan caliente, aparté la mano después de escaldármela y seguí mirando a través del cristal. Había que segar los prados. La hierba crecía altísima entre las patas de los muebles oxidados del jardín.

«¿Dónde está?», me pregunté otra vez.

Desde allí, en línea recta, veía la mitad del embalse. El resto lo tapaba el pequeño soto de árboles y matorrales a los que Charlie les había recortado la copa después de nuestra última bronca gorda. Las sierras mecánicas eran una forma poco habitual de aliviar la tensión, pero a él le había servido y los árboles estaban ya casi de la misma altura. Si hubiera tenido que apostarme algo, habría dicho que mi díscolo acompañante estaba por allí, en alguna parte.

No podía andar muy lejos, pero evidentemente había encontrado algo mucho más interesante que mi pollo con pasta. Puede que estuviera enfadado conmigo: esa mañana le había gritado. Era la segunda vez esa semana que me dejaba plantada a la hora de cenar, pero no iba a ponerme a gritar en el umbral como una verdulera y a dejar que se me enfriara la comida. Si quería cenar más tarde, muy bien, pero, como siguiera así, acabaría comiendo de lata.

Había pasado menos de tres minutos delante del fregadero y ya estaban fregados los platos. Jamás convencería a Martha, pero ella y yo siempre habíamos sido muy distintas. La fotografía que había en la repisa de la ventana lo atestiguaba.

Cuando se había hecho aquella foto yo tenía el pelo más largo, pero me había resultado más fácil controlar los ataques de ansiedad después de cortarme aquella mata de rizos rebeldes. Cuando una se despertaba por las noches boqueando medio asfixiada, el pelo largo era un estorbo fácil de evitar.

Más al fondo de la cocina, donde la luz inundaba la habitación desde primera hora, el aire era más cálido. Charlie había creado allí una trampa para el sol entre dos estanterías de color crema que había construido en perpendicular al asiento de la ventana. Era allí donde le gustaba desayunar, con el sol a la espalda y el perro cerca de los pies.

Su madre había dicho que la vista de ciento ochenta grados que se tenía de todo el jardín desde la cocina nos vendría muy bien cuando empezaran a llegar los nietos. Sobre todo si eran tan traviesos como su padre. Pero aquí el problema no eran los niños traviesos.

La puerta lateral chasqueó al abrirse cuando salí al jardín.

—¿Dave? ¿Dave? ¡Ultimo aviso, grandullón!

Un puñado de pájaros levantó el vuelo entre las copas de los árboles que había cercenado Charlie. Ya venía. Lo vi subiendo al galope por la cuesta.

Qué feo era. Un espectáculo grotesco de pelo marrón claro que subía corriendo por la ladera hacia mí, con la cara volando en todas direcciones y la negra papada desafiando momentáneamente la fuerza de la gravedad.

Al llegar a mis pies, se sentó y batió el suelo con la cola.

—Hola, Dave —él respondió con un soplido—. Llegas tarde a cenar —lo miré con mala cara.

No pareció arrepentido cuando lo seguí dentro de casa.

Me quité las botas en la entrada mientras lo oía olfatear el pollo que le había dejado. Cuando empezó a sonar el teléfono detrás de mí, ya había subido media escalera.

Sabía que sería Martha, que llamaba para preguntarme qué asado debía hacer para el domingo. Yo no quería quedarme a comer, pero aún no sabía qué excusa iba a ponerle.

El teléfono siguió sonando, produciéndome un escozor en la conciencia. Quizá no se tratara de la comida. A lo mejor era por el bebé. Acababa de alargar la mano para contestar cuando saltó el contestador:

—*Hola, has llamado a la ruina de los Jefferson. Ahora mismo no podemos responder al teléfono: yo estaré en alguna parte colgado de una escalera y Holly habrá salido a suplicarles a nuestros amigos que vengan a ayudarnos. Deja un mensaje.*

—¿Hol? Soy yo. Solo quería saber si te apetece que el domingo haga cordero. ¿O prefieres pollo? Creo que también tenemos pollo, si lo prefieres. ¿Por qué no has llegado aún? Llámame cuando llegues. Bueno, te quiero, adiós.

Dave se reunió conmigo al pie de la escalera.

—¿Ahora quieres hacerme compañía? ¿Conque me dejas plantada para cenar, pero te apetece ver cómo me ducho?

No contestó.

Los peldaños de madera desnuda me parecieron muy duros cuando volví a subir, pero no tener alfombras ni papel pintado tenía sus ventajas, como no tener que preocuparse si un mastín de noventa kilos te seguía por la casa.

Dave se tumbó en las baldosas del cuarto de baño mientras yo daba brinquitos bajo los chorros humeantes de la ducha. Como de costumbre, las nubes de azúcar glas me habían dejado residuos por todo el cuerpo. El azúcar parecía pegarse a la piel tanto como a los dientes.

«Qué rollo».

Había olvidado comprarme un cepillo de dientes nuevo. El mío se había ido volviendo paulatinamente más y más plumoso sobre el lavabo, al lado de su vecino, el que yo le había dicho a mi hermana que era de repuesto. Podría comprarme uno nuevo antes de ir a trabajar, por la mañana, o podía traer el mío de casa de Martha después del fin de semana. Si es que me acordaba. Últimamente estaba tan cansada... Cuando llegara noviembre, estaría otra vez zombi.

Cuando salí del vapor, Dave roncaba apaciblemente. El aire me refrescó los hombros mojados cuando crucé el descansillo hasta mi habitación. Me sequé rápidamente y me puse mi camiseta de béisbol y mis pantalones de chándal favoritos. Era muy pronto para irse a la cama: con solo mirarla, me acordaba de los problemas que estaba teniendo en ese sentido, si es que podía llamárseles así. Me había dado cuenta de que sucedía en oleadas, y aunque habría preferido no estar tan cansada, me moría de ganas de disfrutar de otra de sus visitas esa noche. No quería echar nada a perder, así que me ceñiría a la fórmula que parecía funcionar últimamente y me metería en la cama a eso de las diez.

Matar el tiempo se había vuelto una obsesión. Minutos, semanas... años ya. Podía encontrar algo que hacer un par de horas. Serviría con el montoncito de ropa planchada que había encima de la cómoda. Saqué un par de perchas del armario y empecé a meter más ropa dentro. Otra de las cosas que no habíamos llegado a comprar era un segundo armario. Estiré las prendas que había descolocado y contemplé la perfecta uniformidad del lado de la barra que era de Charlie. ¿Cómo conseguía el polvo meterse hasta en los armarios? ¿Sería una especie de fenómeno paranormal doméstico? Saqué un par de prendas para echarles un vistazo más de cerca. La chaqueta de verano de Charlie, la trenca de invierno de Charlie, la camisa de Charlie, la camisa de Charlie, la camisa de Charlie. Les quité el polvo a soplidos, intentando que el resentimiento no bullera dentro de mí faltando tan poco tiempo para irme a la cama. Pero estaba siempre ahí, acechando justo debajo de la superficie, a la espera de su oportunidad de escapar.

«Sí, Charlie Jefferson. Cuánto he llorado por ti».

Capítulo 2

Yo no quería parar.

Era perfecto. La coreografía perfecta de su deseo palpitando dentro del mío, frotándose contra mi cuerpo ansioso. Había echado de menos aquello. Lo había echado mucho de menos. En algún lugar, a lo lejos, sabía que íbamos a contrarreloj, pero preferí olvidarme de ello. Estábamos aquí ahora y eso era lo único que importaba.

Él había venido.

Con él podía sentir y saborear cada una de mis terminaciones nerviosas ansiosas de su contacto, pero no me bastaba con eso. Necesitaba más, más de aquella euforia deliciosa. Cada vez que su aliento helaba la fina película de sudor de mi piel, se me ponía la carne de gallina en todo el cuerpo, y su olor dulce y prosaico se agitaba a mi alrededor con cada embestida deliciosa. Su cuello salobre me invitaba a saborearlo de nuevo. Quería bebérmelo entero, atiborrarme de todo lo que él me dejara probar.

Charlie encontró el ritmo y se tumbó sobre mí. Yo le dejé. La resbaladiza pátina de sudor que nos habíamos brindado el uno al otro era el único alivio en medio de aquel agobiante frenesí de deseo. No me importó. Quería que aquel frenesí reinara sobre mí como un ser insaciable, que me devorara, que se nos tragara a los dos y nos obligara a hundirnos cada vez más fuerte el uno en el otro, hasta que dejaran de existir las fronteras entre nuestros cuerpos, que se retorcían sin cesar.

Me apoyé en la dura pared que había a mi espalda para desafiarlo, para permanecer inflexible ante toda aquella fuerza mientras él se abría paso dentro de mí a la fuerza, una y otra vez. Conseguí mantener la cabeza apartada de él, lejos de la recompensa que tanto ansiaban mis sentidos, para ver mejor la cara que había cambiado mi vida.

Pero no pude mantenerme apartada mucho tiempo. Mis manos se alzaban ya para deslizar mis dedos ansiosos por entre su pelo corto y crespo, para agarrar lo que pudiera y aferrarme a todo aquel turbio esplendor antes de que retirara la cabeza lo justo para revelar aquellos asombrosos ojos azules.

Era tan bello... Una combinación perfecta, en todo, de luz y tinieblas. Tenía lo mejor de ambos extremos, desde su carácter a sus rasgos. Sus ojos claros contrastaban con el marrón casi negro de su pelo y, dependiendo de su humor, podían albergar todo el calor de una laguna de las Bahamas o el aire amenazador de un lago helado.

Aquellos ojos del color del agua helada me miraron ahora, quemándome con su ansia devoradora. Hizo que el aliento se me atascara en la garganta como si aquel no fuera su sitio. Pero no me miraba a mí sino dentro de mí, como si viera allí dentro la satisfacción que le había prometido. Supe por esos ojos que ya solo lo dominaban pensamientos oscuros, y aquello me excitó.

Dentro de mí, allá abajo, en lo hondo, comenzó a crecer la primera oleada de calor. Dispersó los hilos de mi coherencia y dejé de mirarlo para buscar en el aire, a mi alrededor, algún indicio del instante en que volvería a asaltarme el placer. Respondió a mi cambio de respiración como si pudiera oler el cambio que se iba abriendo paso dentro de mí.

Otra oleada, creciendo y creciendo allá abajo, cálida entre mis piernas, extendiéndose hacia fuera por esa parte de mí y hacia arriba, a través del centro de mi ser, hacia mis pechos, hacia mi cuello, hasta donde la siguieron las manos de Charlie. Iba a venir a apoderarse de mí. La idea de que me asaltara, de que me arrastrara en un torrente de placer, bastó para lanzarme a sus garras en un torbellino. Luché por mantener su ritmo. La coreografía desapareció al acercarnos al acto final que nos vería estallar a ambos en un dulce y tembloroso *crescendo*. Quería compartirlo con él, que viera en mis ojos lo que me hacía, pero Charlie estaba inmerso en su propia lucha, los hombros anchos tensos a mi alrededor mientras me traspasaba ferozmente, como un rayo, cada vez más fuerte y más deprisa, y...

Solté su pelo y sentí que me arrancaban de él bruscamente, separándome de mi océano de placer. Quería ahogarme en aquel gozo, una y otra vez, y otra, pero no sin él. ¡Él también tenía que correrse! Desesperada, pasé los dedos por el centro de su espalda, por la musculatura morena que, sin pretenderlo, había perfeccionado con años de trabajo en el bosque, y sucumbí por fin a todo lo que me ofrecía.

Lo último, lo único que oí, aparte del jadeo frenético de nuestros pulmones, fue mi nombre en sus labios.

«Holly...».

La gélida lucidez.

De los momentos del día, la madrugada es el más cruel. Entre las cinco y las ocho de la mañana viven la pena y el recuerdo.

Pero la crueldad no se limita a esas horas. Si fuera así, podría organizar mis horas de sueño y ahorrarme esa tortura cotidiana, pero lo cierto es que cada parte del día puede ser igual de aniquiladora cuando te despiertas en el frente de batalla entre los sueños y la realidad y descubres que estás siempre en el lado equivocado.

Cerré los ojos antes de que intentaran encontrar el reloj

de la cómoda y volví a enterrarme bajo el edredón para paladear los últimos ecos de mi sueño. «Duérmete, Holly... Devuélvelo». Pero hasta el hecho de pensar en ello lo arrancaba de mi lado.

Charlie había muerto dos días después de su veintisiete cumpleaños. Habían pasado veintidós meses desde la última vez que sentí su contacto, y cinco minutos desde la última vez que oí su voz.

Capítulo 3

La tarta que había abajo no era apta para los ojos de una señora de ochenta años. Tenía que sacarla de casa y meterla en la furgoneta antes de que la señora Hedley, nuestra vecina, asomara la cabeza por la puerta.

Tardé unos minutos en ponerme la ropa, pasarme el cepillo por el pelo y recogérmelo en un moño flojo y chapucero. Me gustaban los moños chapuceros. Se hacían en un periquete. Dave me miró mientras me ponía un poco de maquillaje frente al espejo de la cómoda para disimular los vestigios que mis recientes noches de insomnio me habían dejado bajo los ojos. Esa noche había gozado de cada precioso segundo que había podido pasar con Charlie, pero aun así parecía agotada.

Me puse unas bailarinas azul marino, encerré a Dave en la cocina, agarré mis cosas y la tarta y salí a hurtadillas al camino de grava. En realidad no debía llevar vaqueros para ir a entregar un encargo a una mansión, pero eran de color índigo y mientras me cambiaba se había nublado el cielo. Con un poco de suerte, podría llegar y marcharme enseguida, y mi ropa pasaría desapercibida. Además iba a hacer la entrega fuera de mis horas de trabajo, y a las siete y pico de la tarde de un viernes por la noche tenían suerte de que no estuviera en pijama.

Dar esquinazo a la señora Hedley fue un poco más fácil

estando el jardín a oscuras, pero meter la tarta sana y salva en la parte de atrás de la furgoneta resultó, en cambio, un poco más peligroso. Siempre se corría peligro cuando se transportaba una tarta, y hacerlo en una furgoneta tan vieja como mi padre tampoco ayudaba mucho.

Acababa de abrocharme el cinturón cuando la señora Hedley abrió su puerta y me saludó con la mano desde el otro lado del jardín.

En cuanto bajé la ventanilla, me arrepentí. Bajarla era muy sencillo. Lo difícil era volver a subirla.

—Estaba a punto de irme, señora Hedley. Solo tardaré una hora o así. No se preocupe cuando vea las luces en el camino, a la vuelta —grité. Como si fuera a servir de algo. Allí estábamos muy apartadas, pero lo más temible de aquellos contornos era la propia señora Hedley.

Siguió saludando con la mano, así que arranqué y avancé a ritmo constante por el camino de tierra hacia la carretera mientras luchaba a brazo partido con la manija atascada de la ventanilla.

Nunca había funcionado. Teníamos el camión de Charlie para usarlo entre los dos, pero yo necesitaba otro coche para el reparto. Tenía los ojos puestos en una linda furgonetita, pero Charlie dijo que lo que me hacía falta era un coche que hiciera destacar mi negocio entre la multitud. Con aquellos inocentes ojos azules no le había sido difícil convencerme de que una Morris Minor era la mejor furgoneta para mí. Era un vehículo como de dibujos animados, de color burdeos oscuro, con la leyenda «¡TARTA!» grabada a ambos lados en letras doradas. Yo debía de estar loca. Las tartas necesitaban suspensión. Y mi furgoneta no tenía.

Cuando llevaba cinco minutos avanzando a paso de tortuga por encima de las piedras y los hoyos del camino, llegué por fin a la tersa carretera. El camino a la mansión Hawkeswood era todo recto, y desde casa se tardaba media hora en llegar. Menos, si no daba un rodeo alrededor del bosque. Cosa que haría. Ya no usaba aquella carretera. No la usaba desde que habían aparecido flores atadas a los árboles.

Una vez en la carretera me relajé. El trayecto allí era mucho más fácil. Más suave, pero no mucho más rápido. Charlie decía que llegar a ochenta y que el motor empezara a protestar a gritos formaba parte del encanto de la furgoneta. Por estos contornos, la culpa de muchas cosas la tenía el encanto. La furgoneta era una más de la larga lista de ideas tontas de Charlie, como la de adoptar un perro que comía más que nosotros, o la de irse a trabajar en coche en su día libre cuando debería haber estado desayunando con su mujer.

Se acercó un coche en el otro sentido y pude echarle un vistazo a la tarta cuando sus faros se cruzaron con la furgoneta. Allí, donde el bosque empezaba a espesarse a lo largo de la carretera, no había farolas.

Todo iba bien de momento, y quedaban otros quince minutos para llegar a Hawkeswood.

A principios de semana, Jesse y yo acabábamos de empezar el ritual de los lunes por la mañana: repartirnos el trabajo de los días siguientes, cuando había entrado en Tarta la señora Ludlow-Burns, la primera clienta de la semana.

—Testículos —dijo agriamente desde el otro lado del mostrador—. En un plato. Si es que pueden hacerlo.

Sus fríos ojos grises se habían desviado en ese momento: primero habían inspeccionado las tartas expuestas a su alrededor y a continuación habían echado una larga ojeada a Jesse, con su metro ochenta y tantos. Jess, alto y atlético, se cernía muy por encima de ella, pero ella, con sus perlas y su *tweed*, era, con mucho, la más imponente de los dos. Fuera, un chófer esperaba obedientemente junto a un Bentley que brillaba con más violencia que el sol.

—Y me gustaría que fueran grandes —había añadido la señora Ludlow-Burns, levantando sus manos enguantadas para recalcar sus palabras.

—¿Humanos? —había preguntado yo. Fue lo único que se me ocurrió.

Ella había procedido a sacar una caja de zapatos impoluta, con la marca Dior grabada en dorado en la blanquísima tapa. Dentro había un par de zapatos de piel negra, de los que dejaban el dedo gordo al aire, tan nuevos y relucientes como el Bentley.

A la hermana de Jesse le chiflaban tanto los zapatos como a la mía, y sabiendo lo que seguramente costaban aquellos, Jesse había cometido el error de alabar el buen gusto de la clienta.

—No son míos —le había espetado ella—. Nunca me he puesto un zapato de puntera abierta. Los zapatos de puntera abierta son para las zorras.

Una tarta en forma de una delicada región de la anatomía masculina no era el encargo más raro que nos habían hecho en Tarta, pero nuestros clientes no solían ser tan... agresivos.

Nos dio instrucciones de ensartar uno de los zapatos, en concreto el tacón, en la parte más gruesa de un testículo. Dijo que quería que la tarta produjera dolor. «Igual que el matrimonio».

Sin duda era una maniática, acostumbrada a hacer las cosas de una determinada manera. Hasta nos dio instrucciones sobre cómo efectuar la entrega: había que llevar la tarta a Hawkeswood Hall, a las ocho y media en punto, donde el señor Fergal Argyll debía recibirla personalmente. No un miembro del personal de la casa, sino el señor Argyll en persona. Yo había tenido la clara impresión de que el señor Argyll no era un hombre muy querido. Aquella tarta no parecía muy halagüeña que digamos.

Busqué a tientas el albarán encima de mi bolso. Si Fergal Argyll no firmaba en persona, no cobraríamos la mitad del dinero. Jess me había dicho que no debería haber permitido que la señora Ludlow-Burns me convenciera para aceptar esa condición, pero yo le había recordado que, estando a punto de acabarse la temporada de bodas veraniegas, no nos vendría mal un poco más de liquidez.

—No se preocupe, a Fergal le gustará usted —había dicho ella, echándonos otra mirada—. Pero yo no mandaría a su amigo. A él se lo comerán vivo.

Yo miré a Jesse y me pregunté qué había querido decir con eso. Con sus trencitas africanas, que asomaban por debajo del gorro ancho, y sus deportivas de bota, no parecía una persona incapaz de defenderse. Claro que sin duda parecería fuera de lugar en Hawkeswood... igual que yo.

—¡Señora! ¡Sus zapatos! —había gritado yo cuando salió por la puerta.

—Quédenselos —ella había sonreído con frialdad—. A partir de ahora, esa zorra tendrá que comprarse el calzado en otra parte.

La furgoneta gruñó cuando intenté cambiar otra vez de tercera a cuarta. A veces se atascaba y había que pisar dos veces el embrague. En mi vida no había sitio para los zapatos de tacón. Me había casado en botas de goma, el único día de mi vida, me había dicho Martha con vehemencia, que estaba obligada por tradición a hacer un esfuerzo con el calzado. Y eso había hecho yo: me había comprado un par nuevecito de Hunters a juego con las de Charlie. Mi madre había tensado la boca por lo menos dos veces al verlas aparecer en las fotos de boda.

Entre el resplandor de los faroles encendidos, una amplia y majestuosa verja anunciaba la llegada a Hawkeswood Manor Hall, a un lado de la carretera principal. La entrada no solía estar tan iluminada. Debía de haber alguna fiesta esa noche. Qué raro. Donde hay una tarta, suele haber una fiesta. Tomé la curva despacio para no sacudir el delicado encargo que llevaba en la parte de atrás. Había modelado el zapato de Dior, y se parecía bastante al auténtico, que se había quedado en la tienda. Del cuerpo principal de la tarta se había encargado Jesse, dado que él conocía mejor la fisiología de esa zona.

La furgoneta comenzó a zarandearse violentamente y sentí un arrebato momentáneo de pánico. Lo que le hacía falta a la furgoneta: pasar por encima de rejillas para el ganado.

Por fin, el camino me llevó suavemente por entre unos pilares de piedra enfrentados, hasta el patio de Hawkeswood. Delante de mí, enmarcada por el cálido resplandor de numerosos focos encastrados entre los parterres de hierba, se alzaba la impresionante fachada del priorato gótico, con toda su intrincada filigrana de detalles. Hawkeswood tenía algo especial, algo aparte de su belleza. No era la casa más grandiosa que había visto, aunque era majestuosa, desde luego, pero sí distinta a otras mansiones que había visitado. Parecía vivida, y un hogar tenía siempre algo que un simple escenario no podía emular. Vida, quizá. Y no solo cuando se vestía de domingo.

Aparqué al final de una fila de coches y saqué el teléfono del bolso. Todavía tenía un rato, eran solo las ocho y cuarto, así que me puse a subir la ventanilla como pude.

Vi movimiento debajo de la arcada del vestíbulo principal, donde un tipo joven estaba tranquilamente apoyado contra la pared. Me miró mientras estaba sentada en la furgoneta, y aquello bastó para que me olvidara de la ventanilla hasta que volvió a apartar la mirada. Miré otra vez la hora en el teléfono, y al poco rato un destello de rojo atrajo de nuevo mi mirada hacia él.

La mujer parecía recién salida de una pantalla de cine: una diosa nórdica rebosante de elegancia y ataviada con un vestido de noche rojo sangre que habría hecho desmayarse a Martha. Era impresionante. Si había mujeres como aquella en la casa, nadie se fijaría en mi ropa. Hasta podría haber ido en pijama.

Tenía el cabello tan rubio que parecía casi blanco y lo llevaba recogido hacia atrás en un moño, pero bien hecho. Un moño perfecto. Toda ella era perfecta. Tan deslumbrante, de hecho, que me costaba trabajo dejar de mirarla. Si al hombre también se lo parecía, lo disimulaba muy bien. La rubia encendió un cigarrillo y se inclinó hacia él. Vi que él cambiaba de postura. ¿Una pelea de novios, quizá? Bueno, esas las teníamos todos, hasta la gente guapa, al parecer. Con un poco de suerte volverían a entrar antes de que tuviera que acarrear la tarta pasando a su lado.

Las ocho y veinte. Me quedaría allí sentada tranquilamente unos minutos más, pensando en mis cosas.

Las ocho y veintitrés y seguían allí, ella intentando todavía acercarse a él y él todavía reticente.

Un timbrazo absurdamente severo y estrepitoso rompió el silencio del patio. Di un brinco asustada y la pareja de ensueño giró la cabeza para mirar de dónde venía aquel ruido, que salía por mi ventanilla abierta.

—Maldita sea, Martha —siseé mientras intentaba frenéticamente apretar el botón correcto, cualquier botón que apagara aquel ruido—. ¿Hola?

—Hol, ¿dónde estás? Te he estado llamando —dijo aliviada.

—Estoy trabajando, Martha. ¿Dónde es el fuego? —miré a la pareja de la arcada. La diosa tiró su cigarrillo y volvió a entrar. El novio siguió mirando.

—No hay ningún fuego. Solo estaba preocupada porque no estabas en casa.

—No siempre estoy en casa, Martha. Tengo otras cosas con las que llenar el día, ¿sabes? —las dos sabíamos que aquello era solo verdad a medias—. Mira, te llamo cuando llegue a casa. ¿Dentro de una hora? No te pongas histérica hasta las diez por lo menos, ¿vale?

—Vale —dijo, y empecé a sentirme culpable.

—Vale. Te quiero.

—Yo también a ti, adiós.

Colgamos y, por suerte, el novio se había ido.

Las puertas del vestíbulo, que estaban abiertas, dejaban ver la majestuosa entrada de la mansión, con sus paneles de madera en las paredes y una escalera gigantesca que subía al menos dos plantas más arriba. Una morena atractiva que rondaría los cincuenta se acercó a mí con una sonrisa. Su elegante blusa blanca y su falda negra de tubo daban a entender que formaba parte del servicio.

–Hola, ¿puedo ayudarla? –preguntó.

–Hola, sí. Tengo una entrega para el señor Argyll.

La caja era tan alta que no se podía cerrar la tapa, y la sonrisa de la mujer vaciló cuando vio la tarta.

–¡Ah! –exclamó–. ¿Y cuál de los señores Argyll está esperando esto?

–Me han dicho que se lo entregue a las ocho y media en punto al señor Fergal Argyll –sonreí.

La señora asintió con la cabeza. Por lo visto le parecía lógico.

–Pues el señor Argyll está en el salón de juegos, cruzando las puertas del final de este pasillo, si hace el favor. Permítame el bolso, querida. Ya va bastante cargada.

No estaba segura de por qué había sacado el bolso. Era improbable que alguien de allí fuera a forzar la camioneta para robármelo.

–Gracias. Solo tengo que sacar el albarán de entrega para el señor Argyll –dije mientras rebuscaba en su interior.

–Bueno, el albarán puedo firmárselo yo –se ofreció ella.

–No, no importa. Tiene que firmarlo el señor Argyll en persona.

Como el pasillo era largo, tuve tiempo de pensar cómo iba a abrir las gruesas puertas cuando llegara hasta ellas. Un señor de aspecto nervioso, vestido con un traje anodino, apareció por una de ellas y salió rápidamente al pasillo.

–¿Me haría el favor de sujetar la puerta? –le pregunté

antes de que pudiera escabullirse. Accedió, y yo y mi tarta pudimos cruzar sin tropiezos y penetrar en el griterío del otro lado.

—Buena suerte —dijo el hombre con acento cultivado antes de que la puerta se cerrara entre nosotros.

Al entrar, me encontré en el salón más imponente en el que había estado nunca, decorado con papel pintado y tapices ricamente historiados que contrastaban con los tonos cálidos de los paneles, aún más antiguos, de las paredes. Una enorme chimenea de piedra abarcaba la mayor parte de la pared del fondo. Las demás estaban ocupadas por filas y filas de libros. Era una biblioteca salón de juegos, y olía igual a como tenía que oler: acogedora, vieja y llena de vida. Charlie se habría vuelto por un salón así.

Ninguno de los veinte o treinta hombres que había dentro, casi todos ellos vestidos de gala, interrumpió su partida de cartas cuando coloqué la tarta con cierta dificultad sobre la mesa más cercana. Las risas palpitaban a mi alrededor, junto con el humo de los puros y la algarabía general. Aquello era sin lugar a dudas un club de chicos, sin sitio para las chicas.

«¿Cuál será Fergal Argyll?», me pregunté mientras escudriñaba el salón en busca de una cara que encajara con el nombre, o quizá con la tarta. Cerca de la chimenea, el color del peligro volvió a llamar mi atención. La presencia de la diosa, la única otra mujer presente en el salón, me tranquilizó al instante. La miré a través del humo y las risas, y esbocé esa sonrisa de hermandad que las mujeres nos dedicamos unas a otras. Levantó la barbilla y desvió la mirada, y así como así me quedé sola. La vi deslizarse entre sus admiradores para acercarse al caballero más bullicioso de la sala.

Estaba hablando a gritos a sus compañeros de partida, pero se levantó cuando la diosa–doncella de hielo se acercó a su mesa.

—Cuidado, chicos, aquí viene mi talismán de la suerte

—declaró con un suave acento escocés. Apoyó la mano sobre sus riñones, en el extremo de su escote trasero. Era guapo, con su chaqueta y su kilt, y encajaba a la perfección en el abigarrado escenario que lo rodeaba. Calculé que tenía unos cincuenta años, aunque había algo en él que lo hacía parecer al mismo tiempo más joven y más viejo.

La doncella de hielo le obsequió con una sonrisa y luego me miró. Él siguió su mirada.

—¿Qué tenemos aquí? —preguntó—. ¿Otro regalo del dragón, quizá?

Era él. Tenía que ser él.

—¿Señor Argyll? —dije.

—A sus pies, corazón. ¿Qué puedo hacer por usted? —su barba corta y bien cuidada le daba un aire de lord escocés, pero el pelo más oscuro que le caía sobre los ojos serios le hacía parecer más bien un boxeador arrabalero.

—Tengo que entregarle una cosa. ¿Podría firmar aquí, por favor?

Argyll se acercó a la mesa y miró su tarta. Su carcajada me hizo dar un brinco por segunda vez esa noche.

—Me imagino que es para celebrar los papeles de mi divorcio, ¿no? —preguntó con una mirada de alborozo en sus ojos oscuros—. Tengo que reconocerlo —añadió—. Esa mujer tiene ingenio. Echad un vistazo a esto, chicos —gruñó alegremente y, sacando la tarta de su caja, se la enseñó a sus invitados—. Siempre ha dicho que me las arreglaba para salir adelante no por el tamaño de mi cerebro, caballeros, ¡sino por el tamaño de mis pelotas!

Dio la espalda a su público trajeado y fijó sus ojos serios en mí. Era un hombre guapo, incluso llamativo, y olía a una mezcla embriagadora de humo de cigarro y brandy.

—Señorita, ha acertado usted de lleno con el tamaño. —sonrió mirando el par de testículos que sostenía entre las manos.

—Me alegro de que le guste, señor Argyll. ¿Le importaría firmar esto?

Dejó la tarta sobre la mesa, cerca de mí, y le ofrecí mi boli. Sus ojos aún no se habían apartado de los míos.

—No parece usted muy convencida, querida. Espere, permítame demostrárselo.

Lo vi ladear la cabeza con una sonrisa antes de que mi cerebro procesara lo que estaba a punto de pasar. La doncella de hielo desapareció de la vista cuando Argyll se levantó la falda. La barba no era lo único que tenía gris. Levanté los ojos y los fijé en sus manazas. Tenía manos de obrero, como las de Charlie o las mi padre. En aquellos nudillos había grabados muchos años de trabajo duro.

Era hora de irme.

Dejé el albarán junto a la tarta y me di la vuelta tranquilamente para salir de allí. No me hacía tanta falta el dinero de la señora Ludlow-Rompepelotas.

El novio de la doncella de hielo se quedó mirándome. Sus ojos me siguieron cuando crucé la habitación, hacia él. No me sonrojé de vergüenza hasta que lo vi mirándome tan atentamente. No era de extrañar que Fergal Argyll estuviera tan seguro de sí mismo: a juzgar por su hijo, de joven las mujeres debían de haberse disputado su atención.

Una voz con acento escocés me siguió por la puerta, saliendo de la boca llena de tarta del señor Argyll.

—¡Con razón me adoran las mujeres, chicos! ¡No sabía que supiera tan bien!

Allí podía sonreír sin arriesgarme. Ya casi había salido.

Charlie se habría partido de risa. Los hombres como Argyll, campechanos y con mucha personalidad, siempre lo atraían hacia su órbita.

El vestíbulo de entrada estaba desierto cuando llegué. Debería haber dejado mi bolso en la furgoneta. Me asomé a la escalera, buscando señales de vida. Nada. Detrás de mí, oí que las puertas del salón de juegos se abrían y volvían a cerrarse. No miré, ni siquiera cuando fueron acercándose unos pasos pesados.

Desde el otro lado oí acercarse el tableteo de unos pasos de mujer.

—¿Lo ha encontrado? —preguntó la mujer. Qué eficiente era el servicio.

—Hola otra vez. Sí, gracias. ¿Puede traerme mi bolso, por favor?

—Ah, claro. Un minuto, querida.

Y aquella señora tan amable desapareció otra vez.

Argyll hijo había recorrido tranquilamente el pasillo y se había apoyado contra una de las columnas decorativas que había cerca del pie de la escalera. Iba elegantemente vestido con un traje gris oscuro bien cortado y camisa blanca con el cuello desabrochado. Vestía bien, sí, pero con un estilo menos formal que su padre, aunque ambos parecían tener el mismo aplomo.

Intenté no ponerme nerviosa mientras esperaba el regreso de mi bolso.

—¿Trabajando hasta tarde? —intentaba ser amable. Yo no me lo esperaba.

—Sí —sonreí, consciente de que mis ojos no sonreían. Los desvié hacia el complicado diseño de las baldosas del suelo.

—Lamento que Fergal la haya avergonzado —dijo con una voz firme y tersa que tenía solo una leve nota del acento celta de su padre.

Antes siempre me azoraba cuando se producía un silencio incómodo, pero había sobrevivido a muchos y no sentía la necesidad de llenarlos inmediatamente, como les pasaba a otros.

—Le entusiasman las tartas —dijo con sorna, entornando los párpados.

—No lo ha hecho con mala intención —comenté, mirando la puerta por la que se había marchado la señora.

—Tienes razón: no lo ha hecho con mala intención.

Volví a mirarlo. Tenía el pelo un poco más largo que su padre por arriba, pero le caía hacia delante casi en el mismo lugar.

Allí fuera, sin las nubes de humo de tabaco, no había nada que pudiera competir con el olor de los suntuosos paneles de madera, con el aroma a sabrosos manjares que se preparaban en alguna parte de la casa y, por encima de aquellos olores, con la dulzura sutil de la colonia del más amable de los Argyll. No era como el frasco que yo solía meter bajo la almohada de Charlie cada Nochebuena. Ni mucho menos tan familiar. Esta tenía un toque más dulce, la diferencia entre las flores y las bayas.

–Bonita tarta, por cierto –comentó, intentando otra vez trabar conversación–. Nunca había visto una así –entonces sonrió. Una buena sonrisa, pero que tampoco se reflejó en sus ojos.

–Ciaran, tu padre está listo –ronroneó la doncella de hielo, acercándose a nosotros por el pasillo.

Yo no había oído abrirse las puertas. A aquella distancia, vi que había enfriado su mirada azul con sombra de ojos de color humo.

–Aquí tiene, querida –aquella señora tan amable sonrió, acercándose otra vez.

–Gracias. Buenas noches –sonreí al tomar mi bolso.

–Buenas noches –dijo Ciaran Argyll levantando la voz cuando salí al aire fresco de la noche.

Miré a la pareja perfecta por encima del hombro y le lancé una sonrisa agradecida.

La doncella de hielo se arrimó a él para marcar su territorio y ni siquiera me miró.

Capítulo 4

No sentía la mordida del agua helada que me envolvía, solo el afán de nadar para adentrarme en ella. Él estaba allí, yo lo sabía, esperando a que lo encontrara. Para llevarlo a casa.

Detrás de mí, en el embarcadero, el salvavidas colgaba ocioso de un poste de madera. ¿Por qué no lo había llevado conmigo? En lo hondo de mi pecho, una sensación de inquietud intentó cavar un punto de apoyo.

—¡Vamos, Hol! ¡Alcánzame! ¡Aquí está más caliente! —Charlie se rio, salpicándose agua en la cara.

La inquietud desapareció.

—¡Ya voy! ¡Aguanta! —me reí, intentando no ponerme a farfullar. No era fácil nadar y reír al mismo tiempo, pero Charlie lo conseguía.

Por encima del ruido del agua que entraba y salía de mis oídos, otra voz llegó hasta mí.

—¡Holly! ¡Holly, vuelve! —Martha y Dave estaban en el embarcadero. Ella había arrojado el salvavidas al embalse, pero el flotador se mecía en el agua sin avanzar. Levanté las manos y la saludé.

—¡No pasa nada, Martha! ¡Solo estamos nadando! ¡Mira! ¡He encontrado a Charlie! ¡Lo he encontrado!

Me volví para ver si Charlie me había esperado, pero de pronto estaba el doble de lejos. Y seguía riéndose.

—¡Charlie! ¡Espera! —grité, sintiendo de nuevo aquella inquietud.
—¡Holly! —gritó Martha preocupada—. «¿Es que no ve que estoy con Charlie?».
—¿Charlie? ¿Charlie? —la inquietud se hizo más pesada, como un peso de plomo dentro de mi pecho—. No te veo. ¡No te veo, Charlie!
—¿Holly? —gritó Martha, pero yo seguía alejándome de ella.
—¡Vamos, Hol! —dijo Charlie—. ¡A ver si me alcanzas!
Lo había encontrado, pero otra vez estaba más lejos.
—¡Espérame, Charlie! ¡Vas muy deprisa! —grité, pero siguió nadando. «¿Por qué no me da una oportunidad?».
La voz de Martha sonó más cerca.
—¿Holly? ¿Holly?
«Nada más fuerte, Holly. Puedes llegar».
—¿Holly? Holly, cielo, despierta.
Martha me zarandeaba suavemente, con expresión preocupada. A mí aún me palpitaba con fuerza el corazón.
—Estoy despierta —susurré. «Por favor, ahora vete». Todavía podía llegar hasta él. Seguía allí, todavía fuera de mi alcance. Pero no estaba dispuesta a renunciar a él aún, no estaba lista para afrontar el día.
—¿Estás bien, cielo?
Sentí que se me escapaba. Ya nunca lo recuperaría.
Esperaba tener más sueños. Se estaba acercando ese momento del año. Pero no como aquellos. No como los sueños que me habían atormentado el año anterior.
Fue entonces cuando dejé de beber con las chicas. Para que no me pasara lo que todos los fines de semana: despertarme pasado el mediodía, con resaca y con menos horas para recuperarme otra vez. Bastante duro era que me doliera el corazón; que me doliera también la cabeza, no ayudaba nada.
«No llores. Vas a disgustar a Martha. No seas desagradecida».

–¿Hol? ¿Estabas teniendo una pesadilla? –no creía que fuera a marcharse. Estaba eternamente apostada en el embarcadero.

Para sustituir mis noches de copas con las chicas, Martha se había inventado una versión a menor escala, pero innegociable: durante los dos años transcurridos desde el accidente, los sábados por la noche los dedicaba al bienestar emocional de su hermana pequeña. No se daba cuenta de que quedarme en su casa todos los fines de semana, comer con ella y con Rob, dormir en su cuarto de invitados, no embotaba mi sentimiento de soledad, como ella esperaba. Al contrario, lo agudizaba.

–Hola. No, estoy bien –le mentí con una sonrisa. La mentira funcionó y ella también sonrió. A mí me gustaba más Martha por las mañanas, cuando estaba despeinada. Antes de ponerse su perfecto maquillaje y colocarse perfectamente el pelo, era la chica más guapa que yo sabía que vería en todo el día. Pero era absurdo decírselo. Había oído a mi padre intentarlo cuando mi madre no le oía. Era como dorar un lirio, decía él.

Y la verdad era que Martha no necesitaba ningún adorno. Había heredado todo lo bueno, y seguramente era una suerte, porque si lo hubiera heredado yo, habría sido un derroche. Medía dos centímetros y pico más que yo, que medía uno sesenta y siete sin tacones, sus ojos tenían un tono de castaño más decidido que el mío, y además había heredado las hermosas ondas rubias de mi madre. Yo, en cambio, había salido a nuestro padre, que era un sol: era menos lustrosa, menos rubia, con ese color de pelo que no era ni del todo castaño ni del todo rubio, y que podría haber sido una de las dos cosas si me hubiera decidido por una de ellas.

Pero a pesar de nuestras diferencias y de las cosas que le ocultaba, no había duda de que estábamos muy unidas.

Martha era una buena hermana, la mejor incluso. Pero aquello de quedarme a dormir en su casa todos los sábados por la noche tenía más que ver con su bienestar emocional que con el mío. Necesitaba sentir que estaba haciendo algo bueno, y yo, como la quería, iba cada semana a ofrecerme de espectadora de su floreciente vida familiar. Era lo menos que podía hacer por ella, puesto que ella también había perdido a Charlie.

–Rob está haciendo el desayuno –gorjeó–. Está dispuesto a sacar toda la artillería. ¿Desayuno inglés completo?

A mí no me gustaba mucho desayunar, pero Martha estaba empeñada en cuidar de mí cada semana, durante el tiempo que le estaba asignado. Quedaban pocas semanas para que diera a luz a su primer hijo y, aunque me alegraba mucho por ellos, no podía evitar pensar que la llegada inminente de mi sobrino o sobrina sería un alivio. Tal vez así podría volver a pasar las mañanas del domingo en mi casa, sin desayunar.

–Claro.

Abajo, en la mesa del desayuno, Rob no había escatimado esfuerzos en su afán de hacerme engordar. Estaba echando la última paletada de huevos revueltos en un plato ya lleno a rebosar cuando pasé a su lado camino de la cafetera.

–Buenos días, guapa –dijo, atareado con otra sartén–. ¿Judías o tomates? ¿O las dos cosas? Yo voy a tomar las dos.

–De eso nada. Ya tienes suficiente en tu plato –le advirtió Martha.

Rob se inclinó hacia mí y susurró:

–En eso tiene razón.

Disimulé una sonrisa mientras Martha lo miraba con el ceño fruncido.

–¿Qué pasa? Todavía estoy creciendo. Necesito energía –protestó él.

–Rob, si sigues así no vamos a caber en la cama.

Rob miró a su mujer, bellamente redondeada, y luego me lanzó una mirada cómplice.

—Lo siento, mi amor. ¿Sabes qué te digo? El próximo domingo por la mañana me como media uva. Recuérdamelo, Hol, ¿vale?

—Vale —sonreí con la taza pegada a los labios. El café que hacía Martha estaba muy bueno—. ¿A alguien más le duele la cabeza esta mañana? —pregunté al sentarme para inspeccionar la enorme ración, digna de un hombre, que me esperaba en el plato. La verdad era que olía bien.

—Solo por los ronquidos de Rob. Los únicos que bebisteis anoche fuisteis vosotros.

—¿Eso que se oía eran tus ronquidos, Rob? —pregunté antes de dar un mordisco a una tostada—. Creía que alguien estaba arrancando una Harley fuera.

Martha sonrió por encima de su *Sunday Journal*.

—¿Quieres un ibuprofeno? —preguntó dejando el periódico. Era absurdo intentar detenerla. No pararía hasta que me hiciera tragar un par de analgésicos—. ¿No has dormido bien?

—No, he dormido bien —el recuerdo de mi sueño hizo que me preguntara qué habría oído Martha esa noche, mientras Rob roncaba. «Cambia de tema»—. Esta semana ha sido agotadora en la tienda. Seguramente es solo que estoy un poco revolucionada todavía. Ya sabéis cómo es: en cuanto paras, se te viene todo encima —una de las razones por las que me mantenía siempre ocupada.

—Sí, Martha se puso de los nervios el viernes, cuando no conseguía hablar contigo. ¿Cómo es que estuviste trabajando hasta tan tarde? —preguntó Rob mientras masticaba una salchicha.

Costaba mirar a Rob sin sonreír. En cierto modo me recordaba a Dave, un poco más obediente, quizá, pero leal hasta la médula y absolutamente de fiar. Eran los gigantes amables de mi vida, pero aunque Martha derrochaba tolerancia con su marido, con Dave no tanto. Imagino que Rob vagueaba menos. O casi.

—Tuve que entregar un encargo en una velada para caballeros, en Hawkeswood.

–¿Ah, sí? –masculló Rob al tiempo que se metía en la boca una pinchada de patatas.

–Empleo el término «caballeros» de manera muy laxa. Dave tiene mejores modales.

–Hawkeswood es la finca de ese magnate del sector inmobiliario, ¿no, Martha?

Martha se asomó desde detrás del periódico.

–¿Umm?

–Hawkeswood. ¿No hiciste algo allí hace unos años con Parry y Fitch?

A Martha le encantaba hablar de su trabajo. Era una pena que Parry & Fitch Interiores hubiera tenido que reducir su plantilla, pero el mercado inmobiliario británico había sufrido un fuerte bajón esos últimos años, y la mayoría de la gente que conocíamos había sufrido sus efectos de un modo u otro.

–¿Ah, sí, Marth? ¿Qué hiciste? Solo llegué hasta la sala de juegos y era impresionante.

Martha había aceptado el despido voluntario, y se había zambullido sin esfuerzo en su nueva vida como diosa del hogar. Pero, como tenía mucho tiempo libre, había redoblado sus esfuerzos por acabar de decorar mi casa.

–La sala de juegos estaba en su estado original cuando nosotros estuvimos allí. ¿Viste el invernadero del fondo de la casa principal? La vista del campo es a-lu-ci-nan-te. ¿Quiénes son los dueños ahora? –preguntó.

–Ese magnate inmobiliario del que hablaba. ¿Cómo se llama? ¿Cómo se llama, Martha? Andrews o...

–Argyll –dije mientras intentaba que menguara el montón de los champiñones.

–Eso es, Argyll. Estos últimos años ha pasado algunos apuros. Trabajo con un tío que antes estaba en Scargill, el bufete que representa a su empresa. Argyll Incorporated, eso es. Les da trabajo sin parar –sacudió la cabeza y siguió atacando la comida.

¿Por qué sería que no me sorprendí?

–¿Fergal Argyll es quien dirige la compañía? –pregunté, echando mano otra vez de la cafetera.
–Ése, sí. Fergal Argyll. Es el jefazo. Construyó su imperio de la nada y luego estuvo a punto de perderlo. ¿Te acuerdas, Martha?
–Pues ahora parece que le va muy bien –dije yo–. ¿A qué se dedica exactamente? –pregunté, esforzándome por entender cómo un hombre como Fergal Argyll podía haber construido algo, aparte de una mala reputación.
Rob por fin se paró a respirar entre bocado y bocado.
–Es una empresa inmobiliaria. No estoy seguro, pero creo que empezó en la construcción. Pequeñas obras, reformas, esas cosas, y luego creo que tuvo suerte y compró un trozo de terreno cuando los precios estaban bajos. Si no recuerdo mal, ahora mismo su empresa se dedica a inversiones inmobiliarias a gran escala, construcción de urbanizaciones y ese tipo de cosas. Pero estos últimos años lo han pasado muy mal, como todo el sector de la construcción. ¿No se casó además con una aristócrata, por si fuera poco, Martha?
Martha levantó la nariz del periódico y lo miró pensativamente.
–¡Ese playboy tan guapo! –gritó de pronto–. ¿Este, dices? –pasó unas páginas del periódico, lo abrió y nos enseñó una fotografía pequeñita de Argyll hijo y de la doncella de hielo.
–Sí, ese –dije yo mientras examinaba la fotografía. Era un hombre guapo, pero tenía cierto aire de melancolía, y los melancólicos siempre nos reconocíamos entre nosotros. En la página de al lado había unas imágenes generadas por ordenador de casas piloto de próxima construcción en una zona de bosque recientemente vendida. Me dio un vuelco el estómago.
–Ciaran Argyll... Está buenísimo, ¿verdad que sí, Hol? Es un mujeriego, pero está buenísimo. ¡No puedo creer que vivan por aquí!

Charlie se había esforzado incansablemente para impedir que se vendiera el bosque.

–Contente, amor mío. Creo que tus hormonas se están desmadrando.

Martha le dio un golpe con el periódico.

–Rob, no puedo comer más. ¿Me perdonas, por favor? –pregunté yo con ironía.

–Claro –contestó–. Vas a fregar tú.

–Eh, vas a fregar tú, Rob. Eres tú quien ha montado este lío, tú quien se lo ha comido y tú quien va a limpiarlo. Hol y yo vamos a hablar de muestrarios de colores –Martha puso unos cuantos archivadores encima de la mesa, delante de ella.

Yo gruñí para mis adentros.

–Estaba pensando, y puedes decirme que no, claro, pero...

–No.

–Todavía no sabes lo que voy a decir –contestó.

–Sí que lo sé. Vas a decir: «Holly, estamos casi en octubre y luego será Navidad y, en cuanto te descuides, habrán pasado tres años sin que pintes el salón, el pasillo y no sé qué más que te queda por pintar, y...» –la cara de Martha bastó para que me cortara en seco. «Maldita sea, ¿por qué no puedes dejar el tema de una vez?».

Seis meses después del accidente me había convencido para que le dejara acabar el dormitorio. Había hecho un trabajo precioso, todo en tonos de gris suave y azul que contrastaban con el tinte oscuro de nuestros muebles antiguos. Había dejado mi dormitorio como la habitación de un hotel de lujo. El problema era que Charlie nunca había estado en aquella habitación de hotel conmigo, así que no podía imaginármelo en ella. Ya no era nuestra habitación. Era solo la mía. No podía decirle a Martha que por eso me escaqueaba cuando se ofrecía a decorarme el resto de la casa. Se llevaría un disgusto si se enteraba de que eso era lo que me hacía sentir la habitación que ya me había decorado.

–Mira, Martha, me encantaría que vinieras a ayudarme, pero estoy liadísima en la tienda y...

–¡Pues eso es lo que te iba a decir! –sus ojos volvieron a sonreír–. Rob tiene unos días libres antes de que nazca el bebé, pero yo aquí ya lo tengo todo listo. He decorado el cuarto del bebé, he montado la cuna, he hecho mi bolsa para el hospital, he redactado el plan de parto, incluso he redactado dos, el A y el B. Hasta me he informado detalladamente sobre las dos guarderías en las que estamos pensando.

–¿Ya estáis pensando en guarderías? –pregunté–. Pero ¿cuándo va a empezar la guardería el bebé?

–Cuando tenga tres.

–¿Meses? ¿Es que vas a volver al trabajo?

–No, años. Pero quiero estar preparada, Hol.

Eso yo ya lo sabía. Siempre lo había sabido. Mi hermana era un androide doméstico.

–Así que Rob puede ir a tu casa a hacer un poco de bricolaje.

Miré a Rob, que parecía tan entusiasmado como yo.

«Miente, miente, miente».

–¿Sabes qué pasa, Martha? Me encantaría, de verdad, pero ahora mismo tengo un problema más urgente, si no os importa echarme una mano –yo sabía cómo embaucar a Martha. Había tenido toda la infancia para practicar–. La tienda tiene que pasar una inspección el año que viene, no sé cuándo exactamente, y le vendría bien un repaso.

Rob puso cara de fastidio. Creía que éramos un equipo.

–Nada drástico, solo un par de cosillas de mantenimiento, un poco de pintura quizá. Pero es demasiado trabajo para mí sola. Si pudieras pasarte un par de días por la tienda, te lo agradecería, Rob.

Martha no parecía muy convencida. Pero su único deseo era hacer lo que pudiera por mí, y yo le estaba ofreciendo al menos un premio de consolación.

–Eh, vale. Pero ¿y la casa? Tengo algunas ideas que creo que van a gustarte, Hol.

La mala conciencia hizo que se me retorciera el estómago.

—Bueno, vamos a verlas, entonces. Si Rob mueve el trasero, quizá podamos empezar con la habitación de atrás antes de que llegue el bebé.

Yo podía mantener ocupado a Rob en la tienda todo el tiempo que fuera necesario. Lo único que tenía que hacer era tener contenta a Martha hasta que diera a luz. Luego ya no tendría fuerzas, ni ganas, de ponerse a decorar mi casa. Ese era mi gran plan.

Martha, que se había entusiasmado enseguida al ver que mostraba interés por sus ideas, salió de la cocina en busca de más revistas. Rob fijó en mí sus ojillos astutos.

—No te preocupes, grandullón. Puedes pasarte todo el día comiendo tarta, y te salpicaremos la cara con un poco de pintura antes de mandarte a casa.

Capítulo 5

Las cosas en la tienda iban a estar cada vez más tranquilas hasta que llegara la fiebre navideña.

Era lunes, estaba cansada y, gracias a los hábitos alimenticios de Dave, llegaba tarde.

Jesse, mi fiel copiloto, había abierto y se había puesto a hacer las galletas y las *cupcakes* que vendíamos además de las tartas. No daban mucho dinero pero eran una fuente de ingresos constante y, cuando escaseaban las novias, las humildes *cupcakes* se encargaban de pagar el sueldo de Jesse y de mantenernos en marcha. No abríamos al público hasta las diez, sobre todo porque a poca gente le apetecía comerse una *cupcake* antes de mediodía, pero también porque así teníamos tres horas largas para sacar los pasteles del horno recién hechos y ponerlos en los expositores, listos para la avalancha de la hora de la comida.

Había solo un puñado de gente pululando por la adoquinada calle mayor cuando aparqué y recorrí a pie los cien metros que faltaban hasta la tienda. No me gustaba aparcar justo delante, a no ser que tuviera que cargar. Prefería que los transeúntes vieran las fantásticas tartas que Jesse y yo teníamos en exposición en nuestros dos enormes escaparates. Pero de todos modos esa mañana alguien había aparcado ya delante de la tienda.

Hunterstone era un pueblo bonito. Demasiado caro para

comprar una casa a no ser que fueras como Martha y Rob, pero situado a medio camino entre la gran ciudad y el parque nacional, y con todo a mano. El castillo atraía un flujo razonable de turistas y las limpias y verdes calles georgianas albergaban una agradable selección de restaurantes, galerías de arte y tiendas que mantenían entretenidos un rato más a los turistas.

Nos habíamos esforzado mucho en arreglar la tienda, pero la arquitectura del edificio nos había ayudado a convertirla en el lugar perfecto para que la visitaran bellas novias entre pruebas de vestidos color champán y consultas sobre ramos de flores. Charlie había acabado de pintar minuciosamente de color crema todos los rincones y recovecos de una típica fachada georgiana después de que yo me hartara de hacerlo. También había añadido los arbustos recortados de fuera, que hacían que nuestro pequeño frontal fuera igual de tentador que las tartas de dentro. Un oscilante letrero *vintage* era lo único que rompía la simetría de la fachada, anunciando en oro y burdeos cuál era la índole de nuestro negocio: «Tarta».

Subí de un brinco los dos escalones de la puerta y entré acompañada por el tintineo de la campanilla. Eran ya casi las once y Jesse estaría deseando tomar algo. Comía más que Rob y no engordaba ni un gramo.

—¡Hola! ¡Traigo rosquillas y café del bueno! —grité desde la exposición mientras dejaba un par de revistas de novias nuevas junto al sofá. Al llegar al mostrador, oí el zumbido de las batidoras en el obrador de la parte de atrás. Seguramente Jesse no me oía.

Le llevé el desayuno. Estaba rellenando varias bandejas de *cupcakes* con crema de mantequilla de color lila claro antes de rematarlas con una capa de azúcar escarchada de color violeta.

—Te están quedando genial —dije, haciendo oscilar la bolsa de papel caliente que colgaba de mi mano. Jess se apartó de la mesa de trabajo y fue a apagar la batidora.

—Hola, Hol, ¿qué tal está Dave? —me quitó la bolsa cuando puse los cafés en la mesa, y fui a colgar mis cosas en el rincón del fondo.
—Está bien. Le duele un diente. Lo he dejado convaleciente en el jardín. Seguro que la señora Hedley va a pasarse el día lanzándole golosinas por encima de la valla —me pregunté si ese era en parte el problema. Con Charlie era igual: le preparaba aperitivos cuando creía que yo no miraba.
Jesse se acercó y empezó a hurgar en la bolsa de las rosquillas mientras me ponía el delantal y empezaba a lavarme las manos, cosa que haría unas cien veces a lo largo del día. Me las sequé y fui a agarrar una rosquilla, pero Jesse apartó la bolsa.
—No puedes. Tienes un cliente —dijo con una sonrisa.
—¿Qué cliente? No tenemos ninguna cita, ¿no? —dije, escudriñando las encimeras en busca de la agenda de las tartas. Por las mañanas solíamos atender a las novias, pero esas visitas se reservaban casi siempre para los fines de semana, cuando la madre de la novia estaba en el pueblo y el novio no tenía ninguna excusa para escaquearse.
—Ahora sí. Está aquí desde que le di la vuelta al cartel de «cerrado».
—Ay, no, Jess, ¿me he olvidado de una cita? —dije, notando un primer hormigueo de pánico.
—No. No tenía cita —él siguió sonriendo.
—¿Por qué estás tan raro? —le pregunté mientras intentaba no reírme de su ridícula expresión—. ¿Dónde está, entonces?
Jess salió del obrador, cruzó el corto pasillo, entró en la tienda y se puso detrás del mostrador.
—Está allí, esperando a que te presentes a trabajar —dijo mirando hacia delante.
Miré por uno de los escaparates hacia la cafetería del otro lado de la calle y busqué entre las mesas de la terraza a algún conocido. Había un par de mujeres con chaqueta y

gafas de sol, disfrutando de la mañana, y nadie más. Seguía mirando cuando dos tipos trajeados, un hombre y una mujer, salieron juntos de la cafetería seguidos por otro tipo elegantemente vestido con traje y gafas de sol. Cuando se volvió para mirar antes de cruzar la calle, reconocí el escultórico perfil de su mandíbula, que había pasado de generación en generación.

–¿Qué tal te ha ido el fin de semana, Holly? –preguntó Jesse mientras yo me daba cuenta de quién iba hacia allá.

Vi acercarse a Ciaran Argyll e intenté deducir qué hacía allí.

–Tiene que haber habido algún problema con la tarta –pensé en voz alta, preparándome para lo que podía pasar–. Apuesto que ese viejo cretino quiere quejarse porque no le dije lo impresionante que era su manubrio.

–¿Su manubrio? ¿Qué has estado tramando este fin de semana, Hol?

–Nada –contesté, pensando todavía.

La puerta hizo tintinear la campanilla y Ciaran Argyll entró con paso firme en mi tienda. Jesse dejó de masticar su rosquilla.

–Buenos días, otra vez –dijo Argyll, saludando a Jesse con una inclinación de cabeza. A mí me dedicó otra, más suave–. Hola.

–¿Todo bien, tío? ¿Has disfrutado de la espera con las chicas de oro? –preguntó Jesse.

–La verdad es que el café es sorprendentemente bueno –dijo el señor Argyll quitándose las gafas de sol. Esa mañana no parecía tan melancólico. Su sonrisa era más relajada de lo que yo recordaba–. Pero tenías razón. Se han ocupado muy bien de mí –se rio, dejando ver un destello de sus dientes blancos y perfectos.

Seguro que estaba acostumbrado a que lo cuidaran bien.

–Ah, les encantan los caballeros, ¿verdad que sí, Hol? Hol dejó de comprarles el almuerzo cuando se dio cuenta de que atienden mejor a los tíos que a las tías. Eso es machismo, ¿verdad que sí, Hol?

Sonaba ridículo dicho así, pero sí, yo estaba boicoteando la cafetería.

Le dediqué una gran sonrisa a Jess.

—Bueno, voy a seguir con lo mío, entonces. Nos vemos, tío —dijo al marcharse al obrador—. Bonito Vanquish.

Argyll se volvió para echar un vistazo al coche aparcado frente a la tienda y asintió con un gesto.

—¿Qué puedo hacer por usted, señor Argyll? —pregunté, notando otra vez el olor de su colonia.

Se metió la mano en el bolsillo interior de la chaqueta y se acercó al mostrador.

—El viernes se fue usted muy deprisa, lo cual es comprensible. Se olvidó esto. Pensé que al menos le debíamos la cortesía de devolvérselo —dijo con voz suave. Desdobló una hoja de papel y me la entregó. Reconocí enseguida los datos.

Testículos de vainilla de veinticinco centímetros atravesados por tacón de aguja, entregados a Fergal Argyll, Hawkeswood Manor, el viernes 20 de septiembre a las 20:30 EN PUNTO.

—¿Puedo firmárselo yo? Mi padre estaba un poquito bajo de forma este fin de semana. Si no, se lo habría pedido.

¿Había venido hasta aquí para traerme el albarán?

—No, no pasa nada. En realidad no tiene importancia. Pero gracias por devolvérmelo.

Sus ojos, de un marrón intenso, se entornaron ligeramente cuando ladeó la cabeza para mirarme. Era un hombre muy atractivo, más guapo de la cuenta incluso. Me fijé en como la luz que entraba en la tienda se reflejaba en las puntas de su pelo corto, haciéndolo pasar del marrón al rubio en algunas partes. Tenía un atisbo de barba pulcramente recortada en la que no me había fijado el viernes.

Sin saber por qué, empecé a notar que una especie de acaloramiento me subía por el cuello. ¿Tan poco acostumbrada estaba a relacionarme con el sexo opuesto que me sonrojaba como una colegiala ingenua cuando hablaba con un hombre? Qué vergüenza tan atroz.

–¿Está segura? –insistió sin dejar de observarme atentamente con aquellos ojos que tan poco se parecían al color de su pelo–. Mi madrastra puede ser muy quisquillosa en lo tocante al papeleo. Y a la anatomía de mi padre.

Ay, Dios, otra vez volvíamos a los testículos de Fergal. Sí. Decididamente se me había puesto el cuello rojo.

–Eh, no sé. No estuvo por aquí mucho rato –dije, intentando apartar la conversación del campechano Argyll padre y de cualquier conversación que pudiera conducir a él.

–Tengo entendido que Elsa le ofreció una suma adicional si le daba pruebas de que le había entregado la tarta a Fergal en persona.

–Sí, pero no era obligatorio –contesté.

–Entonces ¿no le ha pagado? –preguntó, y volvió a entornar los párpados–. Permítame solucionarlo. No es culpa suya que mi padre se portara tan mal. No quiero que se meta en ningún lío por eso –sacó una chequera del mismo bolsillo interior y la puso sobre la mesa junto a sus gafas de sol–. ¿Bastará con quinientas libras? –preguntó al tiempo que sacaba la punta de su bolígrafo–. Según creo le ofreció el doble del precio de la tarta si le enseñaba la firma. La tarta eran doscientas treinta libras, ¿verdad? Considere la diferencia una disculpa. Fergal se pone... nervioso a veces –añadió mientras el bolígrafo arañaba la chequera.

–¿Cómo sa...?

–Toby y yo somos viejos amigos. Fue él quien me ayudó a encontrarla. ¿Sabe que en sus albaranes no viene la dirección de la tienda? –se detuvo para mirarme otra vez.

–Los albaranes son solo para nuestros archivos... –me encogí de hombros–. ¿Quién es Toby?

–El chófer de Elsa. El que le pagó la tarta. Digamos

quinientos, ¿entonces? –preguntó Ciaran mientras esperaba para escribir una cifra definitiva. Aquella gente... Era una obscenidad cómo tiraban el dinero.

–En serio, no es necesario. Está todo pagado.

Me miró, inclinado sobre el mostrador de roble que Charlie había encerado cinco veces hasta conseguir el tono que me gustaba. Su mano izquierda se apoyaba sobre la madera mientras permanecía en suspenso sobre la chequera. No tenía manos de obrero como su padre. Parecían más suaves que las mías, y tenía las uñas impecablemente limpias. Tampoco llevaba anillo de casado, claro que yo tampoco llevaba el mío. Siempre se me metía la nata debajo, así que lo llevaba colgado de una cadena alrededor del cuello, junto con el de Charlie.

–Es usted muy amable –dijo–, pero ¿no cree que primero debería consultarlo con su jefe? A fin de cuentas, el dinero es el dinero.

Yo sabía que era más joven de lo habitual para tener mi propio negocio, pero siempre me molestaba que la gente pensara que era la chica de los recados. Bueno, sí, seguía haciendo muchos recados, pero para mí, no para otros. Ya había trabajado para otros mientras estudiaba en la universidad, y quizá no hubiera montado un imperio, pero aun así me ganaba bien la vida.

–¿Está su jefe por aquí? –insistió.

Martha me había puesto al corriente de lo que se publicaba sobre los Argyll. Del tren de vida que llevaba Ciaran mientras su padre se encargaba de pagar la cuenta.

–Sí –contesté–. Y es usted muy amable, pero ¿no cree que primero debería consultarlo con su jefe?

Algo cambió en su cara y noté que había puesto el dedo en la llaga. La chequera regresó a su bolsillo. Para alguien como él, hijo de un millonario, debía de ser como volver a enfundarse la pistola.

La sonrisa apareció otra vez, pero yo ya había visto la versión auténtica. Aquella era de pega.

—Entonces ¿el negocio es suyo? —preguntó, acercándose a las estanterías de cristal más cercanas al mostrador.
—Claro que sí —contesté, consciente de que lo había ofendido.
Lo vi observar una fila de tartas veraniegas.
—¿Son todas de verdad? —preguntó mientras daba una vuelta por la tienda.
—Son réplicas —dije, viéndolo moverse como si paseara por una galería de arte—. Tartas de muestra, las llamamos. Tienen el centro de poliestireno. Luego las recubrimos con crema y las decoramos para exponerlas.
—Entonces ¿son solo de exposición? —se detuvo y me miró.
—Solo de exposición.
Se acercó al primer escaparate y se inclinó para mirar las calles del pueblecito de pan de jengibre que había expuesto en él.
—¿Esto lo ha hecho usted? —preguntó sin apartar la vista de la diminuta escena callejera. La complicada torre del reloj, y la vía del tren con sus vagones y su estación era lo único que atraía normalmente a los chicos, pequeños y mayores, que entraban en la tienda arrastrados por sus mamás, hijas o esposas. Ciaran Argyll no parecía una excepción.
—Jesse y yo, es un trabajo de dos. Uno sujeta y el otro modela.
Se irguió y se quedó junto a la puerta como si no supiera si marcharse o no.
—Tienen mucho talento —puso una mano en el pomo de la puerta. Sus ojos eran sorprendentemente oscuros, incluso desde allí.
—Gracias —dije, y noté otra vez aquel calorcillo. Lamenté haberle ofendido—. Y gracias por el albarán. Le agradezco que me lo haya traído —sonreí cuando abrió la puerta. La campanilla volvió a sonar.
—Adiós —dijo suavemente.

–Adiós –contesté, y me volví hacia el obrador.
Mientras cruzaba la puerta, oí callarse las campanillas antes de que la puerta se cerrara del todo tras él. Jesse estaba revoloteando cerca de otra tanda de noventa y seis *cupcakes* que esperaban su recubrimiento de azúcar escarchada.
–Si has acabado de jugar con el guaperas, tienes mucho trabajo atrasado –bromeó.
–No estaba jugando con nadie –hice un mohín.
–Pero no irás a negar que es guapo, el muy mamón.
–¿El muy «mamón»?
–Llámalo como quieras. ¿Has visto su coche?
–No, Jess, no he visto su coche. ¿Qué te pasa con las cosas brillantes? Eres como una urraca –contesté en broma mientras llenaba de crema otra manga pastelera.
–Saber apreciar las cosas buenas de la vida no tiene nada de malo, Hol, y ese tío tiene algunas estupendas. El traje también era bonito. Muy buen corte.
Yo ya me había fijado en el traje.
–Bueno... ¿quién es?
–¿Estas son de jengibre o de melaza? –pregunté, apretando la crema de limón hasta el fondo de la manga antes de cerrar bien el tapón.
–De jengibre y whisky. Bueno, ¿quién es James Bond?
Empecé a ponerle un ribete de limón ácido a una pegajosa *cupcake* de jengibre.
–La tarta del zapato, la del lunes pasado... Pues ese es el hijo del de la tarta.
–¿Ah, sí? Pues parecía un poquitín más tranquilo que la señora que vino.
–No creo que la tarta lo describiera a él, Jess. Su padre no se lo tomó con tanta calma.
–Entonces ¿ella era la mamá de James Bond o qué?
–La madrastra. No estaba presente cuando conocí al papá –añadí mientras me encargaba del resto de la fila de pasteles.

–¿Y cómo era el papá? Estará forrado, imagino. Las mujeres como esa solo se casan con los de su clase.

Dejé la manga y busqué una palabra idónea para describir a Fergal Argyll, un hombre obviamente inclasificable.

–Era muy... vital. Pero bastante inofensivo, creo.

–¿Y qué hacía aquí Junior? ¿Había algún problema con los cataplines de su papá?

Noté que se me dibujaba una sonrisa en la cara al acordarme de lo cerca que había estado de verlos en persona. Qué horror.

–No estoy segura, la verdad. Creo que ha venido a dorarnos un poco la píldora, por si teníamos alguna queja.

–¿Qué tipo de queja?

–De esas que la gente con dinero está acostumbrada a borrar a golpe de chequera –acabé la última fila de *cupcakes* de jengibre y dejé la manga pastelera en la mesa de trabajo–. Me estoy quedando sin sitio. Voy a empezar a meterlas debajo del mostrador.

–Estoy harto de decirte que necesitamos dos mesas de trabajo más de acero inoxidable, por lo menos.

–Después del horno, Jess. El horno nuevo tiene prioridad sobre las mesas de trabajo.

–¿Y cuándo vamos a tener el horno nuevo? –preguntó detrás de mí, alzando la voz.

–¡Pronto! ¡Cuando podamos permitirnos encargarlo!

Agarré la bandeja de *cupcakes* que acababa de terminar y me dirigí con ella a la tienda. Antes de llegar a la puerta del obrador, llamé a Jess:

–Pero tienes razón, Jess... Es muy guapo, el muy mamón –solamente estaba jugando, pero era agradable recordarle a Jesse que hasta yo podía apreciar las cosas buenas de la vida. El hecho de que no tuviera hambre, no significaba que hubiera olvidado lo buena que estaba la comida.

Maniobrar con las anchas bandejas de pasteles para pasar por la estrecha puerta que daba a la tienda podía ser complicado, pero si estuvo a punto de caérseme al suelo toda la tanda no fue por eso.

—He olvidado mis gafas —dijo Ciaran Argyll, que estaba allí, mirándome.

El rubor volvió con saña: me subió por el cuello a toda velocidad y enseguida se esparció por mis mejillas.

«¿Cómo es que está aquí? La puerta no ha sonado».

—Eh... —balbucí, y me di cuenta con horror de que en realidad no lo había visto salir. El pánico empezó a apoderarse de mí mientras repasaba de memoria la conversación que a lo mejor acababa de oír. Cuanto más lo intentaba, menos se me ocurría qué decir, así que me conformé con intentar disimular mi estado de estupefacción con algo parecido a una sonrisa. Yo creía que ya había vivido la experiencia de ponerme colorada delante de Ciaran Argyll, pero en aquel momento mi nivel de vergüenza alcanzó nuevas cotas.

Evitó cuidadosamente mirarme. Me pareció que se esforzaba por no sonreír.

—La verdad es que dentro de poco tengo una fiesta. Me estaba preguntando si podrían hacerme una tarta.

«Por favor, que no lo haya oído, por favor, que no lo haya oído».

—Eh, sí. Podemos —tragué saliva—. ¿Para cuándo? —pregunté, intentando salvar un poco la cara.

—Para el veintiséis de octubre —dijo—. Es un sábado.

Al meter la bandeja de *cupcakes* debajo del mostrador contiguo, noté que empezaba a sudarme la nuca. Yo nunca sudaba. Y sin embargo tenía las manos pegajosas.

La agenda que había estado buscando estaba junto al teléfono, del lado de la caja registradora. En su sitio, para variar. Pasé las páginas hasta el mes siguiente con la esperanza de que esa semana estuviera tan llena que no pudiéramos aceptar otro encargo de los Argyll.

—Sé que queda poco tiempo —dijo, y él también miró la agenda abierta mientras yo comprobaba los encargos que teníamos para esa semana.

Eran más bien pocos. Pero el viernes veinticinco estaba rodeado con un círculo de tinta verde brillante. Debajo ponía: *¡Marta sale de cuentas!* Aparte de eso, sería una semana poco movidita. Él miró los días, que estaban casi en blanco, y me observó atentamente.

—Sí, claro. ¿Qué quería en concreto? —pregunté, reconociendo mi derrota.

—Bueno, es una fiesta de disfraces temática, así que ¿podríamos empezar por ahí? —ladeó la cabeza ligeramente otra vez. Parecía muy relajado. Yo, no tanto. Todavía notaba que me ardían las mejillas.

—Claro. ¿Cuál es el tema? —pregunté, y me concentré en el bolígrafo y en el cuaderno de dibujo que acababa de sacar.

—Héroes y villanos de Hollywood —contestó esbozando una sonrisa juguetona—. Un amigo cumple treinta años, así que la tarta tiene que ser divertida. Única. Deliciosa.

Procuré no mirarlo. Por lo visto, era cuando lo miraba cuando se me disparaba el rubor.

—¿Héroes y villanos de Hollywood? ¿Como Tiburón y el jefe de policía Brody? —le eché una ojeada. La sonrisa se había agrandado.

—Si quiere. Quizá mejor una mezcla. No creo que haya muchos invitados vestidos de gran tiburón blanco —consultó su reloj de muñeca—. Mire, tengo que irme a trabajar. No estoy muy seguro de cómo se hacen estas cosas.

Menos mal. Se marcharía en unos minutos. No nos había oído charlar. Todo iba bien. Solo teníamos que ultimar el pedido.

—Bueno, me ha dado un tema con el que trabajar. Solo necesito una idea de los sabores, y saber para cuánta gente va a ser la tarta. Y un presupuesto aproximado, si tiene idea de cuál es. Luego podemos dibujarle algo y empezar a partir de ahí.

Aquel encargo iba a hacerlo Jesse, lo tenía clarísimo.

—Vale —dijo, tocándose el labio con la patilla de las gafas de sol–. Que sea para trescientas personas, y el presupuesto... el que a usted le parezca bien. No se preocupe por el dibujo. Sé que estoy en buenas manos –sonrió, y su sonrisa suavizó la seriedad de sus ojos, como le pasaba a su padre.

–Está bien. ¿Va a necesitar que se la llevemos?

–Sí, desde luego –contestó–. Le diré a alguien que la llame para arreglar los detalles, el pago y esas cosas. ¿O puedo pagarle ahora?

–No, no, primero tengo que hacerle el presupuesto. Así que... solo necesito sabores.

Se tocó los labios un par de veces más con la patilla antes de volver a fijar en mí sus intensísimos ojos marrones.

–De jengibre y whisky me parece perfecto.

Capítulo 6

A la mañana siguiente, cuando me fui al trabajo, había una espesa capa de niebla sobre el embalse, pero yo sabía que, por gélidas que parecieran aquellas mañanas dentro de una furgoneta de hojalata que avanzaba a trompicones contra el viento, siempre anunciaban lo que inevitablemente acabaría siendo un día glorioso. Eran solo las seis y media, había tiempo de sobra para que las cosas se caldearan y para justificar las bailarinas azules que me había puesto, y que, de momento, con aquella temperatura, parecían completamente fuera de lugar.

El verano estaba dando sus últimas boqueadas: no habría muchos más días como aquel, que plantaran valientemente cara al otoño imparable, cuyo avance señalaba otro año más sin Charlie.

Pero ese día, al menos, iba a salir el sol, y los días soleados eran buenos para el negocio. Las chicas de oro de la cafetería de enfrente tendrían la terraza llena a la hora de comer, y sus clientes mirarían con deseo las cosas que les teníamos preparadas de postre. Las abuelas entrarían a comprar pastitas para llevárselas a sus nietos y las oficinistas aprovecharían su última oportunidad de saborear un apetitoso dulce veraniego, seguidas quizá por algún que otro compañero de trabajo goloso.

«Las del surtido», las llamaba Jesse, porque siempre se

llevaban un par de cajas entre todas, para poder probar un poco de todo.

Gracias a la maravilla de dormir sin soñar, me sentía fresca y descansada mientras iba hacia Hunterstone. Hasta que vi la tienda, no me descubrí pensando otra vez en él.

Hacía todavía frío cuando abrí y entré. Recogí un par de folletos publicitarios y me fui derecha a la tetera. Charlie, que no soportaba el correo basura, tenía la molesta costumbre de dar la dirección de la tienda en lugar de la de casa, decía que porque los locales comerciales tenían contenedores de reciclaje más grandes en la parte de atrás, y supongo que tenía razón.

Eché un vistazo al correo mientras la tetera cobraba vida borboteando: un folleto de una compañía eléctrica, dos de un restaurante de comida para llevar y... una tarjeta de agradecimiento. «Qué bien». Saqué la tarjeta de su sobre y me dirigí al fondo del obrador, donde, en un entrante de ladrillo, había un sofá desvencijado, pero cómodo. Era allí donde echábamos una cabezadita para reponer fuerzas los días de más trabajo, en temporada alta. Me dejé caer en el sofá y leí la nota de dentro de la tarjeta:

Queridos Holly y Jesse:
¡Muchísimas gracias por vuestra magnífica tarta! Era absolutamente impresionante, no podíamos pedir más. Ni siquiera la madre de Ben pudo ponerle una pega, y eso es mucho decir.
Tenemos clarísimo que iremos a encargaros la tarta de nuestro primer aniversario, y del décimo, y de las bodas de oro. Y, con un poco de suerte, también la de algún bautizo.
No puedo pararme a charlar, estoy escribiendo esto camino del aeropuerto. ¡Tailandia, allá vamos!
Gracias otra vez, habéis sido fabulosos.

Con nuestros mejores deseos,
Benjamin Day y señora, xx

Colgué la tarjeta junto a las otras y miré la última carta que tenía en la mano. Era un panfleto poco corriente, con forma de tipi, con una invitación a «acampar con estilo de Gales». En el dorso, una ristra de alegres banderines sostenía en alto un recuadro con la dirección, a nombre de Charlie Jefferson. Charlie creía que podíamos aficionarnos a las acampadas en tiendas de lujo, y me había propuesto que probáramos a ir en nuestro primer aniversario de boda. Pero no nos había dado tiempo.

Tomar el té, hornos encendidos, papelera de reciclaje, trabajo.

A los veinte minutos el obrador estaba en plena actividad, envuelto en el alegre sonido de la música que estuvieran poniendo en la radio y en el cálido aroma de la vainilla y el chocolate caliente. Metí cuatro tandas en el horno antes de ponerme otro té y encender el portátil.

Habíamos acertado al elegir el nombre de la tienda: era fácil encontrarnos en Internet, y la dirección de e-mail era bastante sencilla. Pero eso suponía también un montón de correo basura virtual, enviado por proveedores. Fui bajando con el ratón por la pantalla. Borrar. Borrar. Borrar. *Penny Richardson. Asunto: Tarta Hollywood de Argyll.*

Abrí el mensaje con un estremecimiento de inquietud. Y de otra cosa.

Señorita Jefferson:
Le rogamos nos proporcione una tarta de cumpleaños para una fiesta que tendrá lugar próximamente.

El señor Argyll me ha informado de que ya habló con él acerca de los sabores, y de que le recomendó la opción de whisky y jengibre.

300 porciones, mínimo. Entrega, entre las 8 y las 8:30 de la tarde del sábado 26 de octubre. Le adjunto los datos

del lugar del evento. Los pormenores del precio y el pago le serán notificados más adelante.
Penny Richardson,
Asistente personal del consejero delegado, Argyll Inc.

Genial. Otra entrega nocturna. Y a una hora en la que seguramente el sitio estaría lleno de invitados. Odiaba aquello: la gente mirando, esperando a que pasara algo terrible para poder subirlo a Internet.

Abrí el archivo adjunto. Nunca había estado en Los Salones Dorados.

Había oído hablar del local más exclusivo de la ciudad cuando mis clientes charlaban sobre la gente guapa que salía en las revistas de cotilleos; de algún famoso al que habían pillado dándose el lote con tal o cual supermodelo, por ejemplo, pero las fiestas en aquella discoteca tan afamada, donde el Moët Chandon y el Glenlivet fluían tan libérrimamente, no solían aderezarse con tarta. Y, sinceramente, a trescientas libras el reservado, era improbable que yo visitara un sitio así como no fuera para entregar una tarta. Jesse iba a mearse de gusto cuando se enterara. Buff.

Cerré el documento y preferí dejar que se encargara él cuando llegara.

Cuando entró en la tienda, las tartas ya estaban fuera, en la exposición, había repuesto los estantes medios vacíos del obrador y recibido las cubetas de colorantes, nuevas y más grandes, que estábamos esperando.

Ya solo me quedaba saber dónde íbamos a colocar las quince cubetas de pasta de colores comestible. En un sitio no muy alto, eso seguro. Una vez, sin darme cuenta, había volcado una de las otras cubetas, más pequeñas. La pasta era tan viscosa que no se derramaba enseguida, sino que iba saliéndose poco a poco, pero a ritmo constante. A la mañana siguiente, el obrador parecía la escena de un crimen: había gelatina de color rojo sangre por todas partes. Cuando vi aquel desbarajuste, juro que temí que un psicópata saliera de un salto del almacén. De eso hacía años, y la mancha del obrador aún no se había quitado.

—¡El rey ha vuelto! —gritó Jesse desde la puerta al entrar.

—¡Espero que traigas comida! —respondí.

—Tengo un cruasán de almendras, pero es de las chicas de oro, por si quieres pasar.

Le quité la bolsa de la mano y aspiré el aroma delicioso de los bollos recién hechos.

—Madre mía, qué buenos cruasanes hacen.

Sonrió mientras me veía comerme el bollo.

—¿Qué tal te encuentras esta mañana? Empezaste la semana con mal pie.

Yo sabía que no iba a tardar mucho en restregarme por la cara lo que había pasado el día anterior.

—Cállate, Jesse, y ponte a trabajar. Por cierto, tienes tarea. Un e-mail de Penny Richardson.

—¿Qué es? —preguntó.

—Un dolor de cabeza en ciernes. Y es todo tuyo, colega.

Dejó su mochila en el suelo y se quitó la sudadera antes de agarrar un delantal e irse al rincón del sofá. Se sentó con el portátil y empezó a revisar el correo. Yo me puse a hacer sitio para colocar las cubetas de colorante. «Espera a que...».

—¡Hostia! ¡Los Salones Dorados!

Yo sonreí mientras Jess leía con fruición el folleto digital, sabiendo que volvería a leerlo un par de veces más para empaparse de cada detalle. Aquella tarta iba a ser una pasada.

—Lo que te decía: un dolor de cabeza.

—¡Un dolor de cabeza! ¿Estás de broma? ¡Espera a que les diga a los chicos que he estado en Los Salones Dorados! ¡Ay, Dios! Se van a morir de envidia. Ya te decía yo que ese mamón era un hacha... ¿Sabes?, creo que quizá sea de verdad James Bond.

Técnicamente no era eso lo que había dicho de él, pero no iba a sacarle de su error. No pensaba volver a decir esas palabras jamás en la vida.

–Sí, bueno, nosotros solo vamos a entregar la tarta, Jess. Lo siento, sé que es mucho pedir un sábado por la noche, pero yo no puedo hacerlo sola.

–¡Hol, vamos a ir a Los Salones Dorados! Me da igual qué noche de la semana sea. ¡Una vez estemos dentro, estaremos dentro, mi niña!

Le lancé una mirada.

–Vamos, Hol. No irás a pedirme que me vaya en cuanto entreguemos la tarta, ¿verdad? Sería como llevar a un niño a Disneylandia, dejarle ver a Mickey un momentito y llevárselo a casa otra vez.

–Jess, nosotros no vamos a ir a esa fiesta. No conocemos a esa gente. No estamos invitados. Y, si te soy sincera, tampoco me veo allí. Gente con más dinero que sentido común, todos vestidos de diseño y hablando del yate de papá –dije, intentando alejar a golpe de bate las intenciones de Jesse, que colgaban en el aire como cosas pesadas.

–Habla por ti. Yo sí me veo allí. Cuando me arreglo estoy guapísimo, y me encantan los yates –respondió. Intentaba convencerme de que cambiara de opinión, a pesar de que sabía que no tenía ninguna oportunidad de hacerlo.

–No me mires así. Si estuviéramos invitados, sería distinto. Pero no pienso colarme en la fiesta –añadí–. Ni siquiera sabemos para quién es –ya estaba: no era culpa mía. Tenía las manos atadas.

–Muy bien. Pero tengo que avisarte, Hol: no te sorprendas si me escabullo para cambiarme en el aseo de chicos, porque si veo algún famoso, pienso quedarme en la fiesta contigo o sin ti.

–Como quieras, Cenicienta. Pero la calabaza y yo nos iremos a las ocho treinta y cinco, con o sin ti. Eso te lo garantizo.

El resto del día estuvimos tan atareados como esperaba, y aunque Jess estuvo extrañamente callado, no supe si era porque estaba enfadado conmigo o porque estaba pensando qué ropa iba a ponerse. Las dos cosas, seguramente. Por la tarde, cuando las cosas se calmaron, se puso a hacer un boceto de la tarta de Argyll. Eso había que reconocerlo: en cuestión de creatividad, no había nada que sus manos no pudieran hacer.

Yo había echado un par de vistazos a hurtadillas por encima de su hombro, convencida de que, fuera lo que fuese lo que inventara, sería fantástico. Seguramente Jesse tenía razón. Él sí encajaría en la fiesta. Encajaba en cualquier parte. Era guapo sin necesidad de esforzarse en serlo, y divertido a más no poder, así que le caía bien a todo el mundo. La tarta y él no desentonarían en la fiesta. Allí iba a competir con un montón de gente guapa, claro, pero Jess podía crear belleza de la nada, y ese era un talento que no podía comprarse con dinero.

Antes de la hora de cierre, acabó de hacer el boceto de la tarta y lo envió a Argyll. Yo me aseguré de que firmara con su nombre, para que a partir de ese momento se dirigieran a él. Había llamado mi hermana Martha para contarme que había hablado con nuestra madre, habíamos recibido un par de encargos por teléfono de última hora, lo que nos mantendría atareados hasta el fin de semana y, como no teníamos ninguna boda prevista para el sábado o el domingo, uno de los dos iba a tener todo el fin de semana libre.

–Oye, Hol, no tenemos nada para los dos próximos sábados. Lo sabías, ¿no?

Sabía que no podía estar enfadado conmigo mucho tiempo.

–Ajá. ¿Estás pensando lo mismo que yo?

–Estaba pensando que te tomes tú este sábado libre, y yo el siguiente, si te parece.

–Por mí bien, Jess. Lo que a ti te venga mejor. ¿Vas a ir a algún sitio bonito?

–Todavía no lo sé. Mi compañero de piso se va con su novia a hacer un viaje en coche. Si ella convence a su amiga de que vaya también, no me importaría sentarme atrás con ella –me lanzó una sonrisa de dientes blancos como perlas y movió las cejas hasta que rompí a reír.

—¿Un viaje en coche? ¿Hay algún sitio al que no estés dispuesto a ir por unas faldas?

Jesse estaba eternamente enamorado, pero de una chica distinta cada semana. Yo sabía lo que veían todas en él. A mí también me encantaba. Me había hecho de hermano mayor cuando más lo necesitaba, y el resto del tiempo era como un hermano pequeño. Tenía muchas cosas que agradecerle. Cosas que no sabía cómo expresar.

—Seguramente sí —se encogió de hombros, con sus grandes ojos marrones rebosando inocencia—. Pero todavía no lo he encontrado en el mapa.

Cuando acabé mi jornada de ocho horas, estaba deseando marcharme y dejé a Jess para que cerrara cuando fuera la hora. Había sido un día ajetreado, y con tanta gente entrando y saliendo, no me dio tiempo a pensar en los tipis hasta que me monté en el coche para volver a casa.

Todavía hacía calor cuando llegué al camino de tierra que llevaba a la casa y, cuando aparqué, Dave salió a recibirme al jardín.

—Hola, chaval —le dije mientras cerraba la puerta de la furgoneta con el trasero. Al acercarme a él metí la mano en la bolsa de la compra y le di un poco del fiambre que había comprado en un *delicatessen* por el camino.

Metí la llave en la cerradura y empujé la puerta roja y desconchada. Dave me siguió dentro, tan emocionado por el contenido de la bolsa que llevaba en brazos, que estuvo a punto de tirarme. En el recibidor, la luz roja del contestador estaba parpadeando. Pulsé el botón y entré en la cocina.

Tiene tres mensajes nuevos. Empecé a sacar la compra mientras me quitaba el bolso y la chaqueta de los hombros.

Primer mensaje, recibido hoy a las ocho y dieciséis minutos de la mañana:

—*Holly, cielo, llama a mamá, ¿quieres? Está un poco enfadada porque hace mucho que no la llamas. Le he dicho que estás muy liada, pero, en fin... Dale un toque, corazón. A mí también me gustaría saber qué tal te va. Adiós, cariño.*

–Holly, cariño, soy papá otra vez. No le digas a tu madre que he llamado. Ya sabes, es que... preferirá pensar que la has llamado espontáneamente. Bueno, cariño, adiós, de momento.
Recibido a las ocho y diecinueve minutos.
Cuando vi todos los frascos y botes sobre la encimera, empezaron a sonarme las tripas.
–Holly, ya sé que estás ocupada, pero, en serio... ¿Tanto te cuesta llamar una vez por semana? Martha me dice que va todo bien, y que en la ecografía estaba todo perfecto, pero no estoy segura, Holly. Creo que a lo mejor no quiere preocuparnos. ¡No puedo moverme de aquí y no sé qué está pasando! Bueno, espero que te estés cuidando mucho. Martha dice que has perdido un poco de peso. Llámame. Adiós.
Recibido a las doce cincuenta y dos minutos del mediodía.
–Bueno, es lo que pasa cuando te mudas a otro país, mamá –dije mientras picoteaba de un frasco de aceitunas. No había perdido peso: lo que pasaba era que Martha se había vuelto temporalmente mucho más gorda que yo.

Me metí un par de aperitivos más en la boca y dejé mis cosas encima del poste de la barandilla, al pie de la escalera. Tenía que acordar con mi padre un sistema de aviso que funcionara mejor.

Borré los mensajes y pensé en llamarles mientras escudriñaba el recibidor en busca de la zapatilla de estar en casa que no encontraba. Tal vez después de cenar. Desde el pasillo me asomé al oscuro cuarto de estar y vi mi otra zapatilla de fieltro esperándome.

En aquel cuarto siempre hacía frío. No habíamos encendido el fuego desde las primeras semanas, cuando comíamos comida china encargada por teléfono y hacíamos grandes planes, y después yo había apagado los radiadores para ahorrar energía. Después de la cocina aquella era la habitación más grande de toda la casa, y la habíamos usado como trastero para meter los muebles que poco a poco íbamos recolocando por las otras habitaciones. Ahora era una especie de cementerio de elefantes, llena de cuadros por colgar y de lámparas que hacía mucho tiempo que no se encendían. Seguía habiendo muchos muebles, entre ellos el viejo y destartalado tresillo que la señora Hedley se había empeñado en que nos quedáramos.

Mientras que yo dudaba de cuál iba a ser mi habitación preferida de la casa, Charlie se había apoderado del cuartito que había nada más cruzar la puerta de atrás y lo había declarado oficialmente su caverna. Allí tenía todo lo que necesitaba, solía decir: un sofá cama para cuando me portaba mal con él, y una tele de pantalla plana para cuando venían los chicos a ver el fútbol. Ahora era simplemente una cueva.

Recogí mi zapatilla y volví con ella para sentarme en las escaleras. Apoyé el trasero en la dura madera y me cambié de zapatos.

La parte de dentro de una de las zapatillas estaba tan retorcida que me arañó el pie cuando intenté ponérmela.

—¡Dave! ¡Has vuelto a morder cosas! Perro malo —en serio, era urgente que perfeccionara mi voz de mandona. Metí el pie en la zapatilla y...

Un residuo frío y húmedo se extendió por mis dedos. «Qué asco».

—¡Es el tercer par desde abril, Dave! ¿Qué pasa? ¿Es que eres un fetichista?

Se puso a gimotear al oír aquello.

Metí la mano en el bolso, que había dejado colgado a mi lado, para sacar un pañuelo de papel con el que limpiar la baba de Dave. Lo último que había metido era el correo de Charlie. Dejé el pañuelo y saqué el folleto para echar otro vistazo a aquello con lo que tanto había fantaseado Charlie. La pareja perfecta brindando bajo un cielo estrellado. ¿Cómo íbamos a saber lo frágil que era todo? La infinitud del mundo a nuestro alrededor, la promesa de nuestra juventud, el escudo de nuestro amor... Todo se había esfumado en cuestión de segundos, sin dejar nada atrás en lo que creer.

Capítulo 7

–¡Señora Jefferson! –bramó una voz que hacía tiempo que no oía–. ¿Qué tal está usted, querida?

El aire del bosque era fresco y diáfano, justo lo que necesitaba para despejarme. Hacía mucho tiempo que no pasaba una tarde en el campo, y muchos meses más desde que no me topaba con uno de los antiguos compañeros de Charlie. Dave se adelantó corriendo hasta la base del árbol del que provenía la voz conocida de Big Frank Stanley y estuvo moviendo la cola como un loco hasta que Big Frank bajó.

–¡Ah, quita de aquí, perro loco! –exclamó alegremente Frank mientras yo caminaba a trompicones por entre la hojarasca para reunirme con ellos. Frank era el hombre más grandullón que yo había visto nunca, pero aun así, Dave parecía un monstruo mientras saltaba juguetonamente a su alrededor.

–¡Dave! Déjale en paz... Es muy pequeñín –sonreí cuando Frank apartó a un lado al perro para venir a saludarme.

Me dio un abrazo de oso.

–Hola, cariño –dijo con su voz retumbante, y su barba me arañó la cara. Olía como Charlie después de un largo día de trabajo. A pinochas y a gasolina de sierra mecánica.

–Hola, Frank, ¿qué tal te va? –pregunté, refrenándome

para no rascarme el picor que me había dejado en la mejilla. Tenía el aire de un vikingo y a su lado, Charlie, a pesar de sus anchas espaldas, parecía un renacuajo. Al verlo me di cuenta de que lo había echado de menos, aunque no echara de menos que me dejara la nevera vacía cuando iba a casa a ver el fútbol.

–Como siempre –sonrió por entre su bigotazo rojizo, tan espeso que le tapaba los labios–. ¿Dónde te has escondido?

–En ninguna parte –me encogí de hombros–. Es solo que he estado muy liada con el trabajo y esas cosas.

–Conozco esa sensación. Yo estoy intentando sacarme unas libras extras este fin de semana.

–No esperaba ver a nadie aquí arriba un sábado –dije mientras paseábamos entre los árboles.

–Aquí ahora se hace todo en altura –de pronto se puso serio–. Hoy han venido algunos de los muchachos. Deckard y Jimmy están por aquí, marcando límites. ¿Te has enterado de lo de la vaguada del lado oeste?

–Oí hablar de ella. Pero luego no he vuelto a saber nada. No nos enteramos de casi nada, sin nadie que nos tenga al corriente –me encogí de hombros.

–Tres años luchando y siguen vendiendo delante de nuestras narices.

Los activistas habían luchado a brazo partido, pero sabíamos que se produciría un efecto dominó en cuanto empezaran las ventas. Dentro de poco ninguno de aquellos bosques estaría abierto al público. Y lo que era aún peor: estarían urbanizados.

–Lo siento, Frank –lo sentía de verdad. Lo sentía de todo corazón, de hecho.

Era muy triste que todos los esfuerzos de Charlie quedaran reducidos a nada. Aquello era lo más parecido que tenía Charlie a un legado propio. Había invertido mucho tiempo en intentar idear soluciones para que los bosques siguieran siendo de dominio público. Luego, una noche de

cerveza y nostalgia, había tenido su «momento eureka». Les estaba hablando a Martha y a Rob de sus horribles tiempos de estudiante, cuando lo expulsaban de un instituto y otro. Era agresivo y problemático, todo lo que se rechaza en un adolescente. Todo aquello que no era Charlie.
Pero había sido todo una maniobra de diversión. Un mecanismo de supervivencia. Porque nadie le había diagnosticado la dislexia.
Martha había llorado cuando Charlie le contó las cosas que hacía para evitar que le preguntaran en clase. Él le quitaba importancia, pero yo sabía cómo le había afectado, cuánto le preocupaba que nuestros hijos pasaran por lo mismo. Para él, el colegio había sido una experiencia desmoralizadora, y solitaria, además, pero hasta nosotros nos habíamos quedado perplejos cuando Rob nos contó la cantidad de delincuentes a los que había defendido que tenían dificultades de aprendizaje como la de Charlie. Personas que habían comenzado siendo expulsadas del colegio por portarse como él, niños traumatizados por la vergüenza. Charlie había tardado mucho tiempo en aceptar por fin que no era sencillamente tonto.
Esa noche, Rob había sacado a relucir el tema de las escuelas bosque. Nosotros no habíamos oído hablar de ellas, ni siquiera a través del trabajo de Charlie. Cuanto más nos explicaba Rob cómo entendía él que eran, más pendiente estaba Charlie de cada una de sus palabras. Había pensado que una escuela bosque era la solución, tanto para la sostenibilidad del bosque como para los niños de la zona, que podían beneficiarse de todo lo que ofrecían.
–De eso ya no se habla –me dijo Big Frank, y agarró un palo que Dave le estaba poniendo en la mano–. De la vaguada podemos despedirnos. La han vendido, y los nuevos propietarios ya la han vallado. Lo próximo que harán será meterse en el bosque.
Miré a mi alrededor el bosque misterioso y extraño. Era todo tan hermoso que no soportaba la idea de que fuéra-

mos a perder eso también. Frank dio una patada a un par de piñas caídas mientras andábamos, haciéndolas rodar por la tierra rica y húmeda.

–Más vale que te deje seguir trabajando, Frank –dije, y me puse de puntillas para darle otro abrazo de despedida–. Saluda a Annie de mi parte.

–Lo haré. Y cuida de ese perro loco.

Otra mejilla arañada y Big Frank regresó hacia el lugar donde lo había encontrado Dave.

Volví a ponerle la correa a Dave cuando nos acercamos a los caminos más transitados. El sendero nos llevó a través del bosque, más allá del parque donde las familias iban a merendar o a montar en bici. Después, nos condujo hasta la vaguada que había al pie del bosque. A lo largo de todo el perímetro había postes de hierro que sujetaban una cinta roja y blanca que se sacudía inútilmente arrastrada por la brisa. A pesar de que estaba marcada como una zona por la que ya no podíamos pasar, costaba aceptar que tanto espacio estuviera de pronto prohibido.

El bolsillo de mi chaqueta cobró vida de pronto cuando sonó el teléfono. La cara de Jess aparecía en la pantalla.

–Hola, ¿qué pasa?

–Hola, Hol, perdona que te estropee tu día libre.

–No, no pasa nada. ¿Va todo bien? –pregunté.

–Sí, sí, perfectamente. Es solo que tengo a una señora al teléfono preguntando si podemos hacer doscientas *cupcakes* para el lunes.

–¿Para el lunes? ¿Para el lunes que viene? –pregunté. Era raro que alguien tuviera una fiesta un lunes, y que llamara con tan poca antelación.

–Sí, no quería decirle que sí sin consultártelo primero.

–Gracias, Jess. ¿Ha dicho para qué son? –Dave intentaba llevarme hacia la vaguada. Antes nunca se había interesado por aquel sitio. Ahora que estaba prohibido el paso, quería entrar. Oí que Jess transmitía mi pregunta a través del otro teléfono.

–No, no son para una fiesta.
–¿Vendrían a recogerlas o tendríamos que llevárselas?
–Vendrían a recogerlas.
No pude evitar desconfiar. Una acababa por tener cierta intuición respecto a las cantidades y los días, ese tipo de cosas. Aquello sonaba a broma.
–Vale –dije–, pero tienen que pagar por adelantado, hoy. Si no, no podemos empezar a hacerlas el lunes cuando lleguemos. Y nada de cheques, Jess.
–Entendido. Luego te llamo –dijo.
–Adiós.
Jess colgó. Era poco probable que fuéramos a hacer aquellas doscientas *cupcakes* el lunes. Me daba en la nariz.
Dave y yo nos habíamos montado en el viejo Land Rover que la señora Hedley me dejaba usar para llevarlo por ahí, y habíamos recorrido buena parte del trayecto de vuelta a casa cuando mi móvil empezó a sonar otra vez. Tenía la misma musiquilla en el móvil para Jesse, Martha y mis padres, así que no conocía a quien estaba llamando, o eso pensé. Ignoré la llamada y seguí conduciendo. El cielo había empezado a ponerse de un color azul profundo cuando le devolví la llave del coche a la señora Hedley. Necesitaba una excusa para librarme de la noche de cine en casa de Martha.
En cuanto entré en casa, Dave se fue derecho a su sitio en el suelo, al fondo de la cocina. Yo también me dejé caer en el asiento de la ventana, a medio camino entre la colchoneta de Dave y la botella de vino que había dejado en la barra del desayuno, y allí me quedé, mirando las hileras de libros de los estantes, encima de mí. Me acerqué el teléfono a la cara y busqué en el menú para mandarle un mensaje a Martha. Soy una cobarde, lo sé, pero es mucho más fácil decir algo cuando no tienes que usar la voz para decirlo.
La llamada que me había perdido era de un número que no reconocí. No habían dejado mensaje.
Martha contestó a mi mensaje en cuestión de segundos,

preguntándome si estaba bien y si no me había ocurrido ninguna catástrofe. A pesar de todo, se lo tomó muy bien. Imaginé que se alegraban de poder pasar solos una noche de sábado para variar, sin tenerme a mí de sujetavelas, aunque no creía que Rob fuera a tener muchas posibilidades de librarse de desayunar uvas a la mañana siguiente.

Empezó a dolerme el brazo de escribir mensajes con el teléfono en vilo, así que me tumbé de lado. Martha me había hecho un cojín largo de color gris para ponerlo en el asiento de la ventana, que era de madera de color crema, y se había empeñado en poner por lo menos seis cojincitos de tono lima suave y gris para completar el *look*. A mí su aspecto me daba lo mismo, pero la verdad era que allí se estaba de muerte. Tan a gusto, que daban ganas de echar un sueñecito. Me puse un cojín debajo de la cabeza. Al otro lado de la cocina, entre las gruesas patas de la mesa, veía el corpachón de Dave, que ya se había dormido en su colchoneta. Qué vida tan fácil la suya. Me incorporé de mala gana.

Una copa de vino y un remojón en la bañera era lo único que podía reaninarme.

Dave estaba tan profundamente dormido que no vino al cuarto de baño a sentarse conmigo. Me serví una copa de vino, saqué de la nevera uno de los frascos del *delicatessen* y subí sola. Me comí los trozos de queso feta mientras me quitaba los vaqueros y la camiseta, y me arrepentí de no haber comprado más al hundir mi cuerpo cansado en el agua sedosa y caliente. Había pocas cosas más placenteras que meterse en un baño de espuma bien lleno. Bueno, algunas sí había, aunque yo me acordara solo vagamente de cómo eran. Muy vagamente. Resolví empezar a sacar más tiempo para darme baños y ducharme menos.

Con el cambio de temperatura se me puso la piel de gallina con un delicioso estremecimiento. Me tumbé, cerré los ojos y disfruté del goteo del grifo en el agua quieta que rodeaba mis pies. El dolor que notaba en el hombro, de tanto tirar de Dave, comenzó a disiparse poco a poco. Con los ojos entreabiertos, levanté un pie hacia el goteo de agua fría, metí el dedo gordo en la boca del grifo y me llevé un susto al comprobar cuánto tiempo debía de hacer que no me depilaba las piernas.

«Jopé, Holly. Si te siguen creciendo los pelos, este invierno no va a hacer falta que te pongas pantalones».

Vi la cuchilla en la bandeja de la ducha.

–Bah, que le den, ya lo haré mañana –dije, y volví a hundir los hombros fríos en el calorcito del agua.

Me relajé otra vez, y el ruido del agua que me envolvía fue apagándose hasta quedar en nada. Oía a Dave suspirar abajo, dormido, y luego el zumbido de mi móvil vibrando sobre la cama.

Ya me parecía que Martha se había rendido con demasiada facilidad.

«Ignóralo».

«Pero entonces se preocupará».

«Ve a contestar».

–¡Maldita sea, Martha!

La toalla que agarré había pasado el tiempo justo en el radiador para calentarse. Me levanté de mala gana, me envolví en la toalla, crucé la alfombra del rellano con los pies mojados y entré en mi cuarto, al fondo de la casa. Era la única habitación con moqueta, gracias a mi hermana, y me alegré de ello mientras me acercaba a la pesada cama de cuatro postes. El teléfono dejó de vibrar antes de que llegara, claro. Me hundí en la sencilla y suave colcha de color marfil que según Martha era para morirse de bonita, y miré la pantalla. El mismo número de móvil desconocido en lo alto de la lista de llamadas perdidas. Los nombres de Martha y Jesse ocupaban los puestos restantes.

Empecé a secarme las puntas del pelo mojado mientras me preguntaba quién me había sacado de la bañera tan intempestivamente. Quizá fuera Annie, la mujer de Big Frank. Había intentado muchas veces que fuera a pasar un rato con ellos. Seguramente era ella, que llamaba después de saber que me había encontrado con su marido.

Pero no había ningún mensaje de voz. No quería llamarla ahora. La llamaría al día siguiente, justo después de llamar a mi madre. «Mierda». Menuda charla iba a echarme.

Estaba pensando en el sermón que me tendría reservado mi madre, con el móvil todavía en la mano, cuando sonó otra vez. Annie siempre había sido persistente en sus intentos de mostrarse amable conmigo, y me odié por reprochárselo. Pero, sencillamente, no me interesaba la terapia que ella creía que podía ofrecerme. Estuve a punto de pulsar la tecla de llamada rechazada, pero de pronto me pareció que sería un poco grosero. Y desagradecido, también. Además, me había alegrado de ver a Frank. Tal vez estuviera empezando a ablandarme. «Contesta de una vez».

—¿Diga? —dije, esperando oír la voz alegre de Annie.

—¿Hola? —contestó un hombre.

—¿Frank?

—No, no soy Frank. ¿Es este el número de la señorita Jefferson?

No sé por qué había pensado en Frank. Pero no era ni Jess, ni Rob, y mi lista de nombres de chico era muy corta.

—¿Quién es? —pregunté, mirando la hora en el reloj de la cómoda. Era un poco tarde para que llamara un teleoperador. Pero aquella voz me sonaba un poco...

—Soy Ciaran. Ciaran Argyll.

Sin querer, sofoqué un suave gemido de sorpresa y sentí de pronto que una vena empezaba a palpitarme en el cuello y que una especie de hormigueo se extendía por mis mejillas. Mi cuerpo estaba empezando a reaccionar a un tipo de estrés que mi cerebro no entendía todavía.

—O también, a veces, Bond, James Bond.

Lo supe. En cuanto aquel nombre empezó a salir de su boca con un melancólico acento escocés, supe lo que venía a continuación. Y, sin saber por qué, tuve la sensación de que había vuelto a pillarme.

«Piensa en algo que decir».
—O también, en ocasiones, «muy guapo el muy...»
—Eh, señor Argyll, ¿qué puedo hacer por usted? —pregunté mientras me preguntaba cuál demonios podía ser la respuesta. «Bum, bum», seguía sonando la percusión de mi cuello. Intenté respirar con calma, rítmicamente, para que no me delatara mi nerviosismo.
—Lamento llamarla a estas horas, señorita Jefferson.
Noté la sonrisa que seguía habiendo en su voz.
—Pero me temo que tengo que hacerle un par de especificaciones más respecto a mi pedido.
Vi en el espejo de la cómoda la expresión de pasmo que tenía mi cara, toda rosa y alelada. Pero al menos, al oír hablar del trabajo, una parte de mi cerebro hizo pie y empezó a trepar hacia la luz.
—¿Cómo ha conseguido este número? —pregunté, permitiéndome un primer asomo de irritación, con la esperanza de que disipara cualquier otra cosa que estuviera agitándose dentro de mí.
—Hoy en día nada es sagrado, señorita Jefferson. En mi opinión, investigar un poco siempre ahorra tiempo. Espero que no le moleste.
Era uno de esos enunciados a los que no se podía responder sin pringarse de una manera u otra. Yo no estaba segura de qué implicaba exactamente aquello de «investigar un poco», ni de si me gustaba ser objeto de esas investigaciones, pero fuera lo que fuese lo que quería, tenía que ser importante si me llamaba en fin de semana y había tenido que ponerse a investigar para conseguir mi número.
—¿Hay algún problema, señor Argyll? —pregunté, un poquito más molesta aún—. Porque si lo hay, Jesse puede encargarse de ello a primera hora del lunes.
—¿Jesse? —preguntó—. ¿Es Jesse quien va a hacerse cargo de mi pedido?
—Así es. Así que, si tiene algo que decirle respecto a su

tarta, él se encargará de ayudarlo. El lunes. En horario de apertura al público.

El otro lado de la línea quedó en silencio unos segundos.

–Verá, tengo una duda y, aunque lamento entretenerla, es usted la jefa, así que creo que debo consultárselo primero –su voz sonó relajada y tan suave que no me molestó que se refiriera a la mala contestación que le había dado en la tienda.

–Va a haber un montón de gente en la fiesta para la que les hemos contratado. Y no queremos que se acerquen todos a su obra de arte y se sirvan a su antojo. Podría ser muy engorroso.

«La obra de arte de Jess».

–Me estaba preguntando en qué medida podríamos utilizar los servicios de su negocio.

–Lo siento, señor Argyll, pero no estoy segura de entender su pregunta.

–Estaba pensando que podía ser buena idea contratarles para que supervisen cómo se corta y se sirve la tarta. Después de ver lo detallado que es su trabajo, no creo que los camareros vayan a saber qué hacer con él.

–Lo siento, ¿me está pidiendo que le cuidemos la tarta, como si fuéramos sus niñeras?

Se rio: un soplo de aire contra el teléfono, expelido sin esfuerzo.

–Supongo que sí. Naturalmente, también podrían pasar la velada en Los Salones Dorados. Creo que les gustará.

Vi en el espejo que ya no tenía las mejillas tan coloradas, pero ahora parecía aún más confusa. «¿Para qué voy a querer yo quedarme allí? ¿Por qué cree que me gustaría?».

–Eh, no ofrecemos ese tipo de servicios, señor Argyll.

–Llámeme Ciaran.

Empecé a notar un picor muy suave en el cuello. Levanté la mano para rascármelo.

Costaba saber si aquel suave acento de su voz procedía

de su infancia, o de la influencia de la entonación de su padre a lo largo de los años.

—No cuidamos tartas, Ciaran. Seguro que el equipo de camareros de los salones podrá arreglárselas.

—Tiene razón. Deberían, con lo que cobran. ¿Ha estado alguna vez allí?

¿Estábamos charlando?

—No —contesté, divertida—. Pero Jesse me lo ha contado todo sobre ese sitio —añadí en una voz que debía mostrar mi desinterés.

Noté que un goterón de agua fría caía de mi pelo a mi muslo.

—Entonces ¿le ha dicho lo exclusivo que es?

¿Adónde quería ir a parar?

—Algo me ha mencionado.

—¿Le ha dicho que es muy difícil entrar?

Aquello se estaba volviendo cada vez más raro. Sí, aquel sitio era superpijo, ya lo sabía, ¿y qué?

—Por lo que me ha contado Jess, no es difícil entrar. Solo hay que pagar la entrada.

—Un precio de echarse a llorar —añadió él.

—Eso también lo he oído.

—¿Y no le apetece tener la oportunidad de pasar una noche allí? ¿Sin tener que pagar la entrada?

—No es el precio de la entrada lo que me quita las ganas de ir, señor Argyll. Bueno, sí, pero los sitios como ese no... —me acordé de elegir con cuidado mis palabras. Podía estar sentada en mi cama, hablando por alguna absurda razón de discotecas carísimas, pero aun así estaba hablando con un cliente.

—¿No son de su estilo? —preguntó.

«Exacto».

—No. No, la verdad —contesté, y me pregunté cómo cortar la conversación antes de que pudiera ofenderle.

—¿Y del estilo de Jesse sí?

Solté una risilla. Su pregunta me había sorprendido.

–Cualquier cosa con música, lujo y mucho oro es del estilo de Jesse.
–Entonces estará deseando visitar Los Salones Dorados.

Jesse ya había dejado perfectamente claro cuánto le apetecía ir. Estaría muy mal por mi parte robarle esa oportunidad.

–Puede usted preguntarle si quiere cuidar de la tarta. Pero, si quiere hablar con él, es preferible que lo llame el lunes... cuando la tienda esté abierta.

La línea quedó en silencio unos segundos más. Tal vez me había puesto demasiado dura.

–Perdone. La estoy entreteniendo. Entonces, a partir de ahora, ¿tengo que hablar con Jesse?

–Con Jesse, sí.

–Gracias por su ayuda, señorita Jefferson. Lamento haberla molestado. Que disfrute del resto de la tarde –colgó antes de que tuviera ocasión de decirle adiós.

Capítulo 8

Jesse sonreía como un gato satisfecho. Yo no le hacía caso. Aquello no había sido idea mía.

Por encima de nosotros, como en el interior de la carpa de un circo, se tensaban grandes lienzos de tela brillante de cuyo vértice colgaba majestuosamente una enorme lámpara de araña adornada con largos mechones de metal dorado. Mareaba mirar hacia arriba y ver todo aquel brillo, pero abajo la cosa era aún peor.

Jesse me había tomado de la mano y tiraba de mí hacia el interior del gentío que bailaba furiosamente a nuestro alrededor. Yo no quería bailar, pero Jesse no me hacía caso. Me tambaleaba sobre mis zapatos de tacón mientras él tiraba de mí, adentrándome en aquella masa pululante. Por lo menos, si me caía allí, aterrizaría en un foso de piernas y traseros contoneantes.

Había gente guapa, sí. Los hombres iban tan arreglados como las mujeres, y las mujeres llevaban trajes de noche dorados, deslumbrantes vestidos de cóctel y también, por lo visto, algún que otro disfraz. «¿Iba aquella vestida de griega antigua?».

Unos cinco cuerpos por detrás de Jesse, un tipo enorme bailaba como un loco al ritmo de la música que latía a nuestro alrededor. La gente que lo rodeaba se había apartado para dejarle sitio. De pronto dejó de darme tanto miedo caerme de los tacones que me había puesto tontamente, o que la gente se fijara en mí por mi limitado conocimiento de cómo bailar.

De todos modos no estaba bailando, más bien me mecía siguiendo el movimiento del mar de gente que había a mi alrededor. Jess, que me había exigido que me metiera más en el espíritu de la fiesta, no se había fijado en el poco entusiasmo que ponía al bailar, así que de momento iba bien. Además, estaba ocupada observando a la gente. Costaba no mirar a aquel tipo grandullón. Era demasiado interesante para no mirarlo. Solo lo había visto desde atrás, moviendo los brazos frenéticamente al ritmo de la música. Su cabeza, de pelo rojo oscuro perfectamente peinado, se movía de un lado a otro y subía y bajaba siguiendo el latido que reverberaba a través de mis pies.

De pronto, aquel tipo empezó a girar la cabeza hacia mí. «¿Big Frank? ¿Qué demonios hace Frank en Los Salones Dorados? ¿Y qué se ha hecho en el pelo?». Frank estaba absorto en la música y se giró antes de que me diera tiempo a llamarlo.

—¿Jess? —grité.

Me miró un segundo.

—¿Ese de ahí es Frank? ¿Te acuerda de él? Trabajaba con Charlie.

Frunció el ceño como si no me entendiera. Busqué un camino entre la gente para acercarme a aquel tipo que tanto se parecía a Frank. Pero la gente no se movía: estábamos todos apretujados. Me volví para mirar más allá del resto de los invitados a la fiesta, todos ellos vestidos de diversos tonos de crema y oro.

Arriba, en el podio, la única persona vestida con un traje de color normal, gris con camisa blanca, contemplaba a la multitud que se agitaba por debajo de él. Lo miré con curiosidad cuando por fin fijó los ojos en Jesse y en mí.

Ciaran Argyll nos miró y asintió con la cabeza. A mi lado, Jesse estaba tan ocupado haciendo el indio que no se dio cuenta de que el señor Argyll nos saludaba. Volví a mirar al podio y vi que la doncella de hielo se había colocado a su lado. Llevaba suelto aquel pelo tan increíblemente rubio, un poco más corto que el mío, justo por encima de los hombros, lo bastante corto para que destacara la línea de su cuello. Iba vestida con un *bustier* blanco sin hombreras que se estrechaba en su minúscula cintura antes de que una gran falda de tul estallara en todas direcciones. Parecía Miss Universo, y todos los presentes lo sabíamos. Daba igual cómo fuéramos vestidos: en aquel lugar, éramos los plebeyos que miraban pasmados al rey y la reina en su torre.

A mí no debería haberme importado, en realidad, pero me descubrí mirándome para comparar mi ropa con la de ellos.

También me había puesto un vestido sin hombreras, cosa rara en mí. Me gustaban los vestidos, pero en verano prefería llevar una túnica ligera y vaporosa o, si me apuraban, un vestido de tarde, quizá, para salir a tomar una copa en el *pub* del pueblo. Nada que exigiera ponerse algo más elegante que unas chanclas. Esa noche había roto por completo la tradición.

Palpé con la mano la tela que me envolvía. Era de color crema, mejor que el oro, al menos, pero áspera y... suave, al mismo tiempo. La froté entre los dedos.

–Me alegra que hayas podido venir –dijo una voz satinada por encima de la música.

Ciaran Argyll estaba detrás de mí, y parecía tan despreocupado como aquella otra vez, en mi tienda. Yo sabía que todo aquello era un poco extraño, pero me dejaba llevar. Lo más raro de todo era la sensación que notaba en el pecho.

Lo miré con más aplomo del que había demostrado en la tienda. Me había equivocado: llevaba un poco de oro, pero era el oro que el sol había puesto en las puntas de su pelo. En un local lleno de excesos estilísticos, su sencillo traje gris oscuro y su barba áspera y apenas crecida le hacían aún más atractivo de lo que recordaba. El aplomo dio paso a una sonrisa, y me sentí bien. «Larga vida al rey».

–Holly, ¿qué te has puesto, cielo? –Frank, sudoroso pero muy elegante, acababa de aparecer a mi lado mientras yo pensaba en algo que decirle al señor Argyll.

–Estás preciosa, Hol, no le hagas caso. Frank, cállate, hombre –Jesse también había dejado de bailar.

Ciaran Argyll no se había movido. Estaba allí, mirándome con aire de aprobación, con unos ojos casi tan marrones como los de Jesse. Miré mi vestido y sentí que se me caía la sonrisa de los labios. Vi con un sobresalto de horror que llevaba todavía puesta la toalla de baño.

Justo en ese momento, cómo no, la doncella de hielo ocupó su lugar al lado de Ciaran. Yo empecé a hiperventilar.

–¿Quieres que te lleve a que te hagan la cera? –ella me sonrió dulcemente.

Tomé aire bruscamente y volví a la vida con una sacudida. Dave me miraba desde el borde de las sábanas, lanzando hacia mí su cálido aliento perruno. En la mesilla de noche, a su lado, había un cuenco de queso feta vacío. Eso explicaba muchas cosas. «Se acabó el queso antes de dormir».

Aparté las mantas a patadas y me subí la pernera del pijama. Sí, de hoy no pasaba: iba a depilarme. Tenía que dejar de picar antes de irme a la cama. Hacía tiempo que no tenía un sueño tan extraño, pero al menos no había sido una pesadilla. Había tenido muchas últimamente, y al menos no estaba otra vez en el embalse.

Me dejé caer en la almohada. Lo del pelo de Frank había sido muy perturbador.

El reloj de la cómoda afirmaba que eran ya más de las ocho. Debía de haberme quedado como un tronco. Había dormido más de diez horas. Con razón, Dave estaba esperando el desayuno. En cuanto el veterinario le había quitado el trozo de corteza de la encía, había recuperado el apetito.

Me levanté y me acerqué a la ventana, dándole de paso unas palmaditas en la cabeza. Mi cerebro intentaba aferrarse a la sensación de pánico que había sentido ante la perspectiva de bailar en la pista de una discoteca en toalla y tacones.

Pero no iba a pasarme todo el santo día diseccionando aquel sueño. Aparté los visillos y miré por la ventana el día que me esperaba. Estaba un poco más gris que la víspera, pero por lo menos no llovía. Dave no me llenaría la casa de pisadas de barro.

La señora Hedley estaba recogiendo huevos en el gallinero de su jardín.

–¿Te apetece un huevo cocido, Dave?

No contestó.

Solté los visillos y volvieron a su posición anterior. No servían para nada. Martha decía que eran ideales para la ventana, pero no tapaban nada de luz y, que yo supiera, para eso servían las cortinas.

–Vamos, grandullón, voy a darte el desayuno –«y mientras tú comes, yo voy a afeitarme las piernas».

Capítulo 9

Como era de esperar, durante las semanas siguientes, octubre trajo consigo una bajada de las temperaturas y, con ella, una bajada notable de nuestras ventas.

Normalmente, Jesse y yo habríamos aprovechado el tiempo para empezar a trabajar en la carta de pasteles de boda para la siguiente temporada, y en las tartas de muestra que íbamos a necesitar para las ferias de artículos y servicios para bodas que se celebraban a principios de año. Jesse tenía buen ojo para las tendencias de estilo y, mientras pudiera pasar unas horas investigando hacia dónde apuntaban las grandes casas de moda, siempre daba con algún modo de adaptarlas a nuestros propósitos. Teníamos que preparar las tartas de exposición en octubre, porque antes de Navidad teníamos tanto trabajo que acabábamos el año agotados.

Las últimas semanas, sin embargo, habían sido un poco raras. El pedido de *cupcakes* que me había consultado Jess resultó ser de verdad, y pareció señalar la llegada de una serie de pedidos de última hora que nos habían mantenido muy atareados esos últimos quince días. La gente no siempre hacía sus pedidos con semanas de antelación, pero la mayoría de nuestras clientes eran mujeres, a menudo madres encargadas de organizar una fiesta, y solían ser muy previsoras.

Jess estaba sentado en el sofá del bunker, hojeando una revista, mientras yo revisaba las cuentas sentada delante del escritorio. Octubre también era un buen mes para ponerse al día con el papeleo para cuando llegara enero. Yo siempre dejaba la liquidación de impuestos para el último momento.

–No me lo puedo creer. ¡Hay fotos de Aleta Delgado en la ciudad! Aleta, te quiero. Tengo que empezar a leer estas cosas. A las tías les gusta.

Aparté los ojos de la hoja de cálculo para mirarlo. Había estado esperando una excusa para hacerlo.

–¿Aleta Del qué?

–¿No sabes quién es Aleta? Hol, a veces creo que no me prestas atención.

–Adelante, entonces, ilústrame.

Jess me miró como si no le convenciera mucho mi cara de interés.

–El papeleo es un poco aburrido, ¿eh?

–Pues la verdad es que está siendo una lectura muy amena –dije, girándome otra vez hacia el portátil–. El mejor octubre de nuestra historia.

–Sí, estamos en racha –contestó lánguidamente mientras volvía a pasar las páginas.

Estudié las cifras que había metido en la hoja de cálculo, recalcando el precio de las tartas y las fechas para las que las habíamos preparado. Estábamos en la tercera semana del mes y habíamos recibido una cantidad poco común de pedidos caros. Unos cuatro a la semana, todos ellos de más de quinientas libras, y todos encargados en el último minuto.

–Jess, esto significa que últimamente hemos ganado...

–¿Umm?

–¿Cómo han sido los clientes?

–¿A qué te refieres? –preguntó sin dejar de hojear la revista.

–Yo he tomado un par de pedidos por teléfono, pero

de... –pasé los dedos por la lista de entradas de mi hoja de cálculo– once tartas, solo he visto dos entregas en viernes. Las demás las has llevado tú, o las han recogido a última hora de la tarde, un lunes o un miércoles.

–Sí, ¿y...?

–Que cómo eran.

–¿Qué quieres decir con «cómo eran»? Eran personas, Hol, personas con hambre –Jess volvió a su revista–. Con muchísima hambre, algunas. Ninguna de esas tartas era pequeña.

Repasé los precios de los pedidos que tenía delante de mí. Quinientas libras, quinientas cincuenta, seiscientas, seiscientas, quinientas cincuenta.

–Jess, el precio de estas tartas, ¿se lo hemos puesto nosotros? –los números parecían demasiado redondos, apilados en su columna. Había demasiados ceros.

Jess me prestó un poco más de atención.

–Yo he anotado tres de esos pedidos por teléfono, y ahora que lo pienso no pusieron ningún reparo con el precio. Todos me dieron un presupuesto de partida –comenté.

–¿Y te dijeron que adelante, sin más? –preguntó Jess.

–Sí. Es raro, ¿verdad?

–Supongo que sí –dijo, pensándolo–. Pero no tanto. Han sido encargos de última hora, Hol. La gente que tiene prisa no quiere esperar a que les presentes un presupuesto, si pueden decirte que adelante y pagar sin más.

–Pero ¿todos, Jess? ¿Once tartas así? ¿Tartas de quinientas libras y más? Llevamos en esto el tiempo suficiente para saber que la gente no hace esas cosas, Jess. Es muy raro que hayan sido encargos de última hora.

–¿Y qué quieres decir con eso? –preguntó levantando las cejas hacia la visera morada de su gorra.

Yo en realidad no sabía qué quería decir. Me encogí de hombros.

–Solo digo que es raro.

–Son cosas de los negocios –respondió, y lanzó la revista encima de la mesa baja que había delante del sofá–. Tengo que ponerme manos a la obra con la tarta número once si quiero entregarla el viernes –añadió mientras se dirigía a los fregaderos.

–¿Adónde tienes que llevarla, Jess? –pregunté yo con curiosidad.

Se acercó a la mesa de trabajo, delante de la cual, en la pared, tenía alineadas las hojas de pedido de la semana.

–Es en la ciudad. Saint Harry's Square. Eh... número diecinueve –cuando decía «ciudad», Jesse se refería a su ciudad, o sea, a Londres, no al pueblo en el que estábamos.

–¿Qué es, un bar? –pregunté. Yo no conocía tan bien como él la ciudad, ni mucho menos.

–No, un piso. Saint Harry's es un barrio pequeño y muy bonito. Es donde viven los *yuppies* y donde se juntan para tomar canapés con cocaína.

–¿Una casa? ¿Por qué hay que llevarla a una casa? –me acerqué y miré el boceto que había en la hoja de pedido, delante de él–. ¿Todo eso va a una casa? ¿Por qué no han encargado que la llevemos al local donde vaya a ser la fiesta?

–Todas las que he entregado estas últimas dos semanas iban a casa de alguien. No a la misma, evidentemente, pero todas eran viviendas particulares. Y muy bonitas, por cierto –Jess vio que yo empezaba a mordisquearme el labio–. ¿Qué pasa?

–No sé –dije–. Hay algo que me da mala espina. ¿Dónde están las demás hojas de pedido?

–En el archivador. Pero ¿qué más te da, Hol? El dinero es el dinero.

De eso se trataba precisamente.

Me senté en mi silla y no pude evitar fijar los ojos en el nombre de Ciaran Argyll. Jess no lo sabía, pero había lanzado el sedal de la sospecha, y había pescado algo dentro de mi cabeza. Me miró meneando la cabeza y me dejó a mi aire.

Yo saqué de la estantería el archivador naranja de los trabajos entregados y busqué las hojas de pedido de todos los encargos que habíamos recibido esas últimas tres semanas. Hojeándolos, parecían todos bastante normales. Los pedidos los habían hecho siempre mujeres, pero todos sus nombres eran distintos, al igual que sus números de contacto y las direcciones donde había que entregar los encargos. Los diseños eran muy variados: había un tema marino, mariposas y perlas y hasta querubines de chocolate. De hecho, lo único que todos tenían en común eran las escasas especificaciones anotadas en las hojas de pedido.

Cuando la gente iba a gastarse tanto dinero, solía ser muy puntillosa con lo que quería que hiciéramos. Pero en el caso de aquellas tartas, las notas eran siempre muy someras. Datos de contacto, un presupuesto abultado y redondo, un tema y un sabor elegido. Volví a echarles un vistazo.

Las *cupcakes* del primer lunes habían sido de saúco; dos días después nos habían encargado tres tandas de miel y avellana; al día siguiente, de manzana y tofe; después, una tarta de café y avellana; luego, una de plátano y caramelo, luego una de chocolate y sirope de arce. Los pedidos reproducían nuestra lista de sabores como si un grupo de clientes se hubiera puesto de acuerdo para ver qué compraba cada uno y así probarlo todo.

Como las «chicas del surtido».

El teléfono del mostrador de la tienda empezó a sonar y Jess fue a contestar. Seguía hablando cuando sonó la campanilla de la puerta. Volví a guardar las hojas de pedido en el archivador y fui a atender.

Martha, toda sofocada, se había dejado caer en el sofá de cuero reservado para las arreboladas futuras novias. Ella también estaba arrebolada, de eso no había duda. Sus mejillas de color escarlata resaltaban a lo bestia al lado de su vestido amarillo limón y de su pelo rubio y pegajoso, pegado sin orden ni concierto a las susodichas mejillas.

El blanco de sus ojos me convenció de que se había pasado de la raya. Y ella también lo sabía.

Estaba contemplando la rara visión de mi hermana en estado de completo desaliño cuando Jess colgó el teléfono detrás de mí.

–¿Estás bien, Marth? –se rio a medias.

–Necesito agua –contestó Martha con voz crispada. El montón de bolsas que había a su lado, en el sofá, dejaba bien claro lo que había ocurrido. La mitad de ellas habían caído al suelo. A su lado, dos tobillos muy hinchados desaparecían en unos zapatos de raso *nude* con unos tacones altísimos.

–Martha, cuando los tobillos se te ponen tan anchos como el cuello de tu marido, es hora de dejar los tacones en casa, cielo –dije, rodeando el montón de bolsas para sentarme a su lado.

Jess ya había ido a por agua, así que le aparte el pelo de la cara y se lo até con la goma que llevaba en la muñeca.

–¿Estás bien, tesoro? –pregunté, mirándola atentamente para ver si decía la verdad.

–No puedo –jadeó–. Creía que podía, pero no puedo.

Jesse regresó con un vaso de agua y Martha se lo bebió de un trago.

–¿No puedes qué, Marth? –pregunté–. ¿Ir de compras por todo el pueblo con eso? –señalé con la cabeza los dichosos zapatos.

–Bonitos zapatos, Marth –añadió Jesse antes de llevarse el vaso otra vez al obrador.

–No puedo ser una mamá glamurosa –respondió mi hermana, y se le empañaron los ojos mientras la miraba.

–Martha, cariño, recorrer el pueblo sudando la gota gorda subida encima de esos zancos no tiene nada de glamuroso. No seas ridícula. Estás preciosa.

–¿Sí? –preguntó, un poco desvalida.

–Tú siempre estás preciosa, Marth. Pero hazte un favor y no te sofoques. Esto no puede ser bueno para el pequeñín, ¿no?

—No. Tienes razón. Necesito unos zapatos nuevos. Nunca pensé que diría esto, Holly, pero necesito unos zapatos... como los tuyos.

Procuré no ofenderme porque no era esa su intención, aunque me dieron ganas de decirle que tenía allí mismo un par de zapatos planos en los que podría meter sus enormes y gordos pies.

—¿Dónde has aparcado, Martha? ¿O está Rob por aquí?

—No, está en casa, aprendiendo cómo funciona el esterilizador. He dejado el coche en el parking, pero está muy lejos con las bolsas —su respiración se estaba calmando y su cara había recuperado su color normal.

—Vale. Bueno, relájate un rato. Yo casi he terminado aquí, así que voy a prepararte una taza de té y luego te acerco en coche al parking, ¿de acuerdo?

Asintió con la cabeza y de pronto me acordé de ella cuando éramos pequeñas y se hacía daño a propósito para que mi padre la sentara sobre sus rodillas hasta que dejaba de llorar. La besé en la cabeza y me dirigí al obrador.

—¿Hol?

—¿Sí?

—¿Te importa que me quite los zapatos en tu tienda?

Le sonreí por ser tan cursi. Menuda carga.

—Claro que no. Tengo unos planos que puedes ponerte.

—¿Hol?

—¿Sí?

—¿Puedes quitármelos tú, por favor? No alcanzo.

Martha consiguió arrastrarse por fin hasta la trastienda y disfrutó de lo lindo zampándose el plato de *cupcakes* que sacó Jesse. Yo acabé con el portátil mientras Jesse le ponía un último ribete a la tarta del día siguiente y Martha charlaba con él de las tendencias de color de esa temporada.

Jesse le enseñó una cosa que le encantaba en una de

nuestras revistas y Martha le enseñó a él sus zapatos de cuña preferidos en una revista que llevaba en el bolso.

—Yo tengo unos mejores que esos —comentó Jess, y tiró de ella hacia el bunker, el rincón del sofá, donde agarró la bolsa de papel que habíamos guardado en un estante y de la que yo me había olvidado por completo.

Martha puso unos ojos como platos cuando vio la caja de zapatos.

—Ay, hola, mis pequeños Dioritos... —ronroneó al ver los bonitos zapatos negros—. Vamos, Jess, ponme uno en el pie —dijo, dejándose caer en el mullido sofá.

—No —dije yo con firmeza—. Son por lo menos dos centímetros más altos que los que acabas de quitarte. Lo siento, pero te queda una semana para salir de cuentas, Martha. Me niego en redondo.

Martha hizo una mueca y se conformó con mirarlos un poco más.

—¡Están nuevecitos! ¡Qué desperdicio, Hol! No puedo creer que no te los hayas puesto para ir por ahí.

—Ja, yo valoro mi vida —respondí.

—¡Pero si son preciosos! ¿Cómo es que los tenéis?

—Un pajarito se los dio a Hol. Qué desperdicio, ¿eh? —comentó Jesse.

—Trágico, sí —Martha suspiró—. Aunque podríamos compartirlos.

—No son míos, Martha, si no por mí podrías quedártelos. Solo los estamos guardando hasta que venga alguien a recogerlos.

—La dueña no va a volver, Hol. Tú sabes que no.

Tenía que reconocer que era improbable.

Y los dos tenían razón: era un desperdicio.

Capítulo 10

El otoño había empezado a apoderarse en serio de Hunterstone cuando llegó el viernes, y para entonces yo ya le había dicho a Jesse que iba a encargarme de llevar la misteriosa tarta número once, una supertarta de temática monopatín, a su destinatario final, un adolescente con muchísima suerte. Fuera quien fuese el chico, sus padres habían tirado la casa por la ventana. Yo nunca había visto una tarta tan detallada. Como siempre, Jesse se había superado a sí mismo: había puesto intrincadas reproducciones en miniatura, una pared con graffitis pintada a mano, pistas de *skateboard* y otras cosas absurdas por las que los chicos de hoy en día se lanzaban en patines. A mí me preocupaba un poco que se rompiera, y en parte me arrepentía de haberme comprometido a llevarla, pero seguía intrigada por la coincidencia de tantos pedidos extraños de última hora.

Pero seguramente Jesse tenía razón: estábamos teniendo una buena racha, y cuando él me obligaba a hablar del tema, yo no entendía por qué seguía insistiendo en buscarle tres pies al gato.

Durante mucho tiempo la tienda había sido poco más que una distracción. Las últimas semanas, en cambio, me habían recordado lo que era antes ir al trabajo. Como los encargos que nos hacían eran tan poco detallados, podíamos debatir mil ideas y jugar con técnicas que normalmente teníamos muy pocas oportunidades de utilizar. Además, últimamente entraba tanto dinero en la caja que hasta volví a sacar el folleto de la empresa de equipamiento para hostelería. Nos hacía muchísima falta un horno nuevo. Y también pensé en llevar la furgoneta al taller para que le echaran un vistazo a la suspensión, entre otras cosas.

–Entonces ¿Rob va a vaciar el almacén y a repintarlo? –preguntó Jesse justo antes de que me fuera a llevar la tarta.

–No, Rob va a esconderse de su mujer. Solo tenemos que suministrarle una lista falsa de tareas para despistarla. Martha va a pasarse la semana que falta para el día D comiendo Häagen-Dazs delante de la tele, pero si llama tenemos que tener claro qué hay que decirle –sonreí al girar la llave en el contacto. La furgoneta se puso en marcha tosiendo y resoplando.

–¿Seguro que no quieres que la lleve yo? –preguntó Jess.

–Ya se calentará el motor. Desde allí me voy derecha a casa, así que luego te llamo.

–Sí, vale. Conduce con cuidado.

–Hasta luego.

Después de perderme dos veces entre la maraña de vías de un solo sentido de Londres, Saint Harry's Square apareció por fin ante mi vista algo más tarde de lo que tenía previsto.

La plaza propiamente dicha estaba apartada de la calle, cerrada a quienes no eran «solo residentes» por una larga tapia de ladrillo viejo rematada por una verja ornamental con altas puntas de hierro. Al otro lado del recinto, unos cuantos arces plantados a trechos regulares ardían en furiosos estallidos de naranja y escarlata: la naturaleza, esa pirómana. El contraste entre el color de los árboles y el verde intenso y fresco de la hierba del centro de la plaza era casi mareante, y daba la impresión de que las casas remodeladas de la plaza, con sus fachadas de estuco claro y sus timbres relucientes, se hubieran reunido en torno al espectáculo para verlos arder.

La furgoneta se había calentado, afortunadamente, y entró sin tropiezos en la plaza enrejada. Allí estaba todo tan ordenado que fue fácil encontrar la dirección del afortunado patinador. Me costó un poco más dar con un sitio cercano donde aparcar la furgoneta. Al final, y después de dar otra vuelta a la plaza, me conformé con el único hueco en el que había espacio suficiente para que abriera las puertas traseras.

Crucé la plaza y llamé al timbre del número diecinueve, residencia de los Richardson. Se oyó un golpe antes de que se abriera la puerta y apareciera un jovencito *hipster* con camisa a cuadros azul y unas gafas de Ronnie Corbett, que me miró desde debajo de una mata de pelo rubio.

—Llega tarde —dijo el chico con cara rebosante de desdén.

Llegaba tarde, tenía razón, el muy capullo.

—Lo siento. He tenido problemas con el tráfico. Voy a buscar su tarta —sonreí.

—Sí, eso —lo oí decir mientras regresaba a la acera. «El cliente siempre tiene razón», me dije, y añadí: «Y la próxima vez que Jesse quiera hacer el reparto, déjale». Me habría apostado algo a que aquel cretino no se habría puesto tan desagradable si hubiera tenido delante a Jess, sacándole una cabeza.

Después de doblar la esquina cargada con la obra de arte comestible hecha por Jesse, abrevié todo lo que pude la entrega y volví a subirme a la furgoneta. El cinturón de seguridad encajó por fin después de luchar a brazo partido con él, como era normal, y giré la llave. El motor tosió y farfulló un par de veces. Luego, nada. Lo intenté otra vez. Nada.

—¡Venga, vamos! ¡Ya te habías calentado! —grité, y me

alegré de no haber aparcado donde el chico pudiera verme desde su torre de marfil. Otro intento infructuoso y comprendí que tenía que tomar una determinación respecto a la furgoneta. Apoyé la cabeza en el respaldo y respiré hondo. No era la primera vez que pasaba algo así. La furgoneta solo necesitaba un par de minutos para pensar en su futuro en el desguace. Después arrancaría y nos pondríamos en marcha.

Necesitaba una furgoneta nueva. Gracias a los últimos pedidos, tenía algo de dinero sobrante en el banco y, tras entregarle la tarta al capullín del número diecinueve sin descubrir nada que diera peso a mis sospechas paranoicas, me di por vencida. En realidad no importaba de dónde viniera el trabajo, con tal de que pudiera pagar a Jess y Tarta siguiera a flote. Tal vez fuera hora de tomar alguna iniciativa. Podía dar la entrada de una furgoneta en buen estado con la que pudiera llegar a casa después de hacer el reparto. Charlie seguiría teniendo razón, aquella furgoneta siempre tendría más personalidad que cualquiera que pudiera comprar en un concesionario, pero sería fantástico que el reparto fuera un poco más fácil.

Lo que necesitaba era una furgoneta de la que pudiera fiarme, y en la que estuviera calentita y cómoda. Una que se pareciera al elegante Range Rover negro que cruzaba en ese momento la puerta de la plaza, con sus enormes llantas plateadas y sus ventanillas ahumadas para que nadie me viera sentada delante, hecha polvo, cuando el motor se negara a arrancar.

Sí, ya.

Yo no entendía mucho de coches, pero aquel era bonito y... «¡Fíjate en el tamaño del maletero! Entregas múltiples, ¡el sueño de cualquier chica!». Seguí el coche con la mirada mientras recorría el otro lado de la plaza, y luego otros dos lados más, hasta que se detuvo en medio de la calle, detrás de mí. Lo vi esperar frente al número diecinueve.

Desde la ventana del piso de arriba, aquel chico tan

chulito miró con enfado el Range Rover. La puerta del conductor se abrió y del coche salió de pronto la inconfundible figura de Fergal Argyll. Estuve a punto de apoyarme en el claxon mientras intentaba girarme en el asiento para ver mejor lo que pasaba detrás de mí. ¿Fergal Argyll? ¿Qué estaba haciendo allí? Parecía más normal sin su falda escocesa, pero no lo bastante normal para estar allí. Llevaba ropa deportiva, de golf, creo, y había rodeado el coche para abrir la puerta del otro lado. Con la puerta todavía abierta, no pude ver de quién eran las manos que se deslizaron alrededor de la espalda de Fergal. Eran las de una mujer, obviamente, pero dudaba mucho de que fueran las de su esposa.

Fergal cerró la puerta cuando la doncella de hielo se bajó del coche y se acercó a la casa. Iba vestida de golfista, igual que su jefe. Me había parecido que Fergal y ella se llevaban bien, pero había dado por sentado que ella estaba con Ciaran. La expresión del chico lo decía todo: estaban liados, y a él aquello lo sacaba de quicio. Por su color de pelo deduje que era su hermano pequeño. En fin, no me extrañaba que se lo tuviera tan creído.

Richardson, número diecinueve. ¿Penny Richardson? ¿Asistente personal del presidente y director ejecutivo del imperio Argyll? Imaginé que sí. «Asistente personal», así que así era como lo llamaban ahora. Bueno, pues buena suerte. Si seguía colgándose del brazo de hombres ricos, quizá con el tiempo encontrara algo por lo que sonreír, y su hermanito también.

Pero seguía siendo un misterio cómo una de nuestras tartas había acabado en su casa. Si quería una tarta para el chico, ¿por qué no nos había mandado un e-mail, como había hecho con el pedido de Ciaran? La mayoría de la gente habría intentado que le hiciéramos un descuento. A lo mejor lo había intentado y Jesse había olvidado contármelo.

El Range Rover avanzó ronroneando hacia el sitio donde yo seguía sentada, en mi furgoneta. Un inesperado hormigueo de pánico me hizo hundirme en el asiento. Como si fuera a servir de algo. La furgoneta no estaba hecha para pasar desapercibida, que digamos. No solo era el único coche de toda la calle que tenía más de un año de antigüedad, también destacaba por otras cosas: por el color, por la forma, porque llevaba «¡Tarta!» escrito en letras de medio metro de alto... Noté que me encogía cuando el coche de Fergal Argyll pasó a mi lado y salió de Saint Harry's Square.

Al parecer, últimamente, cada vez que pasaba algo fuera de lo normal, algún Argyll andaba cerca.

Giré la llave para intentar arrancar otra vez. Tenía la tarjeta del seguro en la guantera por si hacía falta, pero, como si la furgoneta hubiera cambiado de idea por completo, el motor se puso en marcha con un suave, constante y agradable gruñido.

Al dejar atrás las mortecinas farolas de la ciudad, mientras conducía hacia el norte pasado Hunterstone, pensé en la colección de personajes que últimamente se habían cruzado en mi camino como salidos de la nada. Hacía un mes que me habían encargado la tarta del zapato para Fergal Argyll, y desde entonces daba la impresión de que no habíamos logrado desprendernos de ellos.

Ya me había alejado de Hunterstone cuando mis brazos decidieron por propia voluntad girar el volante y volver a la tienda. Me estaba comportando como una idiota, además de cómo una paranoica, y sin motivo alguno, pero el vínculo Argyll, por tenue que fuera, iba a tenerme en vela toda la noche, estaba segura. Y eso me molestaba más que cualquier otra cosa.

Entré en la tienda y encendí las luces. El obrador apareció ante mi vista por partes, a medida que se iban encendiendo los fluorescentes del techo. Solo necesitaba las hojas de pedido. Podía haberle pedido los datos a Jesse por teléfono, pero entonces habría constatado lo que de momento solo sospechaba: que estaba loca.

Unos minutos después estaba otra vez en la carretera, camino a casa, y, para ser sincera, me sentía un pelín idiota. Pero, como solo lo sabía yo, no tenía por qué preocuparme.

Dave disimuló su enfado por que llegara tarde igual de bien que el chico del número diecinueve. Pero él lo llevó aún más lejos y pagó su mal humor con mis zapatillas de estar en casa. Estaban oficialmente difuntas.

—Vale, ya lo pillo. ¡Llego tarde!

Dave no se quedó a oír mis excusas. Se fue a esperar su cuenco de comida. En cuanto me ocupé de él, me senté delante del portátil, en la caverna de Charlie. A los pocos minutos estaba mirando el perfil de Penny Richardson en la página web de Argyll Incorporated. En la foto no parecía tan guapa. La sonrisa no le favorecía tanto como yo pensaba. Tal vez no la usaba nunca, excepto para fotos de marketing. Yo todavía no la había visto en carne y hueso. Saqué otras diez hojas de pedido del bolsillo de mi vaquero y empecé a buscar los nombres de los pedidos.

Señorita Berine, señora Copeland, señora Peterson, señora Stephenson, señora Krohl, señora Randall... Salí del perfil de la doncella de hielo y escudriñé la pantalla que tenía delante. El equipo directivo de Argyll Incorporated tenía treinta ejecutivos o más, y todos ellos aparecían en fotos colocadas en filas de cinco en la pantalla. Jesse había dicho que todas las casas a las que había ido a entregar las tartas eran bonitas, así que la parte de arriba de la pantalla me pareció un buen sitio para empezar.

En primer lugar estaba Fergal en persona. Tenía buen aspecto en la foto, estaba muy guapo. Los tonos grises de la fotografía en blanco y negro le sentaban bien, y no me extrañó que la doncella de hielo viera algo en él, aparte de su dinero, obviamente. Al lado de Fergal aparecían unos cuantos nombres que no me sonaban de nada. Luego, algunos que sí.

Donald Stephenson, Jefe de Fincas Residenciales; Carl Copeland, Director de Desarrollo; Jaime Peterson, Director de Construcción. Y más abajo, en la pantalla, Heidi Beirne, Jefa de Atención al Cliente; Andrzej Krohl, Director de Gestión de Activos; Bert Randall, Adquisiciones.

¡Habíamos estado haciendo tartas para toda la empresa! Una oleada de irritación inundó mi cerebro. Pero ¿por qué? ¿Y por qué en secreto? ¿Cuál de los dos Argyll era el responsable, para empezar, y qué demonios estaban tramando? Sumé lo que se habían gastado en nosotros en las últimas tres semanas. Quitando la tarta Hollywood, la cifra ascendía a cinco mil seiscientas libras. ¿A qué diablos estaban jugando? ¿Intentaban ponernos a prueba o algo así?

Mis ojos siguieron la pantalla hasta abajo del todo, hasta que una foto me llamó la atención. Ciaran Argyll, Director de Marca Corporativa, era igual de fotogénico que su padre. El blanco y negro también le favorecía: hacía que sus ojos, ya oscuros, parecieran abisales. Me quedé mirando fijamente la fotografía mientras mi enfado se deslizaba como la nieve en una avalancha e intenté descifrar por qué me importaba tanto.

Capítulo 11

Investigar un poco estaba bien, pero a mí se me había ido la mano la noche anterior. Mis dedos tecleaban ya el nombre de Ciaran tan fácilmente como el mío propio.

Había pensado que arrojar un poco de luz sobre el Caso Tarta aumentaría mis posibilidades de dormir bien esa noche. Pero me equivocaba. Me había pasado casi toda la noche luchando con el insomnio, mientras las imágenes de la vida de juerguista de Ciaran Argyll daban vueltas por mi cabeza como un torbellino. Estaba claro que el cibercotilleo era algo que debía evitar antes de irme a la cama, lo mismo que el queso feta.

A primera vista, no parecía haber mucha información en la red sobre Ciaran, aparte de diversas referencias al «hijo único de Fergal Argyll» o al «heredero de la fortuna de Fergal Argyll». Las imágenes, en cambio, eran mucho más reveladoras. Fotografías de Ciaran de fiesta con una morena, de fiesta con una rubia, de fiesta con dos rubias, de este año, del año pasado, de hacía tres años, instantánea tras instantánea de un hombre que disfrutaba del dinero de su padre y del tren de vida que le permitía llevar. Fergal aparecía a menudo de fondo, pero todas las cámaras preferían las travesuras del joven Argyll, que parecía mucho más contento de ser el foco de atención.

Iba a tener un mal día, lo presentía. Me sentía tan agotada esa mañana, tan... frustrada, dándole vueltas y más vueltas a la cabeza.

Dave, que había intuido mi humor, procuró no estorbarme, igual que la furgoneta, que arrancó a la primera. Disponía de dos horas antes de que abriéramos a las diez, tiempo de sobra para llegar a Hawkeswood, soltar mi discurso y llegar a Hunterstone. Lo único que me quedaba por averiguar era en qué iba a consistir mi discurso.

No conseguí descubrirlo mientras iba hacia allí. En Hawkeswood Manor, la niebla colgaba a un metro del suelo y hacía que la casa pareciera más gótica que la vez anterior. También parecía más lúgubre sin las luces de fiesta. Cuando vi el Range Rover de Fergal al lado del deportivo que Ciaran había aparcado frente a la tienda, casi perdí el valor, pero ya estaba allí y si me marchaba... En fin, sería una gallina.

Cruzar el patio sirvió para reanimarme y, cuando llamé a la puerta con la aldaba, estaba otra vez enfadadísima. Pero no me había preparado para la alegre disposición de la señora morena, ni para la mella que haría de inmediato en mi ánimo.

–Hola, querida –dijo jovialmente–. Pase. Hace frío esta mañana.

Sentí que mi mueca de enfado se disipaba al instante ante su alegre bienvenida, y comprendí que iba a pifiarla. Necesitaba recuperar aquella mueca antes de poner los ojos en cualquiera de los dos Argyll.

–Hola otra vez –sonreí al entrar en el vestíbulo principal.

La señora siguió sonriendo a la espera de que le dijera qué hacía allí. ¿Cómo iba a explicárselo exactamente?

–Esto está muy tranquilo esta mañana.

–Sí, todavía no se ha levantado nadie –contestó.

–Ah –dije. No había tenido eso en cuenta al planear mi chapucera incursión en territorio enemigo–. Confiaba en poder hablar un momento con el señor Argyll.

Buen comienzo. Amable y bastante vago.

—Bien, ¿y con cuál de ellos, querida? —preguntó, tan amable como siempre—. Fergal está más cerca, aunque... —bajó la voz y susurró—: Seguramente será un poquito más difícil despertarlo. O —añadió, volviendo a hablar en tono normal—: podría despertar a Ciaran si quiere.

—¿Despertar a Ciaran para qué? —preguntó una voz desde el rellano, por encima de nosotras.

Me volví para mirar a través del hueco de la escalera y vi que dos pies descalzos, seguidos por unas piernas enfundadas en unos anchos pantalones de chándal de color gris, bajaban hacia nosotras. Si no hubiera reconocido aquella voz, me habría bastado con ver la línea atlética de sus muslos y otras cosas que se adivinaban bajo el chándal para deducir de cuál de los dos Argyll se trataba. Intenté poner cara de enfado otra vez, pero cuando miré a la mujer que estaba a mi lado me quedé totalmente perpleja. ¡No podía hacerlo! ¡No podía ser amable y estar enfadada al mismo tiempo!

Aquello iba mal. ¡Ya empezaba a sentir vergüenza!

Él siguió bajando la escalera, y los pantalones de chándal dieron paso a un torso desnudo y minuciosamente musculado. Me oí tragar saliva.

Ciaran Argyll no aparecía descamisado en ninguna de las fotografías que había visto esa noche en Internet. Si hubiera aparecido, quizás habría podido prepararme. Pero, tal y como estaban las cosas, me había metido directamente en la jungla sin llevar siquiera un matamoscas.

Noté que una oleada de calor empezaba a subirme por el pecho. «Tranquila, Hol. Solo son pectorales... solo pectorales bien definidos».

—Hola otra vez —dijo lanzándome una sonrisa cortés—. Buenos días. Mary.

—Buenos días, Ciaran. Pensaba que no te habrías levantado aún, después del jaleo de anoche —había una nota de reproche maternal en su tono—. ¿Te apetece desayunar?

Ciaran cruzó el vestíbulo y le plantó un beso en la cabeza.
-Sí, por favor, ¿puede ser en el invernadero?
Mary le dedicó una sonrisa maternal y volvió a mirarme. Ciaran también me estaba mirando. Querían saber qué hacía allí y yo no me acordaba de por qué era.
-¿Ha venido a verme a mí? -preguntó él, pasándose la mano por la cabeza para atusarse un poco el pelo.
Cuando levantó el brazo, fijé los ojos en la línea de músculos que discurrían a lo largo de su cadera y desaparecían felizmente bajo la cinturilla del chándal.
-Es que pensaba que estaba tratando con su amigo Jesse. Exclusivamente. Los lunes por la mañana -me soltó aquel sarcasmo con una sonrisa que podría haber ablandado el granito y, como no tenía ningún motivo para ponerme a la defensiva, el rubor siguió subiendo poco a poco por mi cuello.
-Voy a preparar el desayuno. ¿Se queda usted, señorita...?
Por fin algo a lo que podía contestar.
-Holly -dije sin permitir que el nudo que notaba en la garganta me traicionara. Mary siguió sonriéndome y otra vez me quedé sin habla.
-¿Se queda a desayunar, Holly? -repitió.
-¡Ah! -balbucí-. Pues... no, gracias. No.
-Entonces les dejo.
Los ojos de Ciaran siguieron a Mary cuando pasó a su lado, y noté que ella también le observaba. Luego volvió a mirarme.
-¿Le importa que no nos quedemos aquí de pie? -preguntó mientras se ponía la sudadera gris a juego con sus pantalones-. El suelo está un poco frío.
Yo ya me sentía como una idiota por estar allí, y seguí sintiéndome idiota cuando seguí a Ciaran por el corredor que había detrás de la escalera. Por lo menos a partir de ese momento ya no vería carne desnuda.

–Bueno, ¿a qué debo el placer, Holly? ¿O se trata de trabajo? –preguntó.
–Yo... eh... quería consultarle una cosa. Bueno, creo que debería saber que...

Me había llevado a través de un enorme salón en el que Fergal estaba durmiendo en un sofá, en calzoncillos y con la camisa de la noche anterior todavía puesta. Parecía algo intermedio entre un bebé dormido y un jabalí, aunque por el volumen de sus ronquidos se aproximaba más a esto último.

–No se preocupe por Fergie –dijo Ciaran sin molestarse en volver la cabeza–. Solo está durmiendo, lo necesita para estar guapo.

Dejamos atrás el estruendo de sus ronquidos y cruzamos dos o tres habitaciones más pequeñas que daban a los jardines de la parte de atrás de la mansión, me pareció.

Esperé a que Ciaran me pidiera que acabara lo que había empezado a decir, pero no lo hizo.

Yo ya no sabía en qué parte de la casa estaba, y no tenía más remedio que seguirle como una corderita. Torció a la izquierda y entró en un espacio mucho más luminoso. No era una habitación muy grande, no mucho más que la cocina diáfana de mi casa, pero tuve la impresión de haber salido directamente a los jardines.

Por todos lados excepto por uno se extendían infinitas praderas de césped, hacia un paisaje salpicado de pequeñas arboledas y alguna que otra escultura. Detrás del pabellón, el río se perdía a lo lejos bajo un cielo ininterrumpido, hasta donde alcanzaba la vista.

Ciaran dejó que me fijara en todo y se sentó en uno de los dos sofás. Tomó una de las dos tazas de café que acababa de servir.

–¿Lo toma con azúcar, o con crema? –preguntó, esperando a que yo acabara de contemplar el magnífico paisaje.

–Solo leche, por favor. O crema. Da igual –«¿qué haces? No vas a quedarte». Me acerqué a los sofás y me detuve junto al que estaba desocupado. Si pensaba que la sudadera iba a evitar que volviera a ponerme como un pimiento, estaba muy equivocada.

Ciaran se inclinó tranquilamente hacia delante, en el borde del sofá, y removió la crema de mi taza. La sudadera gris se abría de par en par sobre su cuerpo bronceado, y los gruesos cordones blancos de la capucha caían a ambos lados de su clavícula y colgaban sobre la plana extensión de su pecho. Más abajo, los músculos de su tripa se tensaron cuando se inclinó hacia delante, y vi que un bonito y pequeño ombligo coronaba el principio de la línea de vello que corría hacia abajo, hacia lugares en los que prefería no pensar.

Lo estaba mirando pasmada. Llevaba allí unos minutos y lo único que había hecho de momento era mirar y mirar.

–¿Le apetece sentarse? –preguntó, señalando el sofá junto al que yo seguía de pie.

–No, gracias. No voy a quedarme –contesté con cierta aspereza, y me alegré de ello, aunque hasta yo me di cuenta de que aquel tono estaba fuera de lugar.

–Bueno, va a quedarse a tomar el café, ¿no?

Agarré la taza de café que había sobre la mesa y comencé a bebérmela de un trago. «¡Ostras, sí que está caliente! Creo que acabo de hacerme quemaduras de tercer grado».

Luego hice lo que todos los idiotas cuando se han hecho daño: fingí que no me lo había hecho.

–Solo he venido porque he pensado que debía saber que alguien de su empresa, creo, ha estado haciéndonos un montón de pedidos últimamente, y me ha parecido que quizá su padre deba saberlo –bueno, podría haber salido peor, aunque de todos modos sonaba superridículo.

–Entiendo. ¿Y por qué piensa eso? –preguntó antes de beber con precaución de su taza.

Su pecho jugaba conmigo al escondite. Yo no le hice caso. Estaba lanzada. Mary entró en la habitación sonriendo todavía, con una bandeja con tostadas y fruta y, sorteando los sofás, fue a dejarla sobre la mesa, entre nosotros. Si me paraba ahora, quizá no pudiera volver a empezar.

–Porque en menos de tres semanas hemos tenido que trabajar el doble para acabar once pedidos de última hora que hemos tenido que entregar a las esposas de otros tantos directivos que aparecen en la página web de su empresa.

Dicho en voz alta parecía mucho menos sensato.

Mary se puso rígida y me miró con preocupación antes de volverse hacia Ciaran. Él le sonrió y meneó un poco la cabeza... ¿para tranquilizarla? Aquel gesto me dio un poco de valor.

–Y no es que no agradezca los encargos. Es la falta de transparencia lo que no entiendo.

–Lo siento, Ciaran. Es que cuando dijiste que sería agradable que las señoras... Pensé que agradecerían el gesto –Mary parecía de pronto avergonzada, y lamenté haberla puesto en aquel estado, aunque no sabía muy bien a qué se debía.

–No pasa nada, Mary. Creo que fue una idea genial, y estoy segura de que habrán quedado encantadas con las obras maestras de Holly.

Mary me miró con aire compungido, y yo me removí un poco, inquieta.

–Ya llevaré yo los platos cuando acabe, Mary –dijo Ciaran.

Mary se marchó y me dejó a solas con él otra vez.

Por primera vez desde que había llegado, miré aquellos ojos serios y umbríos sin dar un respingo.

–¿La he disgustado? –pregunté.

Ciaran tampoco dio un respingo. Me sostuvo tranquilamente la mirada.

–Mi padre quería hacer un pequeño regalo a sus directivos para agradecerles su dedicación de estos últimos meses. Yo sugerí que fuera algo distinto, poco frecuente. Y su tienda era perfecta para eso.

Tenía sentido. Supongo.

–Entonces ¿por qué la doncella de hie... la señorita Richardson no nos mandó un e-mail? Les habríamos hecho un descuento por hacer varios pedidos.

–Después de cómo se portó Fergie, no estaba seguro de que quisiera usted trabajar para él. Así que le pedí a Mary que encargara las tartas y las distribuyera –la explicación de Ciaran me había dejado sin viento en las velas–. Siento que les hayamos hecho trabajar con demasiada presión para cumplir con los pedidos –añadió.

–No es eso, agradecemos el trabajo extra, es solo que... –¿qué era? ¿Cuál era mi problema? De pronto tuve la sensación de que debía disculparme.

Fergal Argyll entró en el solario gruñendo, todavía en calzoncillos y camisa, alisándose el pelo como había hecho su hijo. Si de cuello para abajo era como Ciaran, los años de excesos lo habían disimulado muy bien. Me miró y una sonrisa turbadora se extendió por su cara soñolienta.

–No habrá venido a traerme otras partes de mi anatomía para que me las coma, ¿verdad, guapa? Esta mañana mis tripas no lo aguantarían.

–No, hoy no, señor Argyll –contesté, buscando otro sitio de la habitación que pudiera mirar sin sentir que corría algún peligro.

–Estaba muy buena, ¿sabe?, y yo no suelo comer esas cosas. A mí me va más la carne –añadió mientras inspeccionaba la bandeja del desayuno de Ciaran.

–Bien, entonces, me voy –le dije a Ciaran, y me volví hacia su padre–. Gracias por los encargos de tartas, señor Argyll. Le agradezco el trabajo.

–¿El trabajo? ¡No creo que ella vaya a mandarme otra! –se echó a reír–. Seguramente fue para acompañar los papeles del divorcio.

No entendí a qué se refería.

–Y por mí no se vaya con tanta prisa, tesoro –añadió, sin que pareciera molestarle en absoluto su estado de semidesnudez–. Voy a ver qué hay en la cocina, aparte de comida para conejos.

–La fruta no va a matarte, papá. No te pases con las salchichas, ¿eh? –respondió Ciaran.

–¿Por qué no llevas a Holly a la cocina? Puedes enseñarle el horno, ese que tu madre decía siempre que era el mejor que había usado. Es Holly, ¿no?

–Sí –contesté, confusa–, pero, en serio, no necesito que me enseñen la cocina, gracias, señor Argyll. Ya paso suficiente tiempo en la mía.

–¿Ah, no? Es que como Mary decía que Ciaran le estaba echando una mano para que cambiara de horno... ¿No es eso?

–¿Para que cambiara de horno? –pregunté yo–. ¿Y eso por qué? –sonreí.

Fergal miró a su hijo. Nadie dijo nada.

–¿Por qué cree su padre que me está ayudando a cambiar de horno? –le pregunté a Ciaran.

–Bueno, voy a ver qué tal están esas salchichas –dijo Fergal, y sin decir adiós salió por la puerta por la que se había marchado Mary.

–¿Qué ha querido decir? –insistí yo.

–Mire, le oí decir que necesitaba un horno nuevo y pensé que le vendría bien ganar suficiente dinero para suplir sus necesidades.

–Pero... ¿Qué? Entonces ¿por eso nos han hecho todos esos encargos? ¿Ese es el motivo?

–Así mataba varios pájaros de un tiro. Una empresa no puede funcionar bien sin el equipamiento adecuado.

–¿Por qué lo ha hecho? ¡No es su empresa! –empecé a subir la voz.

–La verdad es que no veo cuál es el problema. Usted ha incrementado sus ingresos, yo la he compensado por la indiscreción de mi padre y, de paso, ha conseguido publicidad para sus productos.

–Así que ¿ha pedido una tarta tras otra porque pensaba

que necesitaba dinero? ¿Se ha gastado una fortuna en tartas que nadie quería? –preguntó, incrédula.

–Claro que las querían. Solo que no lo sabían hasta que las probaron. No entiendo el problema. Debería estarme agra... –se paró en seco.

–¿Agradecida? –concluí por él–. ¿Por burlarse de mi negocio? No le he pedido ayuda, Ciaran. No se la habría pedido aunque la necesitara.

–Entonces ¿quiere decir que no se alegra de que hayan aumentado sus ingresos? Vamos, la oí decir que necesitaba un horno nuevo.

–¡Sí! Y me lo habría comprado yo sola con mi propio dinero. Y sí, ya que me lo pregunta, me alegré de tener trabajo extra, pero no porque hubiera más dinero en la caja. No todo es cuestión de dinero, ¿sabe?

Ciaran se puso en pie y esbozó una sonrisa irónica.

–Siempre es cuestión de dinero.

–No –contesté con aire desafiante–. No es cierto. Pero debe de ser agradable tener tanto que uno pueda convencerse de que es así.

No era tan guapo cuando hablaba como un idiota. Me di la vuelta para marcharme de allí, confiando en encontrar la salida por el laberinto de habitaciones que tenía que cruzar.

–Mira, Holly, creía que tenías un problema. Solo quería solucionarlo.

Lo miré caminar descalzo por la alfombra, hacia mí.

–Bien, también debe de ser agradable poder solucionar un problema a base de dinero –repuse yo mientras intentaba no mirarle el torso.

Se rio, y eso me irritó.

–Sé por experiencia que el dinero puede comprarlo casi todo.

Reuní valor suficiente para mirarlo a los ojos, que de pronto se habían endurecido.

–Bueno, eso depende de quién venda qué.

Me arriesgaría a encontrar la salida. Salir hecha una furia pareció mejorar mi sentido de la orientación.

Oí crujir el suelo detrás de mí.

–Así que eres muy tradicional, ¿eh?

Me paré junto a una mesa alargada donde un montón de fotografías enmarcadas en plata catalogaban la vida de la familia de la casa.

–¿Qué?

–Apuesto a que cada noche esperas que el príncipe azul venga a rescatarte de tu horno roto, ¿no? Antes de conducirte hacia un final feliz.

–¿Un final feliz? Yo no espero ningún final feliz, Ciaran.

–Claro que sí. Eres una mujer. Apuesto a que lo tienes todo planeado.

¿Estaba enfadado? ¿Él estaba enfadado? No me conocía de nada. No sabía nada de mí. En efecto, yo en otro tiempo había creído en el príncipe azul. Hasta había conocido a uno. Pero no, no creía en los finales felices. O no existían, o no se podía tener todo.

Capítulo 12

–No, Pattie, no voy a dejar el teléfono en ningún sitio que no deba. No, no, esto tampoco voy a hacerlo... ¿Un saca qué?

Jess y yo nos reímos en la trastienda mientras oíamos cómo mi madre ponía firme a Rob por segunda mañana consecutiva. Normalmente me habría dado pena, pero el día anterior había volcado la lata de la harina y se había bebido dos veces seguidas el café con leche y praliné de avellanas que Jess había comprado expresamente para levantarme el ánimo, así que costaba trabajo no disfrutar viéndolo pasar aquel tormento. Rob era prácticamente como un hermano para mí, así que tenía permitido regodearme en su desgracia. Y para mi madre era como un hijo, así que ella también tenía sus derechos.

Había empezado la cuenta atrás para el nacimiento del bebé, y a pesar de que estaba siempre estorbando, yo seguía creyendo que le vendría bien pasar unos últimos días de normalidad antes de tener que someterse a la obsesión de mi hermana por los trajecitos de bebé con los colores bien conjuntados, a la inevitable visita de mi madre desde Menorca y a las demoledoras noches de insomnio.

Por favor, que le tocara ya el turno a otro de no dormir por las noches.

Tal vez estuviera incubando algo. Quizá, por algún extraño prodigio fraternal, estaba experimentando el mismo desequilibrio hormonal que Martha. Fuera por lo que fuese, necesitaba una provisión constante de cafés con leche y praliné de avellanas.

Mi pelea con Ciaran Argyll, aquel capullo pretencioso, no había contribuido a mejorar mi humor, pero había sido estimulante discutir con alguien. Nadie discute contigo cuando eres viuda. Respiré hondo y dejé salir el aire lentamente. El sábado por la noche le entregaríamos su tarta Hollywood. Tacharía su nombre en la agenda, depositaría su hoja de pedido en el archivador de trabajos ya hechos, y por fin podría olvidarme de él.

Rob apareció en la puerta del obrador con cara de estar emocionalmente agotado.

—Tu madre quiere hablar contigo un momento.

Me corregí para mis adentros: «Algunas personas sí discuten con las viudas».

—Hola, mamá.

—Holly, veo que Robert ha vuelto a la tienda esta mañana —trinó mi madre.

—Sí, me está ayudando un montón —en el mostrador, delante de mí, había un buen montón de migas en el lugar donde Rob había devorado una *cupcake*.

—Pero para eso pagas a Jesse. ¿No crees que Robert debería estar en casa, con su mujer? —hasta desde Menorca tenía que entrometerse.

—Bueno, no sé, mamá. Estoy segura de que Martha agradece tener un poco de paz y tranquilidad —«y seguramente tiene que pasar menos la aspiradora».

—Sale de cuentas dentro de tres días, Holly. No espero que lo entiendas, pero el cuerpo de tu hermana está sometido a mucha presión en estos momentos.

No. ¿Qué sabía yo de las presiones que podía soportar un cuerpo? No había dormido bien durante semanas cuando se acercaba el cumpleaños de Charlie, pero mi madre tenía razón: nunca había estado embarazada.

–Martha está bien, mamá. Si necesita algo, lo pedirá. Estamos a menos de diez minutos de su casa –contesté.

–Pues métele prisa, Holly. Un hombre tiene que estar con su mujer. Martha lo necesita.

Me quedé esperando a que acabara de aleccionarme acerca de las múltiples formas en que una mujer necesita a su marido. Sentí que me ponía pálida y que iba acercándome poco a poco al tono gris que tenía la piel de Rob justo antes de que me pasara el teléfono. Era tan delicioso sentir todo ese sol de Menorca a través de la línea telefónica...

Mi madre estaba diciendo algo acerca de que no hiciéramos demasiado caso al bebé cuando la salvación entró por la puerta.

–Tengo que dejarte, mamá. Tengo clientes. Adiós –colgué antes de que le diera tiempo a contestar.

El hueco de la puerta tenía el ancho justo para que la pareja entrara casi a la vez, el uno al lado del otro.

–¡Hola! –dijimos todos al unísono. Estupendo, unos clientes simpáticos. Tenían el poder de cinco cafés con leche, por lo menos, y las parejas prometidas que entraban sin ir acompañadas por una madre quisquillosa solían ser las más alegres de todas.

Vestían los dos como un par de modelos de Ralph Lauren. Él tenía un tono de piel más moreno que el de Jesse y ella era una pelirroja monísima y muy pecosa. Me encantó al instante lo buena pareja que hacían.

La pelirroja fue la primera en hablar.

–Hola, queríamos hablar con la persona encargada del pedido del señor Argyll.

Yo sentí como si una aguja arañara de pronto un disco.

Su sonrisa no parecía dispuesta a desaparecer, así que yo también aguanté la mía.

–¡Jesse! –grité enérgicamente.

La pelirroja dio un saltito. Reiteré la sonrisa para compensarla. Jesse asomó la cabeza por la puerta del obrador.

–¿Sí?

–Aquí hay alguien que quiere hablar contigo sobre la tarta Hollywood.

–En realidad no es sobre la tarta propiamente dicha... Bueno, sí. Hola, me llamo Nat y este es Ryan –dijo la pelirroja, tendiéndonos la mano. Ryan hizo lo propio–. Trabajamos para una empresa llamada Cinder Events y vamos a encargarnos de supervisar la fiesta de este fin de semana en Los Salones Dorados. El señor Argyll es uno de nuestros clientes más valorados, y cuando nos mencionó que Tarta iba a encargarse de... en fin, de la tarta, pensamos que estaría bien venir a conocer vuestro trabajo.

Noté una tensión en el estómago. Definitivamente, estaba incubando algo.

–El señor Argyll no exageraba. Estas tartas son impresionantes. ¿Cómo es que no hemos oído hablar de vosotros? –preguntó Ryan mientras se paseaba por la exposición.

Jesse me miró para que tomara el timón.

–La verdad es que no nos publicitamos, fuera de las ferias de productos para bodas –dije yo.

–¿Ferias de productos para bodas? Chicos, tenéis que meteros en el circuito de organización de eventos. Nuestros clientes se volverían locos por algo como esto.

Ryan tenía la nariz casi pegada a la tarta más alta de la exposición, una obra de arte de chocolate de un metro ochenta que Jesse y yo habíamos creado para las ferias de ese año. Detalladas ninfas acuáticas mezcladas con insectos y setas, todo ello esculpido a mano en el más rico chocolate negro.

–Y ese es el motivo de nuestra visita –añadió Nat con entusiasmo–. El evento del sábado va a ser muy especial. Va a asistir una mezcla muy amplia de tipos sociales. ¡Estamos deseando ver la creación que estás haciendo para el señor Argyll! Pero también va a estar allí otro de nuestros clientes, y da la casualidad de que sabemos que hay un compromiso matrimonial a la vuelta de la esquina.

—Perdón, pero ¿qué tiene eso que ver con nosotros? —pregunté.

—Bueno, cuando la señorita Delgado y el señor Benini anuncien oficialmente su compromiso, nosotros nos encargaremos de organizar las fiestas sucesivas. Ya han reservado varios eventos en España e Italia, sus países natales, pero como Modesto ha firmado para jugar en un equipo inglés y la nueva película de Aleta va a estrenarse en Londres en primavera, los dos quieren celebrar su enlace en el Reino Unido. Estamos buscando una pastelería que se encargue de la tarta, alguien capaz de hacer un pastel que se salga de lo corriente, y tengo que decir que creo que lo hemos encontrado —concluyó Nat, acercándose a Ryan.

Jesse se volvió hacia mí y levantó las cejas, entusiasmado.

—Vaya —dije yo—, eso es fantástico. ¡Muchísimas gracias!

¡Vaya, vaya, vaya! Realmente era fantástico. Aquel podía ser nuestro encargo del siglo, el pedido que podía catapultarnos a una nueva esfera. Pero a aquel pensamiento le siguió enseguida otro.

«Mierda».

Era a Ciaran Argyll a quien tenía que agradecérselo.

—Bueno, todavía no es seguro —añadió Ryan—. Aleta es muy puntillosa con estas cosas. Tendrá que conoceros primero. Como ha dicho Nat, va a ir al evento de este sábado, y como vais a estar allí los dos, sería una oportunidad fantástica para poneros en contacto. Si os interesa, claro.

Ryan puso dos tarjetas de aspecto muy sencillo sobre el mostrador y las deslizó hacia mí. Levanté una y miré las itálicas doradas del reverso. «Invitado», decía, nada más.

—¿Si nos interesa? —preguntó Jesse con los ojos como platos. La señorita Delgado y una invitación a Los Salones Dorados. Aquel era su día de suerte—. Sí que nos interesa, ¿verdad, Hol? Por favor, di que nos interesa.

—Debo señalar que hay un código de vestimenta muy estricto: o traje de noche formal o disfraz de héroe o villa-

no de Hollywood. Si os quedáis en el evento después de llevar la tarta del señor Argyll, tendréis que ceñiros a él.
–Hol, nos interesa, ¿verdad que sí? –insistió Jesse.
Un suspiro entrecortado, de esos que se le escapan a una después de llorar, hizo que me miraran todos a la vez. A lo mejor, con un poco de suerte, Ciaran se pasaría toda la noche abrazado a un bellezón despampanante y estaría tan ocupado que no podría darle las gracias. Con un poco de suerte.
Miré la sencilla invitación que todavía tenía en la mano.
–Sí, Jesse. Estamos interesados.

Capítulo 13

Jesse quería a toda costa el encargo de la Delgado. Para él era una experiencia agridulce: la oportunidad de conocer a la chica de sus sueños, en compañía de su novio, la estrella internacional de fútbol. Había estado trabajando en la tarta toda la semana, y yo sabía que iba a ser espectacular. Pero también sospechaba que, si Jess veía alguna oportunidad de conquistar el corazón de la señorita Delgado, seguramente intentaría aprovecharla.

La tarta era increíble.

Jess podía haberse decantado fácilmente por el camino más obvio, el de los coloridos superhéroes y sus archienemigos. Pero, en vez de hacerlo, había incorporado a diversos iconos del cine, desde Travis Bickle y su taxi a Audrey Hepburn tumbada en una *chaise longue*. En la cabecera de la tarta había una estrella de Hollywood Boulevard con un 30 hecho en oro brillante.

Cinder Events se había ocupado de que tuviéramos sitio para aparcar en la parte de atrás del edificio, y paso libre para cruzar la barrera de seguridad. Debido a la lista de invitados, habría restricciones para acceder a los ascensores y a Los Salones Dorados, situados a la altura del cielo, en el piso veinticinco.

Jess y yo sabíamos ya qué servicios íbamos a ofrecerle a la señorita Delgado: básicamente, cualquier servicio que necesitara. Para eso, Jess estaba dispuesto a redoblar sus esfuerzos y a trabajar mucho más tiempo del que le pagaba.

La tarta era perfecta, los pases de invitados estaban guardados a buen recaudo en la guantera de la furgoneta. Volveríamos a recoger la tarta camino de la ciudad.

Yo solo tenía un problema: que no tenía nada que ponerme.

Jess había vuelto a su casa para que su madre le arreglara el pelo e iba a pedirle que lo llevara en coche a la mía para darle el visto bueno a mi ropa. Siguiendo sus instrucciones, yo ya me había duchado y depilado y estaba lista para exponer mis argumentos a favor de los pantalones cuando llamó a la puerta.

—Jesse, estás guapísimo. Espera un segundo —le cerré la puerta en las narices y me fui a contener a Dave.

Dejé entrar a Jesse y lo miré de arriba abajo. Parecía una estrella de cine.

—¡Vaya pelo! —exclamé—. Jesse, estás increíble.

Se había quitado las trencitas africanas que había llevado todo el verano, y las había cambiado por un montón de moñitos individuales muy bien definidos.

—Y tu traje... Creo que es la primera vez que te veo vestido de negro —aparte de aquel día aciago.

—En realidad es color regaliz. Quedaba mejor con la corbata y el pañuelo.

Debajo de la chaqueta, un chaleco regaliz y una camisa también regaliz sujetaban el extremo de su gruesa corbata de color cobre. Un pañuelo en el pecho, a juego con la corbata, completaba el conjunto.

—El regaliz te va de perlas —sonreí—. Estás impresionante.

—Es mi *look* de inspiración neo-soul, niña. Esta noche estoy al acecho. Entonces ¿crees que lo he clavado?

Yo no podía dejar de mirarlo.

—Creo que por tu culpa vamos a perder la tarta de compromiso de la Delgado –esa chica tenía que estar enamorada hasta los huesos si no se fijaba en Jesse esa noche.

–Bueno, ¿y a ti? ¿Se te ha ocurrido algo?

La verdad era que le había puesto mucho empeño. Los pantalones, con unos zapatos bajos negros, me habían parecido bastante elegantes, pero ahora ya no estaba tan segura.

–Ven arriba, a ver qué te parece –dije.

Jess colgó su chaqueta con cuidado meticuloso y se sentó en la silla de mi tocador. Yo había decidido cambiarme en el dormitorio de al lado para que tuviera un sitio cómodo donde esperar antes de darme su opinión de experto. Me puse los pantalones con una blusa blanca de gasa y, encima, una chaqueta negra de traje. A mí me parecía que estaba bien, pero la cara de Jesse lo decía todo.

–¿No te gusta?

–No, está bien. Estás guapa, pero... se te tienen que ver las piernas, Hol. Si no, la gente va a pasarse toda la noche pidiéndote copas.

–Pero yo no tengo nada así, Jess. No... no suelo ir de fiesta.

–¿Has mirado?

–Sí –mentí–. Bueno, no, no he mirado. Pero sé que en mi armario no hay nada.

–Sí, bueno, tenemos que salir dentro de una hora, así que voy a echar un vistazo si no te importa.

Me sentí como una estudiante a la que habían suspendido un trabajo cuando se puso a hurgar en mi armario.

–No, no, no –decía. En fin, ya se lo había dicho–. ¡Caray! ¿Todavía hay alguien que tenga esto? –asomó la cabeza–. ¿Cuándo fue la última vez que revisaste tu armario, Hol? No, no, ni pensarlo... ¡Ajá! Sabía que tendrías algo. ¿Qué tiene de malo esto?

Miré por el espejo del tocador y vi que estaba inspeccionando un vestidito negro.

–¡Tiene un poco de polvo, Hol!

–Hace dos años que no me lo pongo, Jess.
–Bueno, es un poco largo, y el escote un poco alto.
–Me gustan los cuellos de barco –lo interrumpí. ¿Veis?, algo sí sabía.
–Pero no tiene mangas. Y tú tienes unos brazos muy bonitos, Hol, es una de las ventajas de pasarse el día dándole al rodillo de amasar. ¿Hasta dónde te llega de pierna? –preguntó, apartándose del armario.
–Justo por encima de la rodilla.
–Es una pena. También tienes las piernas bonitas, Hol, me he fijado –guiñó un ojo–. Bueno, ¿para qué gran acontecimiento te lo pusiste? –preguntó mientras le quitaba el polvo al vestido–. ¿Y por qué yo no estaba invitado?
Lo miré por el espejo y sonreí cuando por fin se dio cuenta.
–Lo estabas –sonreí.
Respiré hondo.
–Qué metedura de pata, Hol –hizo una mueca y se colgó con cuidado el vestido del brazo. Todavía no hacía dos años. Aún faltaban un par de semanas–. Lo siento. Deberías habérmelo dicho en cuanto lo he sacado.
Me sentí mal por él, pero la verdad era que me gustaba mucho el vestido. Por lo menos no llamaría mucho la atención. Y tampoco es que lo tuviera guardado en una urna. Simplemente, no había encontrado ningún motivo para volver a ponérmelo.
–El vestido me gusta, Jess, pero solo tengo zapatos bajos para ponérmelo. ¿No crees que me quedarán mejor los pantalones?
Giró la percha para dar la vuelta al vestido.
–¿No quieres ponerte el vestido por los zapatos o por otra cosa, Hol? Sé sincera.
–Sinceramente, Jess, es un vestido bonito –contesté. No quería que se sintiera mal.
–¿Estás segura?
–Sí, pero...

—Estupendo. Entonces, tengo una sorpresa para ti. Ve quitándote el uniforme de camarera y poniéndote esto, que enseguida vuelvo.

Salió para que me desvistiera. Iba a necesitar unas medias. Tenía las piernas como la seda, pero hacía mucho tiempo que no veían el sol. Hurgué en mi cajón en busca de un par mientras oía a Jess subiendo por la escalera.

—¿Cuándo vas a acabar la casa, Hol? —gritó desde el cuarto de al lado—. Ya sabes que puedo ocuparme de la tienda si quieres pasar unos días arreglando la casa.

—Pronto. Cuando tenga tiempo —respondí a gritos—. Lo tengo en la lista.

Aparte de la cremallera, que no podía subirme yo sola, estaba lista para su inspección.

—Vamos, entonces. Recréate la vista.

Volvió a entrar en la habitación y se fue derecho a la cremallera. Ayudar a una mujer a subirse la cremallera, en vez de a bajársela, debía de ser toda una novedad para él.

Miramos los dos mi reflejo en el espejo. Jess se distrajo y empezó a atusarse el pelo. No podía reprochárselo: yo también prefería mirarlo a él. Pero yo tampoco estaba mal. Nada mal. El vestido todavía me quedaba bien, mejor incluso que antes. En aquella época estaba más delgada.

—¿Y bien? ¿Cuál es la opinión del experto? —pregunté.

—Estás despampanante, Hol. Pero suéltate el pelo.

Hice lo que me decía y sacudí la cabeza. No lo tenía del todo seco cuando había intentando recogérmelo, con los pantalones todavía puestos, y con la humedad se me había ondulado un poco, justo por debajo de los hombros.

—Sí, muy bonito —dijo Jess, mirándome.

—¿Me estás echando el ojo, Jesse Ray? —bromeé.

—Bueno, siempre podríamos intentarlo si te apetece.

Me reí.

—Esta habitación es zona libre de sexo —al menos cuando estaba despierta.

Jesse se puso a hurgar en la bolsa que había traído.

—Estás buenísima, Hol, pero tengo una cosa que va a hacer que estés espectacular —sacó una caja de la bolsa y la abrió.

—Ah, no, ni pensarlo, Jess.

—Hol, ya has estado demasiado tiempo escondiéndote. Ha llegado el momento —se rio.

—¿El momento de qué? ¿De caerme de bruces encima de una tarta carísima?

—A la tarta no va a pasarle nada. El restaurante va a dejarnos un carrito. Puedes usarlo para apoyarte en él, como un andador —me pasó un zapato—. ¿Quién parece ahora Cenicienta? —preguntó con una gran sonrisa.

—Jesse, yo no puedo andar con esos zapatos. ¡No sé!

—Holly, mi hermana tiene el trasero más gordo que Martha y podría correr detrás del carrito de los helados con esos zapatos puestos. Póntelos de una vez para que estés impresionante y podamos irnos al baile... a no ser que quieras aceptar mi oferta de antes, claro.

Unos minutos después bajé las escaleras con mucho cuidado y sin ayuda, agarrándome a la barandilla como a un salvavidas. Procuré no hacer caso de mi colección de seis o siete pares de preciosos zapatos planos, que había dejado en los escalones, cuando pasé tambaleándome por su lado. A mitad de la escalera pasé junto a mis deportivas, dos pares de chanclas y las bailarinas. Al pie de la escalera, me equilibré lo suficiente para cruzar el recibidor.

Una hora después aún me sentía insegura, pero tras tambalearme solo una vez y después de que Jess prometiera agarrarme, me encontré cruzando el jardín camino de la furgoneta.

En la tienda dejé que Jesse se encargara de maniobrar con la tarta y esperé, tiritando, en la cabina de la furgoneta, que estaba casi caliente. Después de unos cuantos gruñidos y quejas y de recoger nuestro botiquín de primeros auxilios para tartas, partimos hacia las luces radiantes de la gran ciudad.

—¿Me sujetas esto, Jess? —pregunté, estirando el brazo para agarrar los tacones que me había quitado.

—¿Vas a conducir descalza? —Jess recogió los zapatos.

—Sí. He olvidado traerme los mocasines.

—Podría haber ido yo a buscarlos.

—He dejado abierta la puerta de la cocina. Dave te habría hecho polvo el traje —lamenté que Jess no viviera más cerca. Podríamos salir juntos más a menudo. Era agradable tener un hombre en casa.

Pasé la mano por el vestido y me acordé de aquel día, de pie en el cementerio helado.

La vida había continuado casi dos años enteros, y ¿qué había hecho yo durante ese tiempo? Absolutamente nada.

Capítulo 14

Me dolió el cuello al mirar las luces intermitentes de Los Salones Dorados, que relumbraban en la oscuridad veinticinco pisos más arriba. Sentí un escalofrío mientras montaba guardia junto a la puerta abierta de la furgoneta. ¿Contra qué montaba guardia? Allí atrás no había nadie. La salida de incendios trasera que nos habían dicho que usáramos estaba cerrada a cal y canto, y Jess había ido corriendo a dar la vuelta hasta la fachada para enterarse de qué estaba ocurriendo. «Vamos, Jess, ¡hace un frío que pela!».

De pronto, un estrépito metálico hizo añicos el silencio del patio de servicio y la puerta del edificio se abrió de golpe. La luz de dentro proyectó una franja de color sobre el patio y el maître más llamativo a este lado de Las Vegas sacó un reluciente carrito cromado y lo empujó hacia mí.

–Has tardado –le dije a Jess, frotándome los brazos.

–Me he perdido. He acabado en el aparcamiento subterráneo, en vez de en la calle del otro lado del edificio. Lo lógico sería que se hubieran esforzado un poco más en poner indicaciones.

La gente que necesitaba indicaciones, allí se perdería de fijo. ¿Por qué las zonas traseras de los edificios eran siempre tan oscuras?

Colocó hábilmente la tarta en el carrito y lo seguí al interior del edificio. Todavía no había usado el carrito como andador. Tal vez sobreviviera a aquella noche.

Un gigante con cara de indiferencia y un auricular que le corría por el pliegue del cuello entró con nosotros en el ascensor. Yo me concentré en los botones brillantes, que subían y subían por el panel, y no hice caso del cosquilleo de claustrofobia que sentía.

Las puertas se abrieron justo cuando empezaba a preguntarme cuánto tardaría el gigante en gastar todo el oxígeno que nos quedaba.

El guarda se apartó y ante mí aparecieron Los Salones Dorados en todo su esplendor.

El carrito avanzó traqueteando y yo salí automáticamente a un local que debía de ocupar prácticamente toda la azotea. Y qué azotea. Hasta estando allí, en el piso veinticinco, me dolió el cuello cuando miré hacia el techo, que se alzaba muy alto por encima de nosotros. Tenía que ser por lo menos el doble, o incluso el triple de alto que el de los pisos de más abajo. La barra cuadrada del centro de la sala fue lo siguiente que atrajo mi atención. También atraía a los invitados, que se acercaban a ella como las mariposas a una flor, cual bellas criaturas que fueran a deleitarse en sus néctares. Por encima de la barra, suspendida en el aire como por arte de magia, una gran escultura colgaba sobre los camareros impecablemente vestidos. Me recordó a la enorme y desastrada guirnalda de avellano que todos los años colgaban encima de la entrada pública del bosque, solo que más pija.

–¿Hol?

–¿Mmm?

–Ve abriendo paso –dijo Jess, señalando con la cabeza hacia la multitud.

El pelo rojo de Nat destacaba como una baliza en contraste con los tonos apagados de su vestido. Sonrió y nos indicó que nos acercáramos. Yo, que todavía no había recorrido una distancia así de un tirón, me agarré a la tranquilizadora asa metálica del carrito y fui pidiendo educadamente a los invitados que nos dejaran pasar. Oí exclamar «¡Oooh!» y «¡Ahhh!» a uno y otro lado mientras la obra maestra de Jesse brillaba en toda su gloria, como se merecía. Jesse había clavado el diseño. La mayoría de los invitados iban disfrazados de refinados iconos de Hollywood, no de chabacanos personajes de cómic. Nos cruzamos con un Cazafantasmas, como mínimo, y había un Terminator esperando pacientemente en la barra, pero la sala estaba llena en su mayoría de Padrinos y Harris el Sucio.

El pelo de Nat me ayudó a no perderla de vista entre la gente mientras conducía a Jess con dificultad entre los reservados envueltos en un tenue resplandor y la enorme extensión de cristal que separaba la sala de la terraza de fuera.

Nat estaba de pie delante de una pared, un mosaico de gigantescas placas metálicas de todos los tonos de oro que se elevaba por detrás de su figura menuda. La luz caía tamizada sobre toda aquella radiante belleza, y me volví a mirar al mismo tiempo que Jess.

–¡Joder! –exclamó, mirando boquiabierto por entre la mampara de cristal.

–Impresiona, ¿eh? –preguntó Nat, que también estaba admirando la piscina–. Vamos a llevar la tarta allí, donde no la vuelquen.

La miré el tiempo justo para no ser grosera y luego me volví otra vez hacia la terraza.

–Si luego queréis daros un chapuzón, hay bañadores de la casa en el *spa* de allí –señaló el extremo de la piscina, donde el agua se metía por debajo de un dosel con columnas. Había gente en traje de noche y en bikini dispersa por la tarima que rodeaba la piscina, charlando tranquilamente sentada en sillones de diseño sencillo y refinado.

Yo no sabía que en Londres hubiera sitios así.

–¿Os gusta nadar? –preguntó Nat por darnos conversación.

Un tipo con un Speedo estaba saliendo en ese momento por la puerta del edificio que, según había dicho Nat, era el *spa*. Jess y yo lo vimos bajar hacia el agua iluminada.

–Ya lo creo que sí –contestó Jess.

Confié en que esperara hasta después de conocer a Aleta para quitarse la ropa.

–Guíanos, Nat –dije yo, intentando contener mi asombro.

Al final de la pared metálica, una alfombra negra llevaba hasta una docena, más o menos, de paneles verticales que partían el espacio, delimitando la zona de más allá. Los paneles se alzaban sobre nosotros como monolitos, hasta unos seis metros de alto, y eran de piedra muy pulida, de color oro y bronce y de una mezcla de los dos. Yo tenía una pulsera de ojo de tigre que me recordaba mucho a ellos.

Nat pasó entre dos de los paneles y nos condujo a la zona de bufé. En su centro, un gran pedestal aguardaba el triunfo de Jesse.

–En cuanto terminéis de colocarla, el personal de cocina acabará de poner el bufé alrededor de la base de la tarta –nos dijo Nat mientras consultaba su reloj.

–¿Hay más comida? –pregunté, mirando la cantidad de manjares que se ofrecían a la vista a lo largo de dos tercios del perímetro de la sala.

–El homenajeado es un chico muy popular –sonrió sin dejar de mirar su reloj. Eso yo ya lo sabía. Argyll había pagado una pequeña fortuna por la tarta de su amigo–. Entonces, vais a quedaros, ¿verdad? Cuando acabéis aquí –preguntó.

Jesse sonrió.

–Sí, vamos a quedarnos, y a bailar, y a pasárnoslo en grande, ¿verdad, Hol?

–Bueno, Aleta no suele ser puntual, pero hasta más tarde no le cantarán el cumpleaños feliz, así que la tarta estará todavía de una pieza cuando llegue. Espero.

Jesse levantó con cuidado la tarta del carrito y la colocó en el centro del pedestal. Noté el calor de su cuerpo a través de la chaqueta cuando le puse la mano en la espalda. La tarta pesaba, hasta para él.
—Buen trabajo, Jess —susurré.

Dejamos a Nat en el bufé y nos fuimos a descubrir la barra, que estaba ya llena de gente guapa.
—Un zumo de naranja y... ¿Jess?
Los ojos de Jess no paraban de recoger información. Yo sabía a quién estaba buscando.
—Parece que el champán tiene mucho éxito. Tomaré dos —dijo sin dejar de mirar a la gente.
El camarero se inclinó hacia delante y, entre el ruido de la música y las conversaciones, me explicó que esa noche todas las bebidas corrían por cuenta de la casa. Era un alivio, si Jess iba a pedirlas de dos en dos. Le di las dos elegantes copas. Las agarró y me devolvió una.
—No son las dos para mí —dijo antes de beber un sorbo.
—Jess, voy a conducir —le devolví la copa.
—Puedes tomarte una, Hol. Te desinhibirá un poco. Además, vas a tardar por lo menos una hora en conducir.
Supuse que tenía razón.
Por encima del borde de mi copa, la única Marilyn que había visto hasta el momento estaba observando a un grupo de caballeros que se saludaban y se daban palmadas como hacen a veces los hombres. La doncella de hielo no parecía andar nunca muy lejos de Argyll, aunque yo todavía no había visto a Fergal en la fiesta. Quizá también conocía al homenajeado, aunque al ver cómo miraba a Ciaran mientras se reía junto a los otros, comprendí qué hacía allí.
—Ya me parecía a mí que no iba a disfrazarse —comentó Jess detrás de mí.
—¿Qué quieres decir? —pregunté.

—Ya sabes de quién hablo. De Don Ricachón. Va en traje.

Aparté la mirada desinteresadamente y la fijé en los grupos de gente ocultos en la penumbra de los reservados, detrás de la zona de baile.

—¿Quieres bailar? –preguntó Jesse.

—No, gracias. Pero ve tú. Yo voy a ir a echarle un vistazo a la tarta.

—La tarta está bien, Hol. Relájate.

—Técnicamente estamos trabajando, Jess. Además, prefiero estar allí. Hay más sitios para sentarse con estos zapatos.

Le quité la copa y lo vi avanzar entre la gente que pululaba por la periferia de la pista de baile, no lo bastante borracha todavía para unirse a los más valientes. Cambió el ritmo y Jess encontró su sitio. Las mujeres que había por allí parecieron encantadas con su llegada. Los hombres, menos. Se movía como pez en el agua: ágil como un tiburón e igual de mortífero. No era de extrañar que tuviera tanto éxito con las mujeres. A mí me habría encantado en aquel momento, si no me pareciera tan raro. Pero yo no era la única que no podía dejar de mirarlo. Ya estaba atrayendo a una multitud.

Antes de que cometiera alguna estupidez, como tirar de mí para que fuera a bailar con él, di media vuelta para volver a la sala del bufé.

Pero alguien me cortaba el paso.

—Bonitos zapatos –dijo con las manos en los bolsillos.

El champán me estaba calentando las mejillas, o quizá fuera la vergüenza de que me hubieran sorprendido con los zapatos de otra puestos.

—Bonito fajín –contesté, intentando devolverle la pelota.

—Gracias –una sonrisa infantil se extendió hasta sus ojos, que de infantiles no tenían nada–. Había perdido la inspiración hasta que tú me pusiste en el buen camino.

Yo me había perdido. Se abrió la chaqueta para enseñarme el fajín en toda su gloria, y una pistola de agua de color azul turquesa que asomaba por arriba. Aun así, seguí sin entender.

–¿Qué pasa? ¿Es que Bond solo le gusta a Jesse? Es una lástima –sonrió.

¿Cuánto tiempo iba a tener que soportar aquello? Era Jesse quien había empezado. Me dieron ganas de matarlo. Miré a mi alrededor con la esperanza de verlo morir a manos de algún novio humillado por su forma de bailar.

–Es un hombre polifacético –comentó Ciaran, mirándolo también.

Tomé la copa de champán que me ofrecía y procuré refrenar la torpeza que se apoderaba de mí cuando estaba con él.

–Sobre lo del fin de semana pasado... –empecé a decir mientras intentaba encontrar el modo más eficaz de darle las gracias por sus esfuerzos.

–¿Te has cortado? –me interrumpió, y deslizó los dedos entre la copa y mi mano. Fue un gesto sutil e inesperado. Pasó ligeramente el pulgar por mis nudillos. Sus manos eran muy suaves, muy distintas a las de Charlie. Noté que me ponía tensa.

Levantó mi mano con delicadeza para mirar el rojo de las yemas de mis dedos, que seguían sujetando con fuerza la copa.

–Eh, no. Es solo... colorante alimentario –balbucí, y aparté la mano torpemente.

Entornó los ojos.

–¿Y aquí? ¿También tienes colorante alimentario? –preguntó mientras pasaba el pulgar por mi cuello.

Un subidón de adrenalina recorrió mi cuerpo, y el calor de debajo de mi piel se disparó en respuesta a su contacto. Sonrió astutamente.

–Ahora que lo pienso, no es la primera vez que te veo sonrojarte así.

Me miró mientras bebía de su copa. Hice lo mismo, solo que yo apuré la mía de un trago. «Habla de trabajo, habla de trabajo».

–¿Te ha gustado la tarta de tu amigo? –farfullé notando el cosquilleo del champán en la nariz.

–Pues la verdad es que me gustaría que me la explicaras –dijo.

–Es todo obra de Jess. Deberías hablar con él –bien, eso estaba mejor.

Miró por encima de mi hombro, hasta la pista de baile.

–No quiero molestarlo. ¿Me llevas tú a verla? Todavía no la he visto.

Me ofreció su brazo.

Yo lo acepté, indecisa, y vi que algo en sus ojos se ablandaba.

Descubrí que era más fácil y al mismo tiempo más difícil abrirse paso entre la gente yendo del brazo de Ciaran. Odiaba aquella expresión, «ir del brazo de», pero eso era exactamente lo que estaba haciendo.

–Feliz cumpleaños, Ciaran –ronroneó una mujer por encima del hombro de su acompañante.

–¡Felices treinta, tío! –exclamó un individuo ya un poco achispado, vestido con esmoquin azul y peluca.

–Bonita fiesta, Argyll –dijo una voz considerablemente más fría que la del señor del esmoquin azul–. Pero hacen falta más mujeres.

Ciaran dejó de avanzar cuando un treintañero con rizos morenos alrededor de las orejas se acercó a estrecharle la mano. Mi mano comenzó a apartarse de él automáticamente para dejarle espacio, pero la mano de Ciaran la siguió por mi costado. Suave y furtivamente, la sujetó un momento y luego, así, sin más, la soltó otra vez.

–Ludlow, ¿cómo te va? –preguntó Ciaran.

–Mejor que a vosotros –contestó Ludlow con una sonrisa desdeñosa–. Tengo entendido que Sawyer está a punto de ganarle otra licitación a Fergal.

–Nadie va a ganarnos nada –respondió Ciaran con frialdad.

–Entonces, ¿Fergal se está comportando? Es una pena que no haya hecho las paces con James Sawyer –insistió Ludlow.

–Eso me parece improbable –contestó Ciaran con despreocupación.

–Bueno, no te preocupes, tío. Lo superaréis. Con el tiempo –Ludlow soltó una ronca carcajada–. Parece que a ti te va de perlas, como siempre –sonrió y fijó sus ojos grises en mí. Era un hombre guapo, pero había algo en su sonrisa que lo afeaba–. Bueno, ¿quién es tu costilla? –preguntó.

¿Su costilla? Ignoré la pregunta, pero Ciaran le siguió la corriente.

–Holly, Freddy Ludlow. Holly ha trabajado para mí. Holly, creo que ya conoces a la madre de Freddy.

–¿En serio? –Ludlow sonrió–. Pobre de ti. Entonces ¿trabajas para Argyll? Apuesto a que te obliga a hacer toda clase de cosas –esbozó una mueca lasciva.

Mi mano sufrió otra emboscada y vi que Ludlow la levantaba para besarla. Me la devolvió con un tufo a tabaco y a alcohol.

Ciaran posó su mano suavemente sobre mis riñones.

–He trabajado para él –puntualicé–. En pasado, no en presente.

Los ojos de Ludlow se dilataron momentáneamente. Luego volvió a fijarlos en Ciaran.

–Parece que tiene más carácter que tus accesorios habituales, Argyll. Ándate con cuidado.

¿Accesorios? Yo no era un accesorio, y por si a alguno le quedaba alguna duda, me aparté de Ciaran.

–La tarta está en el salón del fondo, cuando estés listo –le dije, avanzando unos pasos.

–Que te diviertas, Ludlow –dijo Ciaran–. Pero no demasiado, ¿eh?

Lo sentí detrás de mí mientras avanzaba con más decisión entre el gentío. Oí a medias sus respuestas a las felicitaciones de los invitados, pero no me volví. No tenía prisa por conocer a ninguno de ellos. Había sido agradable estar a su lado un momento, pero procuré olvidarme de ello.

Casi habíamos atravesado el local cuando un revuelo nos llamó la atención. Un grupo de mujeres de piernas larguísimas salió por las puertas cobrizas del ascensor como una manada de gacelas. Tenían todas la piel de las mujeres acostumbradas al beso del sol de los trópicos, y el aplomo evidente de las que estaban habituadas a la admiración ajena. Ciaran vaciló detrás de mí, fijándose en toda aquella belleza. Era un despliegue deslumbrante de alta costura y tacones de infarto. Hasta a mí me deslumbraron. Pero esa noche había en la fiesta más famosos, aparte de Aleta.

Yo había reconocido unas cuantas caras entre la multitud, bastante famosas por derecho propio para no inmutarse por la llegada de la señorita Delgado. Gente discreta e impasible, nada parecida a Jesse, que de pronto se iba abriendo paso furtivamente hacia los ascensores.

Iba a ser interesante ver cómo salía aquello. Estaba claro que Ciaran iba a agasajar a sus invitados con la tarta. A fin de cuentas, era su fiesta.

–¿Ciaran? Aleta ha llegado.

Giramos los dos la cabeza hacia la doncella de hielo. «Tiene que irse, claro», me dije.

–Aleta está perfectamente. Tiene un montón de gente para entretenerse mientras Holly me enseña mi tarta.

La doncella de hielo me lanzó una mirada desdeñosa.

–Ni siquiera te gusta la tarta, Ciaran. Creo de verdad que deberías...

–Penny, ve a tomarte una copa. Yo vuelvo enseguida.

–Está bien –su tono sonó muy áspero para ser una empleada, demasiado familiar, pero por fin se fue y dejó que siguiéramos hacia el salón del bufé.

Los paneles de ojo de tigre estaban girados y formaban ahora un tabique ininterrumpido. Ciaran apretó un botón y empezaron a girar con un suave zumbido.

—Increíble —dijo en voz baja mientras se acercaba a la tarta.

Lo seguí.

—Jesse tiene mucho talento. Tengo suerte de contar con él.

Se volvió hacia mí y miró mi vestido. Yo empecé enseguida a arañarme una uña con otra, tirando de una puntita afilada.

—Y además es simpático —dijo.

«Deja de moverte».

Respiré hondo y sonreí.

—Sí que lo es. El mejor.

—Debe de parecértelo si le has traído esta noche. Tenías dos pases, ¿no? Creía que vendrías con un amigo.

Encontré otra irregularidad en mi uña. «Deja... de... moverte. Habla de trabajo».

—Esta noche vamos a conocer a la señorita Delgado. Puede que nos haga un encargo. La verdad es que quería darte las gracias por hablarles de nosotros a los de Cinder. Te lo agradezco mucho.

Me miró pensativamente.

—Entonces, ¿no me estoy burlando de tu negocio? —preguntó con sorna.

Una punzada de dolor en el borde de la uña.

—No —contesté, poniendo cara de fastidio—. Pero si dejo solo a Jess mucho más tiempo, puede que él sí me ponga en ridículo.

Ciaran me miró y la sala pareció quedar en silencio a nuestro alrededor.

«Dios mío, qué calor hace aquí».

—¿Treinta, entonces? —dije tragando saliva e intentando aparentar calma.

Él se paseó alrededor de los postres.

«¿Cómo es que el chocolate no se derrite?».

Mi pecho empezó a subir y a bajar más de lo que debía. Contuve la respiración para aquietarlo. Ciaran no dijo nada. Era como un lobo acechando a un cervatillo.

Clavé los ojos en el suelo.

–¿Por qué no me dijiste que la fiesta era para ti? –pregunté con una vocecilla mientras veía acercarse sus relucientes y anticuados zapatos de vestir. Se detuvieron a pocos centímetros de mis dedos, que asomaban por la puntera de los Dior.

–Porque no estaba seguro de que fueras a venir –susurró inclinándose hacia mí.

La negrura brillante de sus ojos se disipó, y el marrón quedó como color dominante. Un tono umbrío e infinito que yo hasta entonces ignoraba que me gustara.

–Ciaran, tenemos un problema en el bar –la brusquedad de la doncella de hielo me hizo volver en mí, y las mariposas se disiparon y escaparon de mi pecho. Me miró con enfado mientras Ciaran se acercaba a ella. De pronto me imaginé a Jess echándose encima de Aleta Delgado, intenté alejar de mí aquella imagen e hice una mueca al pensar en lo que vendría a continuación.

–¿Qué problema? –preguntó Ciaran.

«Allá vamos...».

–El problema Freddy, Ciaran. Tienes que sacarlo de aquí. Ya ha ofendido a la mujer de Dickie y seguridad no sabe qué quieres que hagan con él.

Ciaran volvió a fijar en mí sus ojos negros y arrugó el ceño pensativamente. Tenía un aire de depredador cuando se concentraba, y volví a sentirme como un cervatillo.

–Luego te busco, ¿de acuerdo? –preguntó, obligando a sus ojos a suavizarse.

No me arriesgué a contestar, fui a lo seguro: hice un gesto casi indescifrable con la cabeza.

Vi desaparecer sus zapatos charolados por la mampara

y me quedé allí sola... con la reina de las nieves. Se acercó adonde yo estaba aún recuperando la compostura y pasó una larga uña del color de la sangre fresca por el contorno de la tarta de Jess. Yo podía intentar trabar conversación, pero no me pareció que fuera a agradecerme el esfuerzo.

–Me encantan tus zapatos –ronroneó–, pero no quedan tan bien como pensaba.

Me pregunté de repente para qué pies habían estado destinados aquellos zapatos. Durante una milésima de segundo casi dejé que me intimidara, pero había conocido a otras mujeres así, y ella no era mi madre.

–Además, van mejor con el platino.

–¿Perdón? –dije.

–Oh, no te disculpes –sonrió con dulzura–. El de rubia desastrada puede ser un buen *look*. A veces. Pero mejor con unas chanclas, no con unos Dior –se rio.

Rubia desastrada. Era un nuevo desaire, y casi, casi fue la gota que colmó el vaso.

–Bien, tendrás que perdonarme, Marilyn. Tus zapatos empiezan a hacerme daño –me dirigí a los huecos entre los paneles, rezando por no tropezarme. En cualquier momento, menos ahora.

–No vas a poder quedártelo, ¿sabes? –dijo con sorna, y me paré en seco.

Respiré hondo.

–¿Y a ti qué te importa, Penny? Tú te tiras a su padre –intenté ver si se picaba con mis palabras, como ella intentaba picarme a mí.

–No siempre –contestó con una sonrisa falsa–. Hay más de una manzana en el árbol familiar.

Necesité respirar hondo por lo menos una vez más. No soportaba a las mujeres como ella, que elegían a los hombres pensando en zapatos y mansiones.

–Bueno, Penny, yo no estoy buscando nada. Ni manzanas ni ninguna otra cosa –sonreí.

–Solo intento ser amable –sonrió astutamente–. No es

la primera vez que lo veo, en el caso de Ciaran. Las mujeres como tú, que quizá no están acostumbradas a los halagos, se vuelven locas por esos seductores ojos marrones que tiene.

Mantuve la sonrisa, pero el sentimiento que había tras ella había desaparecido por completo.

–No te sientas mal, Holly. No eres la primera ni serás la última. Para Ciaran las mujeres son como un deporte. Las prueba un tiempo y luego se aburre y pasa a otra cosa más divertida.

–¿Ah, sí? –pregunté en voz baja. Que se lo tomara como una derrota si quería.

–Ciaran ha estado con todo tipo de mujeres, Holly –añadió–. Con algunas ha estado más de una vez, y a veces ha estado con varias al mismo tiempo, pero creo que nunca lo había visto con una dependienta fea y vulgar.

Uf. Aquello sí me escoció. Mi sonrisa ya me había abandonado.

–Pero deberías probarlo, desde luego –añadió con una sonrisa–. Merece la pena, eso puedo garantizártelo personalmente.

Capítulo 15

Por lo menos nadie había cerrado las mamparas o mi salida triunfal habría sido una cagada épica.

Penny estaba colada por Ciaran y yo sabía que había habido algo entre ellos. Bueno, pues tendría que buscarse otra «vulgar dependienta». Esta se iba a casa.

Había más gente disfrutando de la piscina cuando me dirigí hacia el bar en busca de mi único aliado en aquel sitio, con las sañudas palabras de Penny todavía resonándome en los oídos.

Un deporte...

Tal vez estuviera mintiendo. O quizás era yo la que me mentía a mí misma.

Intenté diseccionar por qué me sentía así, como si acabaran de darme una patada en el estómago. Pero la pura verdad era que, estando en una fiesta ajena y llevando los zapatos de otra, no podía engañarme mucho tiempo a mí misma.

Jesse, en cambio, estaba tan pancho en la terraza, con los pantalones remangados hasta la rodilla. Aleta Delgado y sus amigas las gacelas también se habían quitado los zapatos y se estaban riendo de una broma de Jess.

«¿Por qué no pueden ser todos como tú, Jess?». Alejé aquel pensamiento con un soplido.

—¡Holly! —el pelo rojo de Nat avanzó entre la gente hacia mí–. El bufé está a punto de abrir. Luego os presento a Aleta.

Miré hacia la terraza de la azotea.

–Creo que de eso ya se está encargando Jesse.

Se quedó a mi lado y lo observó en silencio.

–Menos mal que Modesto no está aquí. Puede ser muy celoso. Si los de seguridad han tenido problemas para contener a Freddy Ludlow, con Modesto no tendrían nada que hacer.

–¿Han echado a Freddy Ludlow? –pregunté sorprendida.

–No, no es que lo hayan echado exactamente. Siempre es igual. Llega a una fiesta dándose aires, bebe demasiado, se pone pesado e inevitablemente acaba molestando a alguien. No sé por qué lo invita Ciaran. Es demasiado amable.

Tuve la impresión de que Nat buscaba una especie de complicidad entre colegas, y vi la oportunidad de indagar.

–Parece amable, sí –dije, y enseguida me arrepentí de haberlo dicho.

–Lo es. ¿No te parece? Y además está buenísimo. Entre tú y yo, hace ya tiempo que no paro de emitir feromonas cuando está cerca.

Las imágenes de las revistas volvieron a aparecer. Las hojeé, buscando una en la que apareciera Ciaran con una pelirroja.

–Pero no ha picado... aún.

Nat estaba muy guapa cuando sonreía, y parecía menos cándida. Me pareció que era un desperdicio dejar el sondeo, ya que había llegado hasta allí.

–He oído decir que es un poco mujeriego –comenté.

–¿Mujeriego? Lo era. Ciaran solía marcharse de las fiestas con una chica en cada brazo y otra para después. Sigue aparentando para la prensa, pero todos sabemos que últimamente Fergal liga más que él.

Jesse tenía a las cuatro mujeres explorando la suave pelusilla de su cabeza.

—¿Y Penny? —pregunté.
—¿Qué pasa con Penny? Penny es una zorra.
—Sí, de eso ya me he dado cuenta.
—No le gusta que haya mujeres trabajando cerca de Ciaran. Hace años que intenta meterlo en el bote, de tapadillo. Pero el que tiene todo el dinero es Fergie. Es el presidente de la compañía, por eso Penny no se aparta de su lado. Personalmente, preferiría jugar al pilla pilla con el hijo.
—¡Héroes y villanos! —retumbó un micrófono—. Si quieren servirse una copa de nuestro mejor vino, acérquense a los camareros que esperan para atender cada uno de sus deseos y pasaremos al bufé para cantar una emocionante versión del *Cumpleaños feliz*.
Se oyeron algunos vítores desganados y unos aplausos, y la mitad de los presentes, aproximadamente, se dirigió poco a poco hacia el bufé. Los demás se quedaron donde estaban y siguieron bebiendo. Yo sabía a qué mitad prefería unirme, pero tenía que conducir. Había pasado casi una hora. Me sentaría bien conducir. Ciaran me miró por encima de la cabeza de la morena que lo acompañaba camino del bufé. Intenté no mirarlos cuando pasaron.
—¿Vienes? —preguntó Nat y, antes de que pudiera responder, añadió tirándome del brazo—: Vamos, esto es lo tuyo.
Me quedé un poco apartada de la multitud que llenaba la sala del bufé mientras la morena se mezclaba con una docena o más de bellas mujeres que miraban cómo se preparaba Ciaran para dirigirse a sus invitados. Nat también se había acercado. Marilyn Monroe estaba justo al lado de Ciaran.
«Si canta *Happy Birthday*, le tiro un zapato».
Desde allí casi no oía a Ciaran, y estaba pensando en marcharme cuando un brazo me rodeó la cintura y tiró de mí.
—Hey, ¿te lo estás pasando bien? —la sonrisa de Jesse lo decía todo.

–¿Seguimos teniendo encargada una tarta de compromiso? –le pregunté, e hice una mueca al ver la bebida de color rosa que me ofrecía.

–De momento sí –sonrió y entrechocó su copa con la mía–. Pero estoy en ello. Ven, vamos a ver cómo despedazan nuestra tarta y luego te presento a Aleta.

Costaba menos trabajo moverse por allí: los cuerpos de las mujeres suelen ocupar menos espacio, por lo general, y allí había sobre todo mujeres. El *Cumpleaños feliz* también sonaba más armónico.

Las esbeltas manos de las invitadas seguían dando palmas cuando Penny ofreció a Ciaran una enorme cuña de tarta de whisky y jengibre. Él la sostuvo en alto y, a través de la multitud de mujeres, señaló a Jess con la cabeza. Jess contestó levantando su copa.

Las invitadas se pusieron como locas cuando Ciaran dio un gran mordisco a la tarta. Se le pegó a la nariz un trocito de crema de limón. Una de las invitadas aprovechó la ocasión y se la quitó con una servilleta. Ciaran le quitó la servilleta y dejó que le besara la mejilla antes de acabar de quitarse la crema él mismo. Quedó un restito, justo encima de su boca. Otro beso de felicitación, y otro en la otra mejilla. Esperé a que aquella pizquita de dulzor pasara a la cara de alguna de las mujeres, pero se quedó allí, justo encima de su boca.

–Estás mirando la crema que tiene en la cara, ¿a que sí? –preguntó Jess.

–Ay, sí... –sonreí–. Un beso más y...

Un beso más y...

La miramos los dos inclinarse hacia él, levantando la mano hacia su cuello. Noté una extraña punzada en el estómago. Penny no iba a conformarse con un besito en la mejilla. Estaba otra vez marcando su territorio.

Puede que Ciaran no se lo esperara, pero nada indicaba que fuera así. La boca de Penny se pegó tanto tiempo a la suya que supe que ninguna pizca de crema hecha en nuestra pastelería iba a sobrevivir. Cuando se separaron para respirar, yo ya había salido de allí.

—¿Adónde vas, Hol? —preguntó Jess, apresurándose a mi lado.
—A casa, Jess. Estoy cansada.
—¿Cansada? Pero si solo son las diez y media.
¿Qué demonios estaba haciendo? Aquello no era propio de mí: ni aquel lugar, ni él. Yo no era así.
—Pues yo estoy cansada.
—¡Hol! ¡Para! ¿Por qué te has puesto así de repente? —Jess estaba tan serio que no pude mirarlo—. Ni siquiera te he presentado a Aleta todavía.
—Aleta no necesita conocerme, Jess. Ya la tienes en el bote, lo noto.
—¿Se puede saber qué te pasa, Hol? Relájate un poco. Pásatelo bien.
—De todos modos íbamos a marcharnos cada uno por su cuenta, Jess. Era imposible que aguantara tanto como tú. Quédate, disfruta de la noche. No me siento a gusto con este tipo de gente.
—Pero conmigo sí —dijo, y comprendí que quería que me quedara. Quizá más por mí que por él. Su mirada hizo que me ablandara un poco.
—Jesse Ray, dentro de una hora vas a estar metido en la piscina, seguramente persiguiendo a una famosa actriz en bikini. No me necesitas, Jess, pero te agradezco que me lo pidas —le devolví la copa, que no había tocado—. Bueno, ¿me das las llaves de la furgoneta?
Se hurgó en el bolsillo.
—No habrás tomado más de una copa, ¿verdad, Hol?
—Claro que no.
Me rodeó con sus fuertes brazos y me plantó un casto beso en la mejilla. Me acompañó hasta abajo y luego se fue en busca del bañador de cortesía.

Capítulo 16

Los guardias de seguridad no se tomaban tantas molestias para escoltar a los invitados al salir de la fiesta. Por lo menos, a una desconocida como yo. Hasta pude pulsar los botones. Fuera iba a hacer frío, pero la furgoneta estaba aparcada al lado de la salida y, al final, se calentaría. Reconocí los cuadros de las paredes y recorrí enseguida el camino entre Narnia y la puerta del armario, en la que un letrero decía: *Salida de incendios*.

«Por favor, que no salte la alarma... ¡Joder!».

Si se había disparado la alarma, no lo oí con el castañeteo inmediato de mis dientes. Crucé automáticamente los brazos, pero antes de que me diera tiempo a cambiar de idea la puerta se cerró de golpe detrás de mí.

Unos segundos después estaba en la furgoneta, intentando que mis manos dejaran de temblar el tiempo justo para meter la llave en el contacto. «Por fin».

Increíblemente, el motor se puso en marcha a la primera y lo dejé un rato al ralentí, esperando a que se despejara el parabrisas mientras todos los músculos de mi cuerpo se contraían en espasmos. No tenía frío. Estaba gelipetrificada.

A través de la película de vaho, Narnia seguía brillando alegremente en lo alto del rascacielos. Costaba creer que Jesse estuviera nadando allá arriba en aquel instante, mientras Aleta Delgado le sostenía la toalla.

Una gota abrió un senderito húmedo entre el vaho de la ventana. Me recordó la copa de champán que me había dado Ciaran.

«Mierda». ¿Cómo había podido olvidarlo? Había bebido dos copas, no una. Seguro que superaba el límite. «Holly, eres idiota». Me puse a tamborilear con los dedos sobre el volante. «Piensa, piensa».

El contenido de la guantera me raspó la piel helada, así que intenté hurgar más suavemente allí dentro. Cuando conduces un vehículo más viejo que tú, siempre es prudente anticiparse a los problemas. De ahí que guardara un billete de veinte libras para emergencias en el estuche de las gafas de sol. Con eso podría pagar un taxi hasta casa de Martha, un poco más de la mitad del camino hasta mi casa. Por lo menos mi hermana se alegraría de que hubiera salido. Y de verme con tacones.

O podía llamar a Rob y olvidarme del taxi.

Había dejado el móvil en la guantera, pero parecía haber caído en una especie de estado de inercia inducido por el frío. No reaccionaba. En fin, tendría que tomar un taxi.

Esperaba que Martha y Rob no se hubieran ido al hospital cuando llegara a su casa.

El patio de servicio estaba aún más oscuro cuando crucé taconeando su terso suelo de cemento. No era tan tarde. Habría gente en la calle de delante. Si no conseguía parar un taxi, al menos podría volver a entrar en el edificio.

El ruido de mis tacones arrastrando por el suelo resonaba en las paredes de los edificios entre los que caminaba encajonada. Me dirigí a toda prisa al último sitio donde había visto a Jess antes de que la oscuridad del edificio se lo tragara. Por lo visto había que bajar antes de volver a subir, como en uno de esos horrendos ejercicios que se hacen en el ejército, entre charcos de agua.

Allí la oscuridad parecía asfixiante, pero más adelante se vislumbraba un atisbo de luz, de verdadera luz.

Casi completamente a oscuras, oí un gruñido y me quedé clavada en el sitio. Muy quieta, esperé a que se repitiera aquel ruido que había oído a mi derecha. Ahora solo se oía un leve tamborileo procedente de la oscuridad; una tubería que goteaba, tal vez, pero mi corazón, que ya estaba en guardia, latía a toda velocidad llenando mi cuerpo de adrenalina.

Aquel goteo se hizo más lento, y otro ruido parecido a un gruñido bastó para que me descalzara. ¿La luz del aparcamiento o el refugio de la furgoneta?

Esas eran mis opciones.

El resplandor de un cigarrillo bailoteó en la oscuridad.

Bum, bum, bum, hacía mi corazón.

Otra vez era el cervatillo paralizado por los faros de un coche, como los de las carreteras del bosque. Esos ciervos cuya pista seguía Charlie cuando huían después de un choque para ahorrarles una muerte lenta y dolorosa.

Ojalá Charlie estuviera allí.

Apareció un hombre subiéndose la cremallera.

—Date prisa, Fred, hay un par de tías buenas esperando un taxi. A lo mejor dejan que las llevemos a alguna parte —dijo otro hombre subiendo por la rampa del aparcamiento.

A los taxis se iba por allí.

Eché a andar otra vez hacia el lugar por el que había llegado el otro hombre. No pintaba nada allí, y me relajé.

—Hola, preciosa —masculló una voz detrás de mí—. ¿Qué haces tú aquí?

Más allá del cigarrillo que se mecía de un lado a otro, la furgoneta no parecía tan cerca como yo pensaba. Seguí adelante como si no hubiera oído nada. Los taxis no podían estar lejos. Desde allí se oía la calle.

—No seas tímida. Nos hemos conocido hace un rato —gritó aquella voz en tono inofensivo.

Conservé la calma. Era el único de los dos que se estaba poniendo baboso, y ya casi había dejado atrás a su amigo. Cuando una mujer se encontraba sola en un entorno desconocido, había una regla tácita: dirígete hacia la gente, dirígete hacia la luz y, vayas donde vayas, haz como si supieras dónde vas.

Descrucé los brazos para parecer más tranquila mientras enfilaba la suave pendiente hacia el aparcamiento. Todavía nadie me había amenazado, me recordé. Todavía no.

Sin precio aviso, el otro tipo se puso delante de mí.

–Parece que tienes frío, cariño. ¿Quieres entrar en calor?

La vena de mi cuello comenzó a brincar otra vez. Me había sobresaltado, pero me aparté para pasar a su lado. Él me siguió y sonrió perezosamente. Entonces lo supe: estaba en un lío.

–Yo puedo ayudarte a entrar en calor, cariño –esbozó una sonrisa lasciva, y el olor a tabaco se hizo más fuerte.

Vi los ascensores radiantemente iluminados al fondo del aparcamiento, ofreciéndome cobijo. Ya me había quitado los zapatos. Seguramente podría ganarle corriendo. Seguramente. Si estaba más borracho de lo que parecía.

–Es el ligue de Ciaran –dijo la otra voz detrás de mí. Su dueño había salido de la oscuridad.

Yo no había querido estar al lado de Freddy Ludlow en un salón atestado de gente; tampoco quería estar con él allí. No supe si me sentía más amenazada o menos por que fuese él.

–Ciaran no te habrá pedido que te marches, ¿verdad que no, cariño?

–Le estaba diciendo, Fred, que parece que necesita calentarse. ¿Qué opinas tú?

Freddy se había apartado el pelo de los ojos. Ya no tenía nada de guapo.

–Ya ha empezado a desvestirse –sonrió y me arrancó los zapatos de la mano. Sentí que se me caía el billete de veinte libras y vi rebotar los zapatos cuando los tiró al suelo. De pronto me noté mareada. La sangre me inundaba la cabeza en oleadas.

–Y en cuanto al vestido... –fue lo último que oí antes de que se abalanzara hacia mí. Se movió tan deprisa que de pronto, casi sin saber lo que había pasado, me descubrí intentando apartarlo de mí a empujones.

Oí los pasos del otro corriendo por el cemento y grité todo lo alto que pude al oído de Ludlow. Pensé que le había hecho daño y me alegré. Vaciló y se apartó, llevándose la mano a la parte de atrás de la cabeza. Alguien le lanzó un puñetazo al costado y un instante después apartó de mí su corpachón. Ludlow gruñó y cayó al suelo haciendo aspavientos.

El amigo no se había marchado, como yo pensaba. Se estaba peleando con otro hombre al que no había visto llegar. Se acosaban como perros, y oí el ruido sordo de los puños al golpear una cara.

–¡Solo era una broma, Argyll! –chilló Freddy desde el suelo.

La pelea cesó en cuanto habló Freddy. Su compañero, que estaba a punto de asestar una patada, se refrenó. Ciaran estaba rabioso, tenía los ojos dilatados y jadeaba como un animal enloquecido cuando lo agarró del cuello.

–Esto no se acaba aquí –gruñó a veinte centímetros de su cara.

Lo soltó con una sacudida, lanzándolo contra el suelo como Freddy había lanzado mis zapatos. El desconocido pareció otro de repente.

–Argyll, per-perdona, yo...

–Largo de aquí –gruñó Ciaran mientras se acercaba a Freddy, que intentaba a duras penas ponerse en pie.

Yo había retrocedido automáticamente. Ciaran me miró con vehemencia. La camisa se le había pegado al cuello por un lado. La manga del otro lado estaba arrancada de cuajo y la mitad de la tela de ese lado se había desgarrado, pero seguía sujeta por el fajín. Recogió los zapatos y me alejó de los hombres sin darme tiempo a discutir.

Su mano temblaba cuando rodeó la mía. Cruzamos el aparcamiento antes de que dijera nada, y su voz sonó trémula de rabia.

—¿Estás bien? —preguntó mientras esperaba junto a la puerta, al lado de los ascensores. Dejó los zapatos en el suelo—. ¿Quieres volver a ponértelos? ¿O podemos sentarnos un minuto?

Me estaba preguntando demasiadas cosas a la vez. Sacudí la cabeza mientras él intentaba enderezarse lo que quedaba de su camisa. El hilillo de sangre que le salía de la ceja ya había llegado a su mandíbula. Yo había visto sangrar tantas veces a Charlie que sabía cuándo hacían falta unos puntos.

—¿Te han hecho daño? —preguntó. También tenía sangre en la nariz.

—No —logré decir, un poco temblorosa quizá, pero sobre todo sorprendida por lo rápidamente que podían descontrolarse las cosas.

Ciaran me llevó por un corto tramo de escaleras, y los olores de la calle de fuera salieron a nuestro encuentro: comida italiana dulce y especiada y humo de tubos de escape.

—¿Necesitas que vayamos al hospital? ¿Quieres dar parte a la policía?

Negué con la cabeza. Ciaran ya lo había dado todo. No me pareció justo pedirle que se presentara también en una comisaría cubierto de sangre. Y, además, le había creído cuando había dicho que se ocuparía de ello más tarde. Ellos también lo habían creído.

—Entonces, ¿puedo llevarte a algún sitio, Holly? —preguntó.

No podía ir a casa de Martha: se llevaría un susto de muerte.

—Necesito irme a casa —dije.

—Yo te llevo. No puedo volver ahí dentro así.
—Pero es tu fiesta.
Esbozó una sonrisa torcida.
—Muy pocas de esas personas han venido por mí —miró la fila de coches que esperaba—. ¿Quieres que compartamos taxi? Puedo dejarte en casa de camino.
—No vivo en Hunterstone.
—Lo sé —contestó, agarrándome otra vez de la mano.
Aparcado entre dos taxis negros, el Bentley parecía estar intentando mezclarse con sus primos pobres. Ciaran tocó el cristal, la ventanilla bajó y el mismo tipo que había pagado la tarta de Fergal asomó la cabeza.
—Freddy me ha prestado el coche —dijo Ciaran.
El chófer se bajó a abrirnos la puerta. Yo subí detrás y Ciaran rodeó el coche para entrar por el otro lado.
—¿Qué te ha pasado? —preguntó el chófer.
Ciaran se inclinó hacia delante. Su ojo seguía chorreando sangre.
—¿No va siendo hora de que vengas a trabajar para mí, Toby? —preguntó cuando nos incorporamos al tráfico.

Capítulo 17

Bajo las últimas luces de Hunterstone, una manchita roja brillaba furiosamente sobre la tela de la camisa desgarrada de Ciaran. No había crecido desde que habíamos salido de Londres, pero destacaba bastante. Casi tanto como el silencio de la parte de atrás del coche.

–Creo que alguien deberá echarle un vistazo a esa herida. Antes de que salgamos del pueblo –dije. El hospital estaba a solo diez minutos de allí, y había que hacer algo con aquel ojo.

–Ya me ocuparé cuando llegue a casa –me aseguró Ciaran.

No lo creí. Toby marcó mi dirección en el GPS cuando Ciaran se la dictó y luego volvió a hacerse el silencio.

La luz de mi porche, que se batía desesperadamente con la oscuridad, era el único punto de referencia que tuvo Toby cuando por fin la casa se hizo visible.

Abrí la puerta del coche antes de que sintieran el impulso de hacerlo por mí y posé los pies descalzos en la tierra fresca. El teléfono de Toby interrumpió mis intentos de darle las gracias, y Ciaran lo dejó para que contestara mientras el farolillo nos atraía como a polillas.

–¿Estará Mary en la mansión? –pregunté.

Ciaran se tambaleó ligeramente.

–No, se fue a casa a las cinco –sus pasos se hicieron

más firmes, y oí un ruido de olfateo por debajo de la puerta.
 –¿Estás bien? –le pregunté, una pregunta tonta teniendo en cuenta que parecía que un coche le había pasado por encima.
 –Sí, solo necesito un par de aspirinas. Demasiado champán.
 –Ciaran, ¿te duele la cabeza? Creo que deberías ir a que te echen un vistazo.
 –Estoy bien. ¿Y tú? ¿Estás bien? ¿Hay alguien aquí que cuide de ti?
 –¿Ciaran? –llamó Toby desde el otro lado del jardín–. Tengo que devolver el coche enseguida.
 –Espera, Toby –respondió.
 Dave empezó a gruñir al oír voces extrañas.
 –Shh –les dije–, no despertéis a mi vecina.
 Toby corrió hacia nosotros y le puso un puñado de dinero en la mano.
 –Vas a tener que tomar un taxi desde aquí, tío. Tengo que volver o van a denunciarme por robo. Más vale que tengas un trabajo listo para mí, colega.
 Yo seguía teniendo en el armario de la cocina un botiquín de primeros auxilios con todo lo necesario para atender a un guardabosques. Ciaran se había hecho aquellas heridas defendiéndome. Lo menos que podía hacer era curarlo. Otro gruñido de advertencia se coló bajo la puerta.
 –¿Qué tienes ahí dentro? –preguntó Ciaran.
 –Un comehombres. Relájate y te dejará en paz en cuanto te haya cacheado. Quizá convenga que te deshagas de la pistola –susurré.
 Mi broma le hizo sonreír.
 El calor nos dio la bienvenida al hogar. Dave me ignoró completamente y se fue derecho a la entrepierna de Ciaran.
 –¡Vaya, chico! –gritó él mientras el perro lo husmeaba de cerca. Pasó valientemente a su lado y me siguió hasta la

cocina–. Bonita cocina. ¿La has decorado tú? –preguntó mientras miraba a su alrededor.

Hacía tiempo que no usaba la caja de las vendas, pero estaba llena de gasas y tiritas antisépticas. Me acerqué al fregadero y abrí el grifo. Reflejado en el cristal a oscuras que tenía delante, Ciaran se desabrochaba los botones que quedaban en la camisa. Mi piel chilló, escaldada de pronto por el agua.

Arrimé un taburete de la barra del desayuno y lo puse junto al fregadero para que se sentara.

–Hay que limpiarte el ojo.

Me atareé con el algodón mientras él ocupaba su sitio. El fajín ocultaba, por suerte, otras posibles distracciones. Un corte bastante grande brillaba, cubierto de sangre recién coagulada que cedió enseguida cuando le apliqué un trozo de algodón mojado. Sentí el olor de su esfuerzo y la dulzura de su loción de afeitar, cuyo perfume había dejado paso al sudor y la sangre durante la pelea.

Fijó en mí sus ojos cansados. Noté que una gota rosada me bajaba por el brazo, hasta el codo, y vi que otra caía sobre su clavícula.

–Ya no tienes el cuello rojo –comentó, mirando mi cara mientras trabajaba.

El corte de encima del ojo derecho tenía unos dos centímetros y medio de largo y estaba muy hinchado.

–Voy a ponerte unos cuantos puntos de aproximación –tragué saliva.

–¿Siempre te sonrojas cuando hablas con un hombre?

Costaba un montón abrir los dichosos paquetes.

–Solo con los que hacen que me sienta incómoda –respondí.

–Ahora no estás incómoda.

Intenté no hacerle daño al acercar los lados del corte. Me ayudó que él no se moviera, pero aun así acabaría teniendo una cicatriz como pago a sus esfuerzos.

–No –dije–, ahora no. Gracias por sacarme de ese apuro.

¿También tenía el labio de abajo herido? No parecía hinchado, pero sí muy carnoso.

—No hay de qué.

Su loción de afeitar estaba empezando a ganar la partida al olor de la herida, hasta que abrí el bote de antiséptico para lavarle los arañazos de los nudillos.

—No te preocupes. Solo voy a lavártelos —dije. Odiaba el olor del antiséptico. Me recordaba demasiado a los hospitales.

Dave me empujó para apoyar la cabeza en el regazo de Ciaran.

—¿Lo tienes por seguridad? —preguntó él, y relajó los hombros al exhalar un profundo suspiro.

—Por compañía.

Ciaran se secó el cuello con una toalla.

—Es costumbre que una doncella rescatada recompense a su héroe.

—Lo siento, pero me he quedado sin pañuelos bordados —dije mirándolo.

—Me conformaría con algo de beber.

Estaba tan desentrenada que ni siquiera se me había ocurrido.

—Perdona. ¿Té? ¿Café?

—Pensaba más bien en una copa de tinto.

Encendí la tetera.

—¿Café, entonces?

—Perfecto —sonrió.

La hinchazón de su ceja estaba amoratándose. Así, al menos, no notaba tantas mariposas en el estómago cuando lo miraba.

—¿Quieres una bolsa de hielo? Bueno, una bolsa de guisantes.

—No, gracias. A James Bond no le van los guisantes —otra vez esbozó una sonrisa de soslayo.

Puse dos tazas sobre la barra y miré de reojo su espalda cuando se volvió para dar una vuelta por la cocina. Se suponía que solo iba a echarle un vistacillo, pero me pilló desprevenida el dibujo que ocupaba su hombro izquierdo. La tetera emitió un chasquido, y aparté los ojos del melancólico retrato de una joven tatuado en su piel. Me resistí a la tentación de echarle otra mirada.

—Voy a traerte una camisa —le dije, y desaparecí en el piso de arriba.

Le quité el polvo a una de las sencillas camisas de color azul marino que Charlie reservaba para las reuniones municipales. Mejor perder una de esas.

Ciaran se había puesto cómodo en el asiento de la ventana. Se había quitado el fajín y lo había puesto a su lado. Parecía más grande y más atlético, sin el cansancio de la mañana relajando sus anchos y cuadrados hombros. Algunos mechones del pelo de la mujer asomaban por su cuello, apenas visibles. Sostenía entre las manos una de las tazas de café que yo había dejado sobre la barra de la cocina. La otra estaba en la mesa baja, delante de él.

—No sé qué tal te quedará. Puede que sea un poco grande.

Se levantó y tomó la camisa.

—Gracias, seguro que me queda bien.

Vi desaparecer uno de sus brazos morenos en una manga y fijé los ojos en la otra taza.

—Bueno, ¿a quién le estoy robando la camisa? —preguntó mientras se la abrochaba. Le quedaba mejor de lo que yo esperaba.

—A Charlie. Es una de las camisas de Charlie.

—Charlie... ¿Hermano? ¿O ex? —preguntó, levantando las cejas con cierta desgana.

Era tan agradable decir su nombre... Lo tenía siempre en la punta de la lengua, pero mis labios echaban de menos pronunciarlo. Probé otra vez a decirlo:

—Charlie, mi marido.

Era la primera vez que veía una expresión de incertidumbre en la cara de Ciaran. Le lancé una sonrisa para tranquilizarlo.

–Bueeeno, ¿y dónde está Charlie ahora? –preguntó mientras seguía observando indeciso la habitación.
–En el cementerio de Saint Nicholas, en el pueblo –contesté–. Charlie murió. Hace ya casi dos años –le di unas palmaditas en el antebrazo–. Así que puedes relajarte. Nadie va a aparecer por esa puerta con una escopeta.
No pareció relajarse, pero curiosamente yo me sentí mucho más a gusto ahora que había hablado de ello.
–Lo siento, Holly. Si te sientes incómoda porque esté...
–La verdad –mis pulmones se llenaron de aire– es que, sin ánimo de parecer una viuda loca, me sienta bien hablar de él. La gente suele evitar el tema, y yo sé que lo hacen con buena intención. Pero a veces es como si no hubiera existido... Y existió.
Si iba a huir, seguramente lo haría en ese momento. Inventaría alguna excusa y se iría pitando.
–¿Cuánto tiempo estuvisteis casados? –preguntó, palpándose la camisa, con la que no se sentía muy cómodo.
–Seis meses.
–¿Seis meses? –entreabrió los labios y dejó escapar un soplido–. Qué... duro.
Casi me reí al oírle decir aquello: se quedaba muy corto.
–Sí, bastante. Llevábamos juntos desde que éramos adolescentes. Estuve con él diez años –sonreí.
Entornó los ojos como le había visto hacer otras veces.
–Aun así, parece poco –dijo.
–Sí, lo es –noté detrás de los ojos el primer escozor de las lágrimas. Por si acaso se me saltaban, escondí la cara en la taza y me bebí de un trago lo que quedaba de café–. Bueno, señor Bond –recuperé rápidamente la compostura–. Tengo entendido que tienes mucho éxito con las chicas.
Su rostro se suavizó cuando pasamos a un tema más manejable. Sofocó una risa y miró el suelo, entre sus rodillas.

—¿Por qué crees eso? Estoy soltero.

—Llámalo intuición femenina —«eso, y que gozo de buena vista».

—Bueno, hay que buscar, ¿no? Para encontrar a tu alma gemela.

Me pregunté qué pensaban todas esas mujeres de la imagen tatuada de aquella chica que literalmente se le había metido bajo la piel. Tenía que haber sido muy especial para él.

—¿Nunca te has enamorado? —pregunté, lanzando la sonda otra vez.

—No —contestó sin desvelar nada—. Pero me gusta mirar —se encogió de hombros—. ¿Charlie reformó la cocina? —preguntó, fijándose en las cosas que no pertenecían originalmente a una granja de un siglo de antigüedad.

—Lo hizo casi todo él. También ayudaron sus amigos. Fue la única vez que tuvimos la mesa llena.

Siguió mis ojos hasta la enorme mesa rodeada de una cantidad de sillas que no necesitaría ninguna familia de tamaño normal.

—No serían enanitos, ¿verdad?

Aquello bastó para hacerme sonreír. Qué refrescante, poder hablar de esas cosas.

—¿Qué hacía? Profesionalmente, quiero decir. ¿Era albañil? Imagino que se dedicaba a algún trabajo manual si tenía unas muñecas así de anchas —levantó una mano para enseñarme la única parte de la camisa de Charlie que le quedaba grande.

—Las tenía muy grandes, sí —sonreí, feliz de que se hubiera fijado. Aquellas cosas ya nunca salían en la conversación—. Y unas manos enormes, y era una suerte porque trabajaba mucho con sierras mecánicas y equipo pesado. Cosas así —mi alianza siempre se estaba deslizando dentro de la de Charlie, colgadas las dos de la cadena.

—Ah, ¿era leñador?

—Sí. Y guarda forestal. Su trabajo consistía en asegurarse

de que los enanos no cortaran demasiados árboles –sonreí, mirando la mesa donde les había dado a todos de desayunar. Habría sido mucho más barato alimentar a un montón de enanitos.

–Yo me dedico a la construcción, principalmente. Y tenemos todo el tiempo encima a los inspectores de riesgos laborales. Pero recuerdo haber leído en alguna parte que en el caso de los guardabosques la tasa de muertos y heridos graves por accidentes laborales es como sesenta veces superior a la media nacional.

Era una suposición lógica. Charlie, aplastado por un árbol.

Esa mañana, cuando había contestado a la llamada de la oficina y había notado aquella crispación en la voz de la chica, había sido lo primero que a mí también se me había pasado por la cabeza. Una caída. Una carga de madera que se había soltado. Un corte grave.

–Lo de Charlie no fue un accidente laboral. Yo estaba siempre dándole la lata con las cosas que hacía, los riesgos que corría... Pero no fue el bosque quien lo mató. Fue el conductor que chocó contra de él cuando iba para allá.

No recordaba la última vez que había hablado de Charlie sin sentir el peso de unos ojos cargados de compasión o la amenaza de un cambio de tema inminente. Ciaran no se replegó sobre sí mismo mientras hablaba y le contaba cosas que no tenía por qué saber sobre mi vida. Libre de esas presiones, me sentí libre para devolver a Charlie a casa, para hablar de él y que volviera a ser algo más que un fantasma.

–¿Qué pasó con el otro conductor? ¿Lo procesaron?

La taza ya se me había quedado fría en la mano.

–¿Quieres otro café? –supuse que sí y me llevé su taza–. No, no lo procesaron, y de todos modos no habría cambiado nada. Él también murió. Cuando hicieron público el atestado, dijeron que seguramente ni siquiera debería haber ido conduciendo. Por algún motivo, cuando cumples los setenta, tienes que solicitar la renovación del permiso de conducir –rellené las tazas–. Pero no tienes que examinarte. Nadie comprueba que sigues viendo bien.

–Entonces ¿no vio a Charlie?

–No vio el bordillo. Chocó contra él, perdió el control del coche y chocó contra Charlie. Ese fue el motivo de su muerte. No hubo ningún acto de heroísmo, ni de nobleza. Sencillamente, murió –porque a veces ocurre así, nada más.

Ciaran me escuchó cuando le conté los planes que teníamos: intentar vivir de la tierra y hacer una casa más respetuosa con el medio ambiente, las cosas asombrosas que iba a conseguir Charlie para los niños de la zona si conseguía convencer a la comisión. Para Ciaran todo aquello era un mundo totalmente nuevo, un mundo que yo disfrutaba revisitando, pero con el paso de las horas acabó pareciéndome muy trabajoso hacer más café. Costaba mucho menos esfuerzo servir el vino.

Me relajé rápidamente en compañía de mi nuevo amigo. Dave estaba allí, y Ciaran no era tonto. Además, las mujeres lo perseguían a él, no al revés. Me sentía segura con él mientras intercambiábamos anécdotas, yo de mi vida y él de la suya, tan distintas entre sí.

–Entonces ¿nunca has estado en Hollywood? –preguntó antes de vaciar su copa.

–¡Ja! No. ¿Está en América? Ah, sí. Tengo una teoría sobre América. ¿Quieres oírla? –mi madre decía siempre que una mujer jamás debía beber hasta el punto de que se le trabara la lengua.

–¿Una teoría?

–Siiiií –perdí el hilo de la conversación.

–¿Qué decías? –ay, Dios, otra sonrisa.

–Sí, ¡América! Creo que no existe –me reí–. ¡En serio! Creo que es un truco de la tele. ¡Solo la he visto en la tele!

–Existe –sonrió al pasar a mi lado para acercarse al fregadero–. Y si no, quiero que me devuelvan mi dinero.

–¿Tú sí has estado? –pregunté, hipando.

–Una vez llevé allí a una chica –dijo mientras aclaraba las tazas.

Qué rollo, yo no quería volver al café.

–Formaba parte de un grupo de música femenino, si no recuerdo mal.

–¡Oh, qué romántico! –exclamé.

–Estaba deseando ver los monumentos. Y yo estaba deseando meterme en sus pantalones –añadió moviendo las cejas.

Dave se despertó sobresaltado cuando mi risa sonó como un cohete en la cocina.

–¡Pero si las mujeres se te echan encima! –la botella vacía que había a un lado se movía sola. Era como una estrella en el cielo: cuanto más intentaba mirarla, más se desenfocaba.

–No todas. Esa en particular era dura de roer.

–¿Y conseguiste... roerla? ¿Le impresionaron los monumentos de...? –¿de dónde había dicho? Cerré los ojos para concentrarme–. ¿De Hollywood? –se había puesto todo muy oscuro. Ah, no. Abrí los ojos.

–Bastante, sí. ¿A ti no te impresionarían? –algo lechoso y caliente apareció delante de mí. Puaj. Lo aparté.

–No me veo yendo a Hollywood en un futuro cercano –me reí–. Si es que de verdad existe. ¡Ay, podría construir un avión! De bizcocho, y Jesse podría ayudarme. Ciaran, ¿en la aduana del aeropuerto de Hollywood comprueban si llevas comida?

–Creo que lo notarían, si llegaras montada en una tarta.

–Ah. Bueno, entonces... ¡Hollywood... tendrá que venir... a mí! –oí un estrépito y el suelo saltó hacia mí con tanta fuerza que dejé de reírme. Siguió teniendo gracia hasta que se me llenó la boca de saliva y noté una oleada de náuseas. Alguien me estaba ayudando a levantarme. «¡No sabía que tenías brazos, Dave!».

Se me revolvió el estómago cuando conseguí ponerme en pie.

–Creo que te has dado con la pared –dijo aquella voz con suave acento escocés. «¿Eso era una pared?»–. ¿Me das permiso para llevarte a la cama?

Otra sacudida y otra vez noté subirme una náusea.

–No quiero irme a la cama. Quiero hablar de jacuzzis y... y de esas chicas que tanto te quieren, Ciaran Argyll –solté una risita y empecé a oír el chirrido de la tarima. Dave subió corriendo la escalera delante de mí–. ¿Ves la bola de este poste? Se supone que es... ¡un búho! –solté una carcajada–. ¡Un búho! ¡Pero parece un cacahuete! –seguí oyendo aquel chirrido.

–Enséñame el camino, Dave –dijo Ciaran mientras avanzábamos.

Noté que algo suave me envolvía, un cojín blandito en el que encajar los hombros. ¡Ah, qué a gusto! Me aparté a manotazos el pelo de la cara. Una caricia suave que no parecía mía y el pelo dejó de molestarme.

–Buenas noches, Holly –le oí decir mientras el sueño tiraba de mí.

–¡No, espera! Quiero que hablemos de tu novia. La chica de tu espalda. A esa sí que tenías que quererla –murmuré, intentando luchar contra la pesadez que notaba en la cabeza–. ¿Es la única mujer a la que ha amado, señor Bond? –seguí riéndome, pero ya no se me abrían los ojos.

La puerta crujió y noté cerca el olor de Dave.

Luego un susurro que se alejaba.

–La única chica que me correspondió.

Capítulo 18

Volaban los mosquitos, arrastrados por la misma cálida brisa de verano que mecía los farolillos de papel en sus cordeles. En todas las mesas había tarros de mermelada llenos de lirios del valle, pero los guisantes de olor habían ganado la batalla por ver quién perfumaba el aire nocturno.
Mi madre andaba atareada por alguna parte, seguramente en la carpa con la mayoría de los invitados, intentando todavía hacerse a la idea de que estuviéramos celebrando una boda en una «zona de guerra». Era una suerte que hiciera buen tiempo, o habría tenido que comerse los volovanes dentro de casa, con setenta amigos y familiares intentando quitarse de la nariz el olor a aguarrás.
Los guisantes de olor crecían mejor allí arriba. Su perfume se disipaba cuanto más nos acercábamos al agua. Allí abajo el aire era distinto, más fresco, menos dócil a los avances de delicados capullos.
—La quiero, señora Jefferson —sus ojos brillaron como el agua. Las estrellas se reflejaban en ella aquí y allá mientras la luna se esforzaba en envolverlo todo en etéreos tonos de azul.
—Yo también a usted, señor Jefferson. Ahora cierra la boca y bésame.
Unas manos que abarcaban toda mi espalda me atrajeron hacia sí, y su sabor invadió mi boca cuando se apretó

contra mi cuerpo. Él también me estaba saboreando, su boca saludó delicadamente a la mía. Mis labios se cerraron sobre ella para retenerla allí. Me encantaba cómo me besaba Charlie, con esa tierna urgencia que iba creciendo hasta que ya no bastaba con un beso.

Sentí los contornos de su espalda a través de la tela de algodón de color trigo, el calor de sus brazos con las mangas subidas hasta los codos. Su chaleco de sarga de color ocre suave lo distinguía del resto de los guardabosques, con sus camisas a juego y sus tirantes, pero deseé que lo hubiera dejado allá arriba, con ellos.

Me costó desabrochar los duros botones marrones, quería darme prisa, pero no arrancarlos.

Los hombros de Charlie se alzaron sobre mí cuando por fin descubrí su cuerpo bajo el chaleco. Le subí la camisa, la aparté de mi camino y pasé las manos impaciente por la suave ondulación de su tripa antes de deslizarlas por su ancho pecho. Quería sentir su piel pegada a la mía, pero el vestido solo se me subiría hasta la cintura, y no teníamos tiempo que perder. Pronto alguien notaría nuestra ausencia.

Un segundo para disfrutar de la vista, luego dejé que mi boca hambrienta sintiera lo que mis pechos endurecidos no podían sentir, fui al encuentro de lo que el aire de la noche de mayo no había encontrado aún, y pinté todo aquel calor con besos ansiosos y húmedos. La piel era allí más ardiente, más tersa, una suave barrera que defendía su pezón. Lo tomé entre mis dientes y lo rocé con la lengua, pero le había hecho esperar demasiado.

Se apartó de mí arqueándose, me agarró con firmeza por la cintura, donde la tela fina y vaporosa se hacía más pesada bajo el peso del encaje, y me levantó como si no pesara nada. Levanté automáticamente las piernas para rodearlo con ellas, para ayudarlo a llevarme a toda prisa al suave talud de la orilla, al borde del agua. Me sujeté a él mientras caminaba. Temblé cuando metió la mano debajo de mi vestido y me quitó las botas ya sueltas para acariciar mi piel del tobillo a la cadera. Su mano rodeó mi cuerpo, investigando el reborde de las braguitas que no había visto aún. Un gruñido gutural escapó de su pecho.

«Tan cerca... Solo un poco más cerca».

—Te deseo, Charlie —susurré—. Quiero sentirte dentro de mí —tenía la boca seca por el ansia, deseaba sentirlo hundiéndose en mí por primera vez como esposa. Ver si sentía lo mismo.

Un gemido crispado junto a mi oído, el suave arañar de sus patillas y el olor de Charlie comenzó a imponerse al de su colonia.

—Me encanta excitarte —susurré mientras mordisqueaba su cuello.

—A mí también me encanta que me excites —su boca volvió a apoderarse de la mía.

La tierra fresca y herbosa ofrecía un colchón perfecto para un escarceo a la luz de la luna cuando la señora Hedley dormía bien arropada en su cama o mientras los invitados a la boda estaban ocupados con la música y el festejo.

«Cuánto encaje...». Me esforcé por apartarlo, por liberar mis piernas y ofrecerle cobijo. Su camisa pálida cayó al suelo como una toalla arrojada al ring, a pesar de que aún no se había rendido, aún no. El tintineo frenético de una hebilla, y unos pantalones oscuros cayeron para dejar al descubierto unos muslos fuertes que la luna teñía de azul. Las sombras me ocultaban lo que más deseaba, su miembro cálido y duro, tan cerca de allí, casi al alcance de la mano, casi rozando la parte más suave de mi cuerpo.

Charlie se tumbó sobre mí, rozándome los pechos, me apartó las bragas y deslizó suavemente el dedo debajo. Quería comprobar si estaba lista. Yo sabía que sí. El latido que notaba allá abajo parecía llamarlo, ansioso de su contacto.

—Señora Jefferson —gruñó junto a mi cuello—, ¿sabe cómo me pone?

Me encantaba que lo volviera loco tocarme, deslizar los

dedos entre los pliegues palpitantes de mi sexo antes de hundirlos dentro de mí.

Yo había sentido el aire fresco entre los muslos, pero de pronto sentí el calor que irradiaba su piel, la bestia escondida aún entre las sombras. Una caricia de soslayo y aquella tersura cálida y deliciosa se apretó contra mí. Me retorcí para difundir aquel placer antes de que me penetrara con fuerza.

Se deslizó primero suavemente contra mi sexo y alivió después aquella sensación con la urgencia de sus embestidas, y en medio de la noche fresca y azul, se meció sobre mí hasta conducirme al clímax. Me agarré a la hierba mientras la oleada de placer iba difuminándose. Él también estaba cerca. Me penetró más aprisa, con más fuerza, hasta que por fin, mientras yo me agarraba frenéticamente a su nuca, estalló en un orgasmo arrebatador.

—Quiero quedarme aquí —susurré sobre su cuerpo jadeante—. Hemos estado allá arriba toda la noche.
—Pero no es suficiente —contestó con tranquilidad.

Su voz sonaba extraña, un poco trabajosa quizá, pero me distrajeron los ruidos de la fiesta, por encima de nosotros. La fronda melodiosa de los violines y las guitarras había ido a buscarnos adonde estábamos tumbados, recuperándonos, intentando casar el ritmo desacompasado de nuestros corazones y nuestra respiración.

Bajo su peso, besé su hombro un par de veces más antes de que se levantara y me obligara a ir a reunirnos con el grupo.

La luna brillaba en su espalda, arrojando luces y sombras indistintas sobre su piel.

—Charlie... —susurré, pasando un dedo por las oscuras formas que se dibujaban en su espalda. Me esforcé por ver mejor, por distinguir las líneas definidas de algo que no podía ser una sombra... Líneas fluidas que se superponían unas sobre otras como los juncos en una corriente–. Charlie, tienes algo a...

Las formas empezaron a juntarse, a cobrar sentido. No eran juncos, era pelo... pelo al viento, los largos y sinuosos mechones del cabello de una mujer, tatuados en la espalda de Charlie.

Una oleada de saliva llenó mi boca.

La necesidad urgente de ir al baño había sustituido a las náuseas. Un trecho recorrido a trompicones y el cambio de paisaje; de la suave moqueta a la alfombra raída y de esta a las frías baldosas, me convenció de que casi había llegado. «Casi».

La tapa del váter hizo ruido al chocar bruscamente contra la cisterna y el vómito brotó a tiempo. Reconocí aquel sabor acre y me acordé de que me había sabido mucho mejor al beberlo.

Me limpié el residuo amargo de los labios.

El lavabo era una buena barandilla a la que agarrarse, pero el espejo no me hacía ningún favor. Parecía una muerta.

Al lado del váter, había estado en torno al uno en el barómetro de la sobriedad. Un ruido extraño y me encontré de pronto en torno al cinco y medio.

No. Ay, no. ¿No estaría todavía allí? Me dolió la cabeza cuando intenté despejarme. No podía creerlo. No podía estar allí.

Bajé las escaleras con el sigilo de un niño que estuviera empezando a dar sus primeros pasos. No recordaba haberlas subido. Recordaba, en cambio, el ruido que hacía un hombre durmiendo en el sofá de la caverna, pero era un recuerdo ya gastado.

Oí los sonidos amortiguados de una respiración suave y descubrí que Ciaran se había acomodado en el sofá y que Dave dormía tranquilamente en el suelo, a su lado.

«Traidor».

A la luz del pasillo, solo lo veía a medias. Dormido parecía más blando. Más amable. En la mesa, junto al sofá, su móvil zumbaba reclamando atención. El resplandor verdoso de la pantalla se reflejaba en el marco de la foto que había encima de la mesa, en la que aparecía Charlie sujetándome como un tronco sobre su hombro mientras yo me agarraba a mi ramo de flores.

Dave no era el único traidor que había por allí.

Capítulo 19

Por lo menos no había vomitado en la cama.
Algo se me clavó en las costillas, debajo de las sábanas, cuando me desperecé. Tener un atrapasueños en la cama era normal, pero tener una foto enmarcada como talismán resultaba un tanto raro.

El chirrido de una mesa de la cocina me hizo incorporarme. Antes incluso de oír el acento inconfundible de la señora Hedley, supe con quién había estado charlando. Abajo. En mi cocina.

Me levanté de un salto, comprobé que en algún momento de la noche había logrado ponerme unos pantalones cortos y, satisfecha con mi modesto pijama, corrí al cuarto de baño sin hacer ruido. No sabía qué humillación me esperaba abajo, pero no iba a enfrentarme a ella con mal aliento y los ojos de Alice Cooper.

Nunca oía voces cuando me despertaba en casa, y saber de quiénes eran aquellas me puso aún más nerviosa.

–Holly no suele desayunar. Yo le digo siempre que es importante desayunar cuando una está tan atareada como ella –la señora Hedley hablaba con sílabas cortas y enérgicas.

Dave le tenía muchísimo cariño y muchísimo miedo. Sentimientos que Charlie y yo compartíamos.

Al llegar a la puerta, cuando fijé la vista en el fregadero, me dio de lleno el olor a tostadas y a huevos cocidos.

Alguien había fregado las copas de vino y las había dejado escurriendo junto a la pila. Vi dos copas, dos tazas y no supe cómo entrar en la cocina.

«¿Me finjo enferma? ¿Me escondo hasta que se vaya? No seas cría».

Respiré hondo y luego pisé las baldosas con firmeza, incluso con despreocupación, y me fui derecha a la tetera.

–Hablando del rey de Roma –dijo la señora Hedley–. Se me ha ocurrido traerte unos huevos, por si se te estaban acabando.

En una semana, Dave y yo no nos habíamos acabado los últimos que me había traído. La mayoría estaban aún en el cuenco, junto al tostador. La señora Hedley no había ido a prepararme el desayuno.

Lancé una rápida ojeada a Ciaran. Para haber sido sometido a un interrogatorio hacía escasos minutos, parecía muy relajado recostado en su silla, mojando tranquilamente un trozo de tostada en un huevo.

No, no podía mirarlo sin tomarme antes un café, como no podía mirar las tostadas untadas con mantequilla que tenía delante.

El suelo estaba helado cuando me acerqué de puntillas a la nevera para esconderme unos segundos más detrás de su puerta.

Necesitaba un café y deprisa si quería espabilarme. En cuanto a la presencia de mi invitado... En fin, no sabía si para eso podría tomarme algo. Volví al fregadero arrastrando los pies y recogiéndome el pelo en la coronilla. No estaba del todo segura de haber escapado ilesa la noche anterior, cuando tuve el primer encontronazo con el váter.

Saqué una taza limpia del armario. Ponía: *Rema, rema, que oigo banjos*. Me la había regalado Jesse las últimas Navidades. Me pregunté qué tal le habría ido a él la noche.

–Ciaran me estaba contando que se achispó tanto en su fiesta que se cayó de bruces. Le he dicho que tuvo suerte de no perder el conocimiento –la señora Hedley chasqueó la lengua mientras limpiaba las migas alrededor de Ciaran. Él le dedicó una sonrisa por sus esfuerzos y juro que me pareció que la señora Hedley se acaloraba un poco.

–Cora, hacía semanas que no desayunaba tan bien. Gracias –Ciaran sonrió al levantarse de la mesa.

«¿Cora? ¿Ha dicho Cora?». Yo ni siquiera sabía cuál era el nombre de pila de la señora Hedley. Me escondí en mi taza de café, un poco sorprendida por el idilio que se desarrollaba al otro lado de la cocina.

La señora Hedley siguió con los ojos a Ciaran cuando llevó los platos al fregadero. En el jardín habían empezado a caerse las hojas, y yo me concentré en sus colores y procuré mantener al menos un pie caliente apoyándolo encima del otro.

Los platos tintinearon en el fregadero, me obligué a beber otro sorbo de mi taza y noté el contacto inesperado de una mano en mis riñones.

–Buenos días –dijo en voz baja.

Calculé mal el trago siguiente y tuve que contraer la garganta para no escupir. Tenía una sonrisa en los labios cuando se alejó.

–Cora, ¿qué me estabas diciendo sobre las ventajas de tener un invernadero?

La señora Hedley se sentó en la silla, delante de él, y le rellenó la taza con una tetera que yo no estaba segura de que no hubiera traído de su casa. No podía haber dos personas más distintas que ellos, y sin embargo parecían dos viejos amigos charlando en un banco del parque.

De pronto me asaltó la imagen de una espalda tatuada chorreando agua, y decidí que había llegado el momento de recuperar mi casa. Dejé la taza de café de golpe sobre la encimera y me volví para mirar de frente al enemigo.

–Voy a meterme en la ducha y luego voy a irme a buscar mi furgoneta. Convendría que llamaras a un taxi –ya estaba. No había sonado ni demasiado cortante, ni demasiado amistoso.

—No hace falta. Ya me he encargado de eso —dijo Ciaran antes de ponerse a hablar otra vez de tomates y compost con la señora Hedley.

—¿De qué? ¿Cómo?

—Ya han trasladado la furgoneta —contestó.

—¿Que la han trasladado? ¿Adónde? ¡Tengo las llaves aquí!

Dave estaba ladrando fuera, en el jardín. Ciaran consultó su reloj. Los ladridos se intensificaron cuando una grúa apareció llevando en la parte trasera una furgoneta de color burdeos que me sonaba de algo.

—¿Esto es cosa tuya? —le pregunté a Ciaran, aunque ya sabía la respuesta.

—Será mejor que salga. No creo que el conductor se atreva a salir mientras esté ahí Dave.

La señora Hedley y yo cruzamos una mirada. Ella levantó las cejas y sonrió como dando a entender que compartíamos un secreto, aunque yo no tenía ni idea de cuál podía ser. Volví de puntillas al pasillo, me puse las botas de goma y salí al jardín.

—No hacía falta que hicieras esto, ¿sabes? —dije al hallarme otra vez a su lado.

—No pasa nada. Es lo menos que puedo hacer después de que me hayas ofrecido comida y cama. O algo así —se volvió, y me acordé del peso de aquellos hermosos ojos marrones.

Me parecían agotadores hasta en pequeñas dosis.

—De todos modos, he pensado que no tendrías muchas ganas de volver por allí.

No las tenía, eso era verdad, pero no porque dos idiotas borrachos hubieran sobrestimado sus encantos.

—¿Cuánto te debo por esto, Ciaran?

—Nada. Tenemos cuenta con estos tipos.

—Ciaran, no puedo permitir que la empresa de tu padre pague porque yo sea incapaz de contar cuántas copas me bebo.

Respiró hondo a mi lado y dejó salir el aire lentamente.
–No pasa nada, Holly.

Yo no estaba acostumbrada a oír mi nombre en aquel tono tan equilibrado entre la firmeza y la ternura.

Más allá del seto se alzó otra nube de polvo marrón. Segundos después, un coche negro y reluciente apareció por el camino y se detuvo ante nosotros. La señora Hedley se puso a nuestro lado y esperó a ver quién era. Ciaran pareció menos interesado.

Penny parecía aún más enfadada que la noche anterior. Avanzó sin vacilar por entre los baches del jardín, derecha hacia donde yo estaba en pijama y botas de goma, y posiblemente con un poco de vómito en el pelo.

–¿Qué diablos te pasó anoche? –le espetó a Ciaran, que estaba tranquilamente detrás de mí, con la señora Hedley agarrada a su brazo.

¿Cómo podía estar tan guapa otra vez esa mañana? Era inhumano.

–Buenos días, Penny. Esta es Cora, y a Holly ya la conoces.

La señora Hedley parecía tan impresionada como yo, pero a la doncella de hielo no le importó. Estaba demasiado ocupada inspeccionando mi atuendo matutino.

–Todo el mundo preguntó por ti, Ciaran. ¡Y tu cara! A la junta directiva no va a gustarle esto nada.

–Estoy seguro de que se lo pasaron todos muy bien aun así –contestó, entornando los ojos otra vez.

–Ciaran, la gente no asiste al cumpleaños de un Argyll, en un local de los Argyll, y espera que no haya ningún Argyll allí. No sabía qué decirles.

–No pasa nada, Penny. Si fueras mi asistente personal tendrías que saber estas cosas, pero en realidad solo tienes que estar al tanto de la agenda de Fergal.

Los ojos de Penny también se crisparon.

–Me ofrecí a hacerme cargo de tu agenda, Ciaran –contestó–. Ahora estoy muy ocupada con tu padre –sonrió. Tenía la sonrisa de una víbora, y yo empezaba a pensar que no había absolutamente nada en aquella mujer que pudiera gustarme.

Dave se acercó y ladeó su cabeza grande y redonda hacia aquellas piernas de infarto que no había olido nunca antes.

Penny se puso tensa.

–Si eso me toca, la cuenta de la tintorería la pagas tú.

Dave la tocó, en efecto, pero solo rozando su falda con un glóbulo de baba. Notaba que era mala, y se guardó sus carantoñas para otro. No vi la necesidad de avisarla del hilillo de baba que le había dejado, ya lo descubriría después. A Dave, en cambio, iba a darle una golosina como premio.

–Cora, gracias por una mañana tan interesante –dijo Ciaran antes de plantar un cariñoso beso en la mejilla de la señora Hedley.

La doncella de hielo me miró como si le hubiera vomitado a ella en el pelo la noche anterior.

Ciaran se puso entre nosotras, y al menos dejé de ver a la víbora.

–Y gracias a ti, Holly, por una noche tan interesante.

Yo estaba tan absorta mirándole la boca mientras hablaba que no me di cuenta de que deslizaba la mano por mi cadera. Hice todo lo que pude por no reaccionar como había reaccionado la señora Hedley cuando sentí la delicada presión de sus labios a escasos centímetros de los míos.

–Te devolveré la ropa –dijo, serio de nuevo.

Intenté no mirarlo cuando subió al coche. La señora Hedley y yo los vimos alejarse por el camino.

Ya que se había ido Ciaran, concentré en la señora Hedley mi talento para esquivar su mirada, con la esperanza de que volviera a su casa, no a la mía. Vi distraídamente cómo se marchaba también la grúa y luego volví en busca de más café.

Me supo a premio de consolación. No sé por qué, pero así fue.

–Yo voy a tomarlo con dos azucarillos –dijo la señora Hedley, volviendo a acomodarse en la mesa.

Nunca me había interrogado la policía, pero mientras la señora Hedley servía leche en las dos tazas y bebía un sorbito antes de ponerse manos a la obra, solo faltaban una bombilla pelada meciéndose en el techo y una grabadora.

–No llegaste a conocer a George, ¿verdad? –me preguntó.

Nunca hablaba de su marido a no ser que viniera al caso, y en esas raras ocasiones siempre se refería a él como al «señor Hedley».

–Eh, no, no lo conocí.

–Pero lo habrás visto antes de que muriera, ¿no? Fue solo un mes o así después de que os mudarais, pero siempre estaba fuera, en el campo, dando de comer a los gansos, hasta que le dio ese maldito ataque.

–Ah, ¿se refiere al señor de la granja del otro lado del embalse? –pregunté, dándome cuenta de mi error–. ¿No vino una tarde a traerle unos tulipanes preciosos, señora Hedley?

–Sí, ese era George, el viejo zascandil. Sabía que me encantaban los tulipanes, pero los prefiero creciendo en el campo, no cortados en plena flor.

–Parece que tenía usted un admirador, señora Hedley, ¿o prefiere que la llame Cora? –estaba bromeando en ambas cosas, pero ella no pareció darse cuenta.

–George me traía cosas a menudo, pequeños presentes, o regalos, si quieres llamarlos así. Era viudo desde hacía más tiempo que yo. Coincidíamos en la iglesia una o dos veces por semana, y siempre me hacía el favor de compartir conmigo su hoja de oraciones. Con los años nos hicimos amigos. Buenos amigos, diría yo. Solía traerme una cesta de camisas para que se las planchara, y a cambio yo podía escoger lo mejor de su huerto.

–Qué maravilla, señora Hedley. Debía de ser muy agradable para los dos tener una amistad así.

–Sí, lo era. Y yo estaba contenta con cómo eran las cosas así, con un poco de charla los domingos y una visita entre semana. Me sentía muy a gusto con George. Era un viejo sinvergüenza, pero muy buena persona... Cuidaba muy bien de su granja y de sus animales. Era muy trabajador. Debería haberse buscado otra mujer que lo quisiera.

La señora Hedley se había pasado por casa a charlar un rato muchas veces durante los dos años anteriores, pero nuestras conversaciones nunca habían excedido los límites de la pura cortesía.

–Entonces ¿por qué no encontró esposa? Parece que era un buen partido –dije.

–Lo era, sí. Habría sido un buen marido para cualquier mujer. Verás, Holly, George no se había resignado. Era consciente de que podía conocer de nuevo la felicidad antes de que se le agotara el tiempo. Fue una pena terrible que muriera así, sin nadie que lo reconfortara en esa enorme casa suya.

Yo veía por la ventana la casa de la que hablaba la señora Hedley. Mirarla pareció remover algo dentro de ella.

–¿Está bien, señora Hedley? –pregunté, sorprendida por su expresión de ternura.

–Pobre George. Echo de menos nuestras conversaciones. Debería haber estado allí con él, haber cuidado de él, en lugar de ser una cobarde. Pero no podía dejar mi casa, ¿comprendes?

–¿Qué quiere decir, señora Hedley? Da la impresión de que se portó muy bien con él.

Sus ojos grises se empañaron, y el cabello blanco le cayó alrededor de la cara cuando sacudió la cabeza.

–Y no soportaba la idea de que George viniera a vivir conmigo, teniendo todas las cosas del señor Hedley a mi alrededor. Esta también era su casa. No estaba bien. Y no podía dejarlo para irme a vivir al otro lado del embalse. Verás, George tenía la idea de que debíamos casarnos. Vivir juntos el tiempo que nos quedara, dando de comer a los animales y comiendo en la misma mesa. Se lo tomó muy mal cuando le dije que no podía ser su mujer. No podía. Me parecía imposible.

Cuando me miró, la expresión de tristeza que vi en sus ojos fue como un puñetazo en el estómago. Si se sentía así, ¿por qué no había aceptado su proposición en lugar de vivir tantos años sola?

—Pero ¿por qué? ¿Por qué era imposible? –le pregunté, e intenté consolarla apoyando mi mano sobre la suya.

—Por la misma razón por la que tú vas a buscar la manera de impedir que ese joven tan agradable vuelva por aquí –puso su otra mano sobre la mía. Me sostuvo la mirada con unos ojos que conocían el dolor del amor, el peso inexorable de lo que costaba amar alrededor del cuello.

Tragué saliva con esfuerzo. Tenía un nudo en la garganta.

—No sé por qué dice eso, señora Hedley. Lo de anoche no fue lo que usted piensa. Él solo estaba aquí porque...

—Estaba aquí por una única razón, niña. Porque quería. Y de algún modo, aunque seguramente vas a negarlo, tú también querías que estuviera aquí.

No era verdad. Lo de anoche no había sido planeado. Había sido una simple coincidencia. Que un hombre se sepa atractivo no le abre automáticamente las puertas de tu vida. En absoluto.

Sus manos arrugadas apretaron las mías y por enésima vez durante esas últimas semanas noté que mi cuello empezaba a ponerse colorado. Seguro que estaba pensando que no quería a Charlie, que me había olvidado de él en cuanto un tipo guapo y con dinero para dar y tomar se había fijado en mí.

—En serio, señora Hedley, se equivoca.

—No, me equivoqué por completo cuando George me trajo esos tulipanes. Pensé que eran suficientes. Más de lo que podía esperar una vieja boba como yo. En realidad, esos tulipanes eran como los momentos que compartí con él: un hermoso estallido de color en mi vida, pero siempre pasajeros, niña. Ese hombre habría hecho cualquier cosa por mí, y yo me limité a verlo vivir sus últimos años desde esa ventana, porque fui tan cobarde que no dejé que la vida me llevara a otra aventura.

—Pero, señora Hedley, George murió.

Y de eso precisamente se trataba.

Se levantó de la silla y se acercó en silencio a la ventana que daba a la pequeña granja blanca de la colina.

—Cuando perdí a Albert pensé que aquello era lo peor que podía pasarle a una persona. Perder a quien más se ama. A quien se ama más que a una misma. Pero cuando George no salió a dar de comer a los gansos una mañana, una pena muy distinta se apoderó de mí. La peor de las tristezas, porque podría haberse evitado —su pecho se elevó en un profundo suspiro—. Habría llorado en cualquier caso la muerte de George, pero al menos no me habría arrepentido. No como ahora. No seas tonta, niña. No tengas miedo de la alegría inesperada. Que no te descubras dentro de un tiempo lamentando una oportunidad perdida, porque, por más que quieras a los fantasmas, no pueden darte calor.

Noté de nuevo el escozor de las lágrimas a punto de derramarse, aunque no sabía muy bien por quién quería llorar. La señora Hedley se equivocaba. No podía haber una pena peor: era imposible. Ni siquiera el arrepentimiento más doloroso me haría aceptar aquello.

—A ese chico le gustas, niña. Crees que no he visto cómo te ha mirado esta mañana, cómo te miraba los pies porque sabía que los tenías fríos. Sí, es un embaucador. A mí no puede engañarme con todos esos halagos. Pero piénsalo, Holly. Todo el dolor que te dejó Charlie, todas esas noches insoportablemente largas esperando a que el día se lleve las pesadillas, todas las miradas que te dan ganas de acurrucarte y morir, el aferrarte con uñas y dientes a un mundo que no sabe qué hacer contigo solo para intentar ver si el día siguiente te trae un poco de esperanza... A pesar de todo el dolor que te dejó su muerte, si pudieras volver atrás, ¿no volverías a casarte con él? Si tuvieras la oportunidad de conocer a otra persona y de salvar a tu pobre corazón, ¿la aprovecharías?

Un hilillo caliente rodó por mi mejilla, y comprendí que el otro no tardaría en seguirle. Contesté negando con la cabeza.

–Esa es la diferencia, niña. No tener nada de lo que arrepentirse.

Capítulo 20

—¡Ya está aquí el bebé! ¡Ya está aquí el bebé! —chilló Rob por el teléfono.
—Vale, voy para allá. ¡Voy enseguida! —tartamudeé entre la espesa oscuridad que se apretaba contra las paredes de mi habitación.
—Vale, acabamos de aparcar. Nos vemos dentro de un rato. ¡Y no olvides el *pack* de aromaterapia! —colgó, y yo tuve que enfrentarme a un doble enigma: cuánto tiempo faltaba para que amaneciera y por qué diablos no había comprado el juego de aromaterapia que se suponía que debía tener. En menos de veinte minutos me levanté, me cepillé los dientes y me abrigué bien contra el frío que me esperaba en la furgoneta.

Martha iba a matarme por no haber comprado los aceites esenciales. No me había asignado muchas responsabilidades como segunda «acompañante de parto»: solamente que no me olvidara de los aceites y que no me desmayara. No era un buen comienzo. Por suerte para mí, dos horas caóticas después y tras mandarle un mensaje a Jess pidiéndole que me sustituyera en la pastelería mientras recuperaba un par de horas de sueño, volví a casa con una segunda oportunidad de comprar los aceites esenciales.

La luz anaranjada del amanecer empezaba a inundar el cielo cuando la señora Hedley abrió su puerta para saludarme. Parecía distinta esa mañana, como si se hubiera obrado en ella un cambio indescifrable que yo no había visto nunca antes. Quizá fuera que todavía no se había recogido pulcramente el pelo detrás de la cabeza, o que aún no había escondido las bonitas florecillas de su camisa debajo del chaleco verde acolchado que llevaba siempre puesto. Era más probable, sin embargo, que se debiera a la sonrisa sutil que esbozó al tenderme el paquete.

No había nada de excepcional en el bulto envuelto en papel marrón que me pasó la señora Hedley, aparte de que no llevaba puesta la dirección, así que alguien tenía que haberse tomado la molestia de llevarlo hasta allí para entregarlo en mano.

No llevaba señas, solo mi nombre, *Holly*, escrito con tinta negra.

La señora Hedley no dijo nada mientras lo examinaba.

–No esperaba que volvieras tan pronto. Imaginaba que te habías ido porque estaba a punto de llegar el pequeñín –dijo frotándose los brazos para entrar en calor.

–Falsa alarma –sonreí–. Una cosa llamada Braxton Hicks.

–Bueno, entonces ya no tardará mucho. La mamá estará impaciente, supongo.

«Impaciente» no era la palabra más adecuada para describirlo. Hacía tres días que Martha había salido de cuentas, y el bebé seguía sin cumplir el horario establecido. Tras ver de refilón las palabras «serena» y «libre de fármacos» en su plan de parto, intenté no pensar en qué otros desengaños iba a llevarse mi hermana. No sabía gran cosa del parto, pero sí lo suficiente para estar segura de que Martha no podía haber leído los mismos textos que yo. Una vez había tenido un libro sobre el asunto, un regalo de boda de un compañero de Charlie. Tras pasar del capítulo dedicado a la concepción al capítulo dedicado al parto y al expulsivo sin ver nada que me hiciera pensar ni remotamente en conceptos como «sereno» y «libre de fármacos», Charlie sentenció que aquel libro era, más que un manual de consulta, un método anticonceptivo. Fue una de las pocas cosas que no me costó tirar a la basura después de su muerte. No me gustaba verlo antes, y después no soportaba mirarlo. No le reprochaba a Martha su impaciencia por dar a luz. Ella sabía que aquello era un lujazo.

–Podría decirse así, señora Hedley. Bueno, ¿quién ha traído esto? –pregunté mientras sopesaba el paquete con la mano.

–Ciaran.

Noté otro nudo en el estómago.

–Te lo ha traído hará cosa de media hora. Ha dicho que iba camino del trabajo.

–Ah. ¿Camino del trabajo?

–No se ha quedado mucho. Lo he visto por casualidad cuando iba a dejártelo en la puerta.

Sí, ya. Podría habérmelo enviado por correo. Seguramente quería asegurarse de que no habría lugar a error, de que no tendría motivos para presentarme cualquier día en su casa reclamando la camisa que no había llegado por correo.

Quería atar los cabos sueltos que pudieran quedar entre nosotros. Nadie quería tener asuntos pendientes con una viuda, y menos cuando la viuda en cuestión era una torpe cuando estaba sobria y una pesada cuando estaba borracha. Seguro que estaba deseando devolverme la camisa de Charlie. Y no podía reprochárselo.

La señora Hedley ya estaba cerrando su puerta.

Estaba tumbada en la cama, con el paquete todavía en la mano. Sabía lo que había dentro, pero me entretuve un rato inspeccionando la letra. Supuse que era la suya. Cinco letras que marcaban un abismo entre los tiempos de estudiante de Ciaran y los de Charlie. Me pregunté si Ciaran había sentido alguna vez la carga de un secreto agobiante, como la incapacidad de leer sin trastabillarse, o de escribir las letras en el orden correcto. Charlie podría haber conseguido tantas cosas si hubiera tenido más oportunidades... Si hubiera tenido el respaldo de una empresa como Argyll Incorporated, habría montado una escuela bosque en cada condado del país. Y hasta sin su respaldo habría luchado por ello hasta que se dieran por vencidos.

Ahora el bosque se nos estaba escapando de las manos a todos: pronto se convertiría en una urbanización con chalecitos adosados y calles cuyos nombres recordarían nostálgicamente a las arboledas que habían usurpado.

El rígido papel crujió bajo mis manos y el suave algodón azul, perfectamente planchado, resbaló de su envoltorio. Iba a parecer muy fuera de lugar junto a sus hermanas polvorientas, doblada con esmero y oliendo al detergente de otra persona. Una hojita de papel blanco asomó entre el envoltorio arrugado.

Holly:
Gracias por tu hospitalidad de este fin de semana y por tus esclarecedoras opiniones. Disfruté de tu conversación, pero estás pez en geografía.
Esperaba que pudiéramos seguir debatiendo ese tema pronto, tomando un café, o un vino tinto si lo prefieres.
Como estás muy ocupada, te llamaré durante la semana, cuando hayas tenido tiempo de revisar tu agenda.
Tuyo,
Ciaran
P.D: El ojo me duele a rabiar

Las letras tenían relieve, la marca de una pluma estilográfica que no dejaba ni una sola manchita de tinta donde no debía. Pasé el dedo por ellas otra vez.

«Confiaba».

«Pronto».

«Tuyo».

La sensación de que me estaban dando una descarga

con una pistola eléctrica casi me mata del susto. Hurgué en el bolsillo de mi vaquero en busca del zumbido frenético del teléfono.

—¿Diga?

—Quería pillarte antes de que te metieras en la cama o en la ducha o... ¿Puedes hablar?

Mirar su letra y oír su voz al mismo tiempo me dejó alelada.

—Nos hemos cruzado cuando ibas hacia Hunterstone. Es difícil no ver tu furgoneta, Holly.

—Eh...

—¿Ibas cantando? Parecía que ibas cantando.

—Eh...

—¿Has recibido mi nota?

—Eh... ¡No! Eh.. no... yo... eh... —«¡maldita sea, Holly! ¡Céntrate!».

—Ah. Solo quería saber si te apetecía venir a comer conmigo esta semana. He pensado que a lo mejor podíamos acabar nuestra conversación comiendo algo, quizá.

—¿Qué conversación? —«te está invitando a cenar. ¿A quién le importa eso?».

—La conversación de la que estábamos disfrutando el sábado por la noche, justo antes de que te cayeras del taburete.

Cerré los ojos al imaginármelo.

—Ah. Me caí, ¿no? Se me ha debido olvidar —«qué guay, Hol».

—Sí, te caíste. Y luego yo te levanté y te pedí permiso para llevarte a la cama, cosa que hice, y entonces dijiste...

—¡Lo de comer me parece estupendo! —balbucí, cortándole. Me pareció el mejor modo de impedir que repitiera las idioteces que debía de haberle dicho en mi estupor de borracha.

—Genial. Estaba pensando en mañana, a eso de la una y media.

Yo no me esperaba que siguiera haciéndome proposiciones que necesitaran respuesta.

–¿Mañana? Eh... tengo que trabajar. Toda la semana, en realidad.
–Pero algunos días te vas pronto. ¿No?
–Sí, pero no a la una y media –aquello era tan raro, que era como regatear con un proveedor.
–Vale, entonces dime a qué hora te viene bien.
El proveedor acababa de pedirme que propusiera un precio. A mí se me daban fatal ese tipo de conversaciones.
–Bueno, en realidad el domingo es el único día que seguro que tengo libre.
–Muy bien, entonces ¿qué te parece el domingo a la una y media? Puedo ir a recogerte o podemos quedar allí.
–¿Quedar dónde?
–Estaba pensando en el Atlas. Me parece lo más adecuado para alguien que duda de la existencia de continentes enteros.
El Atlas era uno de los restaurantes más afamados de la ciudad. Hasta yo había oído hablar de él. Era el tipo de restaurante en el que no me costaba nada imaginarme a Ciaran disfrutando de deliciosos manjares que yo no podía deletrear, y mucho menos identificar, y bebiendo un vino tan caro que debían de haberlo embotellado en algún lugar cerca de la fuente de la juventud. El tipo de sitio al que yo jamás habría ido con Charlie. El tipo de sitio en el que jamás habría puesto un pie con nadie, en realidad. No quería ir al Atlas. Necesitaba algún sitio que se pareciera a una zona de confort si aquello, fuera lo que fuese, iba a llegar a algo. «¿Qué haría Cora?».
«No me puedo creer que acabe de preguntarme eso. Está claro que me estoy volviendo loca».
–Conozco un sitio. Está más cerca que el Atlas, y las vistas también son mejores –por fin había recuperado el habla. Hablar con Ciaran era como estar perdida en la niebla, intentando no perder de vista el resplandor de una luz lejana. Sentir que por fin había tomado hasta cierto punto las riendas de la conversación fue como descubrir que lle-

vaba una linterna en el bolsillo–. Si no te importa que elija yo.
Se hizo el silencio. Estaba pensando.
–Claro. ¿Tú eliges y yo pago?
–¿Te estás ofreciendo a pagar antes incluso de saber qué voy a proponerte?
–No puede ser más caro que el Atlas. No hay ningún sitio más caro en toda la ciudad.
–La verdad es que no está en Londres. Pero tienes razón: no será tan disparatadamente caro como el Atlas.
–¿No te gusta el Atlas?
–No lo sé. Pero es imposible que hacer una comida cueste tanto.
–No, tienes razón. Pero no es solo la comida lo que se paga: es el entorno, la experiencia de cenar allí. Creo que te gustaría, Holly.
Mi nombre sonaba más suave cuando lo decía él, y se me erizaron los pelitos del cuello al oírlo. Respiré hondo para librarme de aquella sensación. Seguramente tenía razón en lo del Atlas, pero yo solo disfrutaría de la cena como espectáculo. Y eso no duraría.
–Estoy segura de que sí, pero da la casualidad de que conozco un sitio con un entorno inigualable. Y creo que te gustará bastante la experiencia de cenar allí –en realidad no estaba nada convencida de que fuera a gustarle. Seguramente iba a odiarlo, de hecho, pero no tenía sentido fingir que era lo que nunca había sido ni sería, y en el Atlas todo era cuestión de apariencias.
–Bueno, ¿vas a decirme dónde está ese restaurante tan fantástico, o vas a sorprenderme?
A mí no me había dado tiempo a elaborar mucho el plan.
–Creo que será mejor sorprenderte.
–Entonces ¿paso a buscarte?
Eso tampoco lo había pensado.
–¿Nos vemos a la una y media, entonces? ¿En tu casa?

Pensé a toda prisa.

–A las once y media, mejor. Puede que nos cueste llegar. No conviene que salgamos muy tarde... por si perdemos la reserva –si salíamos a la una y media, no empezaríamos a comer hasta pasadas las tres.

–Tiene que ser bueno. Estoy intrigado. ¿Tengo que ponerme algo especial?

–Es mejor que bueno. No hay ningún sitio parecido por aquí. Pero los mejores asientos están al fresco, así que acuérdate de traerte un abrigo.

–¿Un abrigo?

–Sí, y ponte algo cómodo.

Sabía exactamente a dónde iba a llevarlo, y no pude evitar sonreír al recordar lo mucho que me gustaba aquel sitio.

Capítulo 21

El subidón de adrenalina que me había dado mi loca carrera de esa mañana al hospital de Hunterstone había bajado de golpe en el trayecto a casa, y sin embargo allí estaba, después de mi conversación con Ciaran, tendida en la cama e incapaz de relajarme y dormir.

A las ocho y media me di por vencida y opté por ducharme e irme al trabajo.

Ciaran tenía razón: había ido cantando en el coche. Cantando a voz en cuello, como una loca, sin que nada me importara.

Bajo el chorro caliente de la ducha, me descubrí cantando otra vez. Normalmente no me habría molestado en volver a afeitarme las piernas tan pronto, pero mientras lo hacía me acordé de las sabias palabras de mi madre: «lleva siempre bragas limpias y las piernas bien afeitadas, que nunca sabes cuándo puede atropellarte un autobús». Por Brindley's Nook no pasaban muchos autobuses, pero últimamente había descubierto que nunca se sabe de dónde va a llegarte lo inesperado, y que por tanto ninguna precaución es poca.

Jesse también estaba cantando cuando entré en la tienda media hora antes de lo normal. Cantaba a pleno pulmón *Lovely day*, de Bill Withers, como si barruntara ya la llegada del verano, a pesar de las evidencias en contra que empezaba a mostrar mi jardín. Pero ni siquiera Jess solía estar tan alegre un lunes por la mañana. Lo del sábado por la noche debía de haberle dado energías para toda la semana.

–Hola –dije al dejar mis cosas en el suelo.

–Hola –contestó, mirándome con expectación.

–¿Qué pasa?

–¿Qué pasa? –repitió, y se encogió de hombros de una manera que no consiguió engañarme.

–¿Qué?

Me lanzó la misma mirada que yo le había visto a su madre lanzarle a él. Esa mirada de «a mí no me la das».

–Bueno, podría empezar preguntándote por qué al final has venido a trabajar, pero prefiero ir derecho al grano: ¿qué pasó el sábado por la noche? –no sabía qué información creía tener Jess, pero estaba a punto de llevarse un chasco.

Puse cara de fastidio.

–He venido porque no puedo dormir, y ya sabes lo que pasó el sábado. Me despedí de ti y me fui a casa –lo cual era todo cierto.

–¿Y?

–¿Y qué?

–¿Eso es todo? ¿Solo te fuiste a casa? ¿No hay nada que contar?

–¿Nada qué contar de qué, Jess? –empecé a notar que se me ponían las mejillas coloradas.

–¿De verdad vas a venirme con esas? Yo te cuento que Aleta me llevó a rastras al aseo de señoras para enseñarme hasta dónde le llegan las piernas, ¿y tú vas a guardarme secretos? Eso está fatal, Hol.

–¡No puede ser! No te tiraste a nuestra clienta en los servicios, dime que no, Jess.

–No, por lo menos en el sentido tradicional del término. Pero podría decirse que ya hemos sido presentados como es debido –su cara lo decía todo.

Yo no necesitaba saber qué habían hecho, ni Modesto Benini tampoco.

—¿Cómo se te ocurrió, Jess? Modesto se volverá loco si se entera, ¿y qué pasa con el trabajo? Cinder Events no querrá saber nada de nosotros si Nat se entera de esto.

—Nat ya lo sabe —contestó, enseñándome sus dientes perfectos con una sonrisa.

—¿Qué? Muy bonito, Jess. Entonces, se nos cerró esa puerta.

—Relájate, Hol. La única puerta que se cerró fue la del tocador de señoras. Y tanto la encantadora Aleta como Natalia estaban en el mismo lado de la puerta que yo.

Lo miré y entonces me di cuenta de por qué estaba de tan buen humor.

—¿Las dos? —pregunté—. ¿A la vez?

—Sí, ¿vale? Eso no va a salir en las revistas cuando hablen de Aleta. Para ser justo, tengo que decir que Aleta no me sorprendió tanto, pero Nat... —silbó—. Esa chica sí que es una caja de sorpresas. De aquí en adelante vamos a recibir un montón de encargos a través de ella.

—No me digas más —pasé a su lado tapándome los oídos.

Estaba cortando corazones en una capa extendida de *fondant* rosa fuerte.

—¿Te has lavado las manos esta mañana? —pregunté.

—Están limpias como una patena, jefa.

—Pues lávatelas otra vez, guarro.

Comenzó a reírse con esa risa gutural con que se ríen a menudo los hombres.

—Y dime, jefa, ¿tú tienes las manos limpias? —no estaba de broma. Se había dado la vuelta y había apoyado los brazos en el borde de la encimera.

Sentí que entornaba los párpados.

—Las tengo impolutas, gracias.

Levantó las cejas, invitándome a convencerle de ello.

—Absolutamente impolutas, ¿por qué?

Frunció el labio como si cuestionara mi sinceridad.

—Me dijo un pajarito que Penny se puso hecha una furia

después de que te marcharas. Por no sé qué sobre cierto superagente que se largó de su propia fiesta para llevarte hasta casa.

–Bueno, no deberías fiarte de los pajaritos, Jess. A lo mejor no cantan del todo bien.

–Créeme, cuando una mujer está en la postura en la que estaba Nat cuando me contó por qué la había mandado Penny a buscarme, te aseguro que sabe perfectamente lo que dice.

–¿Penny la mandó a buscarte? ¿Para averiguar dónde me había llevado Ciaran?

–Eso mismo. Y se chivó sin pensárselo dos veces. Pensé que la habíamos cagado, hasta que empezó a quitarse las bragas. Dios, qué fiesta –volvió a reírse.

Sacudí la cabeza. Hacía tanto tiempo que no practicaba el sexo, que no me imaginaba entrando en una habitación con alguien y bajándome las bragas. Ya ni siquiera estaba segura de tener unas bragas bonitas. No estaba segura de un montón de cosas.

Jess se indignó cuando le conté lo que había pasado cuando me marché de la discoteca. Se puso tan furioso al saber cómo se habían comportado Ludlow y su amigo, que me apresuré a contarle lo de Ciaran para que se calmara. Pareció tranquilizarse al saber que Ciaran se había quedado a pasar la noche, aunque yo no me hubiera quitado las bragas de paso.

Le dije que había aceptado ir a comer con él y, curiosamente, no armó el alboroto que yo me temía.

La semana transcurrió sin tropiezos, y el sábado, a la hora de cerrar, Jess se limitó a decirme que pasara un buen día. Conmigo siempre parecía saber qué tecla tocar. Y, por su bien, más le valía tener igual de contentas a Nat y a Aleta.

Pero poco importaba lo bien que se portara Jess: en cuanto nos separamos para pasar el fin de semana y estuve en casa, descubrí que no había nada que pudiera ahuyentar las mariposas que notaba revolotear dentro de mi estómago.

Pensaba prepararlo todo por la mañana, pero mis dedos sentían la tentación de mandarle a Ciaran un mensaje cobarde cancelando nuestra cita con cualquier excusa, así que los puse a trabajar haciendo la comida.

Dave movía la cabeza de un lado a otro como un péndulo averiado mientras me miraba trocear el pepino, el apio, el queso, los tomates y los pimientos, antes de ponerme a hacer uno de mis platos infalibles: la ensalada de col casera.

Era muy tarde cuando lo metí todo en la nevera para que se enfriara para el picnic del día siguiente. Estaba todo hecho, menos el quiche y los bollitos de pan, que acabaría de hornear por la mañana. Dave había perdido el interés y me había dejado supervisando el montón de comida que había hecho y que ocupaba casi toda la barra del desayuno.

Me dejé caer en el mismo taburete del que me había caído el fin de semana anterior, y de repente las mariposas volvieron a hacer acto de aparición, solo que esta vez llevaban botas reforzadas con acero.

Miré el pequeño espacio de la barra que quedaba entre mis codos, apoyé la cabeza en las manos y noté que me ardía. Había pasado casi dos horas preparando comida suficiente para alimentar a toda la brigada de guardabosques, y todo por un hombre que estaba acostumbrado a cenar en el Atlas. Un hombre que iba a detestar mi idea de lo que era pasar una tarde de domingo agradable. Un hombre al que habían fotografiado con distintas mujeres más veces de las que yo había comido ensalada de col. Aquello era ridículo. Yo era ridícula. ¿Qué demonios esperaba? ¿Qué podía pasar? Abrí mi teléfono y busqué su número en la pantalla. Un símbolo de mensaje recibido apareció en una esquinita.

«Por favor, que sea Martha. Que se haya puesto de parto y me necesite mañana. Todo el día».

No hubo suerte. El mensaje era de Jesse. Toqué el icono para abrirlo. Era sencillo y conciso: *No canceles. Diviértete.*

Solté un gruñido y dejé caer la cabeza sobre la barra del desayuno.

—¿Qué vas a hacer, Holly? —me susurré, con el lado izquierdo de la cara aplastado contra la superficie de madera—. Ciaran Argyll es un ligón.

Capítulo 22

Después de cambiarme cuatro veces de ropa, empecé a notar que perdía los nervios. Ya había roto un vaso en el fregadero, había contestado mal a Martha porque no necesitaba que fuera a verla y le había pisado una pata a Dave. Ahora tenía ante mí la tarea insalvable de escoger qué sudadera iba a llevar todo el día escondida debajo del abrigo, donde nadie iba a verla.

Aquello era ridículo.

Oí el chasquido de la grava fuera y comprendí que se me había agotado el tiempo. Las once y media en punto.

Ciaran había llegado.

Resultó que los visillos servían para algo. Cuando estaban en tu finca, no era espiar, ¿no? No, no estaba espiando a Ciaran Argyll cuando cruzó el jardín hacia el sendero de mi casa. Llevaba las gafas de sol puestas, y entonces me di cuenta de que hacía una mañana de noviembre maravillosamente soleada. Con aquella luz su pelo parecía más rubio, pero era un espejismo. Yo sabía que era más castaño que rubio. Levantó los ojos hacia la ventana antes de desaparecer bajo el porche.

Oí sonar la aldaba y un batallón de mariposas bajó conmigo la escalera para abrir la puerta. Incluso a la sombra del porche el sol seguía reflejándose en su pelo.

—Buenos días —sonrió y ladeó la cabeza—. Bonita sudadera –señaló con la cabeza la aburridísima sudadera de color frambuesa que acababa de ponerme encima de la camisa a cuadros.

–Hola. Gracias –nos quedamos allí parados un momento, observando mutuamente nuestro atuendo. Debería haber imaginado que, para Ciaran, ir cómodo equivalía a ponerse una ropa tan elegante que otros se la habrían puesto para ir a una entrevista de trabajo.

–¿Voy... eh... demasiado arreglado? –preguntó, fijándose en mis vaqueros y en mis calcetines con puntitos. Pareció incómodo, lo que me hizo relajarme de inmediato.

–No, estás genial. Es solo que a lo mejor se te ensucian un poco los pantalones del traje. Pero es culpa mía. Debería haber concretado más –la había jorobado. No podía llevar zapatos de vestir de cordones adonde íbamos. Al final acabaríamos en el Atlas. Lo sabía.

–Bueno, llevo un cambio de ropa en el coche. Me lo ha sugerido Mary. Tengo unos vaqueros, y creo que también me ha metido unas botas.

«Espera...». Todavía no estábamos en el Atlas.

–Perfecto, entonces. ¿Quieres cambiarte mientras acabo de guardar la comida? –pregunté. Todavía ni siquiera lo había invitado a entrar.

–Claro, tardo un minuto –y empezó a retroceder hacia su coche.

–Pasa tranquilamente. Dave está fuera, por la parte de atrás –grité tras él. Luego me miré rápidamente en el espejo que había sobre la mesita del pasillo y me alisé a toda prisa los mechones que se me habían alborotado al ponerme la sudadera. Noté que un sudor nervioso intentaba brotar cuando volví a la cocina para guardar las últimas cosas en la bolsa de refrigeración.

–¿Vamos de picnic, entonces? –preguntó aquella voz de suave acento escocés desde la puerta–. Deberías habérmelo dicho. Hago unos sándwiches de espárrago con *prosciutto* bastante decentes.

Me detuve mientras guardaba los tomates cherry.
–¿Sándwiches de espárrago con *prosciutto*?
Se quitó las gafas de sol, dejando ver el corte, todavía amoratado, de encima de su ojo derecho. Noté que me quedaba sin respiración.
–Claro. Pero solo cuando se me acaba la Nocilla –sonrió.
–Bueno, me temo que aquí no hay Nocilla, ni tampoco espárragos. Pero los tengo de jamón con mostaza.
–Son mis favoritos –seguía sonriendo cuando se acercó para ayudarme a guardar los últimos dos paquetes y los vasos de plástico en la bolsa. Todavía tenía algunos arañazos en los nudillos–. De todos modos, creía que habíamos quedado en que pagaba yo. Debes de haberte pasado toda la mañana preparando esto.
Cerré la cremallera de la bolsa y di unas palmadas encima.
–Vas a pagar por ello: vas a llevarla.
–Entonces ¿te importa que vaya a cambiarme? –preguntó–. ¿O me cambio aquí mismo mientras tú acabas?
–¡No! ¡Ve arriba!
Ya hacía suficiente calor allí sin necesidad de que Ciaran se desnudara. Me quedé escuchando mientras subía las escaleras y entraba en el cuarto de baño sin molestarse en cerrar la puerta. Unos minutos después oí otra vez el crujido de las escaleras y unos pasos más fuertes. Fingí estar muy atareada cuando apareció en la puerta.
–¿Mejor así? –preguntó.
Estaba muy guapo con traje, pero a mí me gustaba aún más vestido de sport. Se había puesto unos vaqueros azules oscuros, unas botas de piel marrón muy gastadas y un jersey de ochos de color crema cuyo cuello le rozaba las puntas del pelo.
–Mucho mejor –sonreí, y agarré la bolsa.
Ciaran se apresuró a quitármela automáticamente, y me asaltó otra vez el olor de su loción de afeitar, dulce y fresca como la mañana.

Aunque se había cambiado de ropa, yo seguía pareciendo igual de sosa a su lado cuando salimos para subirnos al coche. Y parecí aún más sosa cuando me abrió la puerta para que me sentara en el asiento del copiloto. Costaba trabajo no quedarse patidifusa por el lujoso interior del coche, de un color crema más claro que su jersey e igual de inmaculado. Detrás de mi cabeza, en los reposacabezas, aparecía el logotipo de Aston Martin, seguramente bordado por vírgenes vestales. Era como sentarse en la cabina de una preciosa nave espacial.

Ciaran cerró la puerta y rodeó el coche para sentarse detrás del volante.

–Bueno, ¿adónde vamos? –preguntó mientras volvía a ponerse las gafas. Cada vez que se movía, una ráfaga de su colonia se me metía en la nariz.

–¿Conoces Ellard's Covert, en la carretera que está más al oeste del bosque?

–Claro. Mi madre solía llevarme a montar a caballo allí cuando era pequeño.

–¿Montas a caballo? Bueno, eso va a ahorrarnos tiempo, entonces.

–¿Vamos al antiguo centro hípico? –preguntó, sonriendo–. No sabía que seguía allí.

–¿Te importa? He pensado que podíamos tomar la senda que sube al monte y comer allí arriba.

El coche cobró vida con un gruñido y un nuevo ímpetu pareció adueñarse de Ciaran.

–Suena fantástico. Pero hace años que no monto a caballo. No te garantizo que los sándwiches de jamón vayan a llegar sanos y salvos.

Condujo el coche fuera del jardín y en ese momento vi a la señora Hedley colocando un jarrón vacío en la ventana delantera de su casa. Me sonrió e hizo un pequeño gesto de asentimiento con la cabeza cuando pasamos. Noté las manos pegajosas mientras Ciaran maniobraba entre los postes de madera podrida de la valla y los baches del camino.

Rob me había avisado de que había gente que demandaba a los dueños de fincas particulares por los daños que ocasionaba en los coches la mala conservación de los caminos. Me pregunté cuántas tartas tendría que hacer para pagar la reparación de un Aston Martin.

—También hace mucho que yo no monto —dije—. No te dejan sacar los caballos si no vas acompañado.

—¿Y qué pasa? ¿Es que no tienes a nadie que te acompañe? Me cuesta creerlo.

—Una vez convencí a Jess para que viniera, pero la verdad es que no es lo suyo. Después estuvo casi dos semanas quejándose de las agujetas que tenía en el trasero, así que no le he vuelto a pedir que venga.

—¿Y tu hermana? La otra noche me dijiste que tenías una. Martha, ¿no?

Yo no me acordaba de haberle hablado de Martha.

—Sí. Le encanta montar, pero es alérgica. Y su marido, Rob, está un poco desentrenado. De todos modos, ahora mismo están muy liados. Están esperando un hijo en cualquier momento.

—Entonces ¿vas a ser tía? Enhorabuena —sonrió—. Debe de ser emocionante. Yo siempre he creído que sería un buen tío, pero como soy hijo único no lo tengo tan fácil —tocó el acelerador y el coche se puso suavemente a una velocidad con la que mi furgoneta solo podía soñar.

—Entonces ¿no tienes hermanos, ni hermanas? Pero tendrás amigos con hijos —dije.

Empecé a notar oleadas de calor en el trasero. ¿Tenía calefacción el asiento? «Madre mía...».

—Qué va. Si te soy sincero, no hay tanta gente a la que pueda considerar verdaderos amigos, aunque los que tienen hijos parecen más de fiar, en general. Son menos tiburones.

—¿Tiburones? No serán todos como Freddy Ludlow, ¿verdad?

—Que conste que Freddy Ludlow nunca ha sido amigo

mío. Dentro de poco habré cortado todos los lazos con él. Y sin ninguna pena.

Bien, habíamos empezado con buen pie. Teníamos algunas cosas en común, después de todo.

—Martha puede ponerse muy pesada a veces, pero es genial. Yo no podría soportar tener como hermanastro a alguien como Freddy Ludlow —suspiré.

—Bueno, por lo general no le faltan mujeres, eso seguro —dijo Ciaran.

—Pues no será por su personalidad deslumbrante. Ese hombre es un cretino.

—Creo que tiene algo que ver con el hecho de que su herencia se estime entre ciento cuarenta y ciento sesenta.

—¿Ciento sesenta qué? —pregunté yo.

—Millones.

—¿Ciento sesenta millones de libras? ¿Lo dices en serio?

Parecía que sí.

—Quizá debería haberme mostrado más receptiva.

Ciaran me miró para ver qué expresión tenía.

—Es broma, claro. Pero ¡ciento sesenta millones de libras! Todo ese dinero y ni una pizca de carisma. Dicen que el dinero no lo compra todo.

—No, no lo compra todo. Pero puede comprar un montón de cosas —añadió Ciaran.

—¿Qué puede hacer uno con tanto dinero? Ni siquiera me hago una idea de cuánto es.

Ciaran sonrió otra vez.

—A mí me gustan las cosas nuevas y relucientes. Seguro que se me ocurrirían un par de formas de gastarlo.

—¿Como llevar a una cantante pop a un motel de Hollywood?

—Permíteme asegurarte que no la llevé a un motel. Ese viaje me costó una fortuna —se rio.

—Umm. Dinero bien gastado, ¿no?

Se encogió de hombros.

–¿En qué te gastarías tú ese dinero si lo tuvieras? –preguntó.
–¿Yo? No tengo ni idea. Podría decir una sosería, como acabar mi casa, pero con ese dinero podrían hacerse muchas cosas, cambiar la vida de mucha gente. Tendría que pensármelo. Aunque seguramente empezaría por construir una pared muy alta para impedir que se me acerquen tipos como Freddy.
–Lo creas o no, Freddy no está mal hasta que se toma una copa. Su madre lo ha mimado demasiado. No tiene incorporado un sistema de frenado para su comportamiento.
–Qué suerte la suya. Creo que se parece mucho a su madre. Los demás no podemos permitirnos ese lujo.
–¿Eso te parece un lujo? –preguntó, volviéndose hacia mí–. A mí me parece un hándicap. Estás mejor sin él.
–No he dicho que sea un lujo que quiera para mí. Es solo que me parece un desperdicio de recursos. Deberían utilizar su buena suerte para algo mejor. En tu vida tiene que haber algo más que coches deslumbrantes y fiestas a todo tren.
En cuanto lo dije, hice una mueca. Se me había escapado. Miré de reojo a Ciaran, que seguía concentrado en la carretera. No podía verle los ojos, pero me pareció ver la sombra de una sonrisa en el borde de su boca.
–Perdona, Ciaran, no quería...
–No te disculpes. Tú no eres como la mayoría de las mujeres que conozco. Tus opiniones son... refrescantes. Aunque un poco críticas.
–¿Crees que soy criticona? –me quedé atónita. Una de las ventajas de mi vida era que ya nadie, excepto mi madre, se atrevía a criticarme por miedo a que implosionara o algo así.
–Bueno, un coche caro no significa necesariamente que quien lo conduce sea un ególatra obsesionado consigo mismo, igual que una bicicleta vieja y destartalada no significa

que quien la lleva carezca por completo de finura. No estarás en desacuerdo con eso, ¿verdad?

¿Era una criticona? No me gustaba imaginarme así.

—No, no estoy en desacuerdo —maldita sea, era una criticona. Y Ciaran me había reñido por ello. Le resté para mis adentros uno de los puntos que le había dado anteriormente.

Fuera, la cuneta cubierta de hierba empezó a fundirse con el espeso bosque mientras el coche de Ciaran se deslizaba suavemente por la carretera. El otoño no llegaba hasta allí, donde los abetos y los pinos plantaban cara a los meses cambiantes.

—Entonces ¿no todos son como Freddy en tu círculo de no-amigos?

Ciaran se rio ligeramente.

—No, hay un par de buenas personas, por así decirlo. Pero la empresa de mi padre ha tenido muchos altibajos. Cuando la gente cree saberlo todo sobre los intereses financieros de tu familia, no es con los tipos como Freddy con quien tienes que tener cuidado —giró a la derecha en el primer desvío que se adentraba en el bosque.

—¿De gente como Penny, entonces?

Sonrió otra vez.

—No, de gente como Penny no. De Penny habría que desconfiar si tuviera alguna influencia. Pero Penny, como la mayoría de la gente, se conforma con aparentar, aunque le falte sustancia.

Le devolví el punto que le había quitado.

—Entonces ¿con quién tienes que tener cuidado, si no es con gente como ellos?

—¿En mi mundo? Con cualquiera que te venga con una sonrisa.

Estuvimos callados un rato mientras Ciaran se fijaba en el bosque que nos rodeaba. Casi habíamos llegado al punto donde la carretera se bifurcaba hacia las oficinas de la comisión y el centro de visitantes.

–Deberíamos desviarnos pronto y tomar la ruta más larga. Últimamente ha habido unos cuantos incidentes con los ciervos en este tramo de carretera.

Era cierto. El bosque tenía unos veinticinco kilómetros de ancho, pero por el lado este se estaba encogiendo y empujando a los rebaños hacia allí. Había habido numerosos avisos de conductores que habían estado a punto de chocar con ciervos entre el cruce de la carretera y la antigua oficina de Charlie.

–¿Estás segura? El centro hípico está ahí abajo, pasado el centro de visitantes, ¿no?

–Sí, pero podemos dar la vuelta por el otro lado. Será más rápido, te lo aseguro –eso no era del todo cierto. Aquella era la misma carretera que habría tomado Ciaran para cruzar el bosque cualquier día de la semana, pero aun así no dijo nada. Y de todos modos en aquel coche la diferencia sería inapreciable.

–Entonces ¿todavía vienes aquí? Al bosque, quiero decir. Dijiste que Charlie trabajaba aquí. Debe de ser difícil.

–Ya no vengo tanto como antes. Pero lo echo de menos.

El rodeo que habíamos dado nos llevó hacia el interior del hayedo, donde la tierra marrón estaba cubierta por una alfombra de hojas de colores brillantes, dispersas como confeti en un banquete de boda. El verde se volvía amarillo, después naranja oscuro y, finalmente, rojo intenso antes de que las hojas de las hayas cayeran al suelo.

–Había olvidado lo bonito que es esto –dijo Ciaran mientras avanzábamos por aquel tumulto de colorido–. Por la otra carretera no se ve esto.

–Ya te lo decía yo: no hay nada comparable a esto.

Capítulo 23

El centro hípico no había cambiado desde la última vez que había estado allí con Jess, hacía más de un año. Las chicas eran nuevas, amazonas jovencitas y pizpiretas que no se cansaban de Ciaran y de su coche.

Ensillamos, metimos casi toda la comida en las alforjas de los caballos y partimos hacia la tranquilidad de la senda. Ciaran esperó a que yo pasara y luego me siguió. Debió de sonreír a las chicas, porque las oí reírse por lo bajo detrás de nosotros.

Yo lo entendía. Ni con un casco dejaba de estar sexy. Pero yo no estaba allí por eso. Solo quería recorrer la senda, y Ciaran me había dado esa oportunidad. En todo caso, era yo quien se estaba aprovechando de él.

—Es como montar en bici —dijo cuando me alcanzó al trote.

—Tómatelo con calma. No sé primeros auxilios, así que no te caigas.

Me lanzó una de esas sonrisas que abarcaban toda su cara, y tuve que hacer un esfuerzo para que no me diera la risa floja como a las chicas.

En aquella zona, el bosque era como un paisaje de ensueño. Estábamos rodeados por un colorido alucinante, y los cascos de los caballos pisaban el suelo esponjoso del bosque con un suave golpeteo.

—No me has dicho por qué no tienes a nadie con quien venir a montar.

Me sentía a gusto con Ciaran, tanto que acepté su pregunta sin sentirme una perfecta fracasada.

—Tengo amigos, sería injusto decir lo contrario. Pero después del accidente no quería tenerlos cerca. No quería ver a nadie, solo a él –otra vez estaba hablando de Charlie, sin una gota de alcohol en las venas y aun así a gusto.

—Es comprensible –comentó, meciéndose sobre su silla a mi lado–. Triste, pero comprensible. Entonces ¿no te apoyaron?

—Sí, claro que sí. Lo intentaron, pero no fue culpa suya. Cuando rechazas muchas veces a la gente, acaba por dejarte de llamar.

—¿Y ahora te arrepientes? De haberlos rechazado –preguntó, y espantó un bicho con la mano.

—Sí. Por ellos, sobre todo. No les dejé hacer lo único que podían hacer por mí, y fue duro para ellos. Pero creo que la vida es más fácil así. No quiero ir a discotecas, ni ahogar mis penas en alcohol. ¿Qué sentido tiene, si siguen ahí por la mañana?

—Eso es exactamente lo que yo intentaba decirle a mi padre, ¿sabes? Que la bebida no mejoraba las cosas. Pero no podía enfrentarse al dolor que sentía por la muerte de mi madre. Así que bebía para embotarse.

Un suave tirón de las riendas bastó para que mi montura se detuviera.

—Lo siento, Ciaran. Pensaba que tus padres estaban divorciados.

Él también detuvo a su caballo.

—¿Cuándo murió tu madre?

Sonrió, pero yo conocía esa sonrisa, sabía a qué obedecía.

—Hace ya mucho tiempo. Yo tenía diecisiete años. Murió de cáncer, fue muy repentino. Solo estuvo enferma un par de meses, y sufrió cada minuto.

—Lo siento, Ciaran.

—Si no te desmelenas a los diecisiete, cuando vas a desmelenarte, ¿eh? —dijo en broma.
—¿Qué cáncer tenía?
—De cérvix. Cuando nos enteramos, estaba por todas partes. Por lo menos murió en casa. Era muy casera, ¿sabes?, hasta cuando despegó la empresa de Fergal. Nunca iba de compras, o a un *spa*. Siguió como siempre, manteniendo encendido el fuego del hogar mientras mi padre se mataba a trabajar para asegurarnos un futuro estable. En aquella época trabajaba como un bestia, tenía un montón de proyectos. La muerte de mi madre cambió todo eso —aguijó a su caballo para que siguiera y llamó al mío.
—Da la impresión de que formaban un buen equipo —comenté.
—Sí. Demasiado bueno. Creo que si hubiera muerto antes Fergal, a mi madre se le habría roto el corazón, pero habría aguantado mejor. Pero Fergal no es tan fuerte como ella. No tenía fuerzas más que para pasarse el día durmiendo. Estaba tan deprimido que estuvimos a punto de perder la empresa.
—Pero ahora está bien, ¿verdad? Se ha recuperado. Será un alivio para ti.
—Sí, está bien, aparte de alguna que otra metedura de pata y de haberse dejado engatusar por una zorra obsesionada con el dinero. Aparte de eso, es fantástico.
Tomé nota mentalmente de que debía ser más comprensiva con Fergal si nuestros caminos volvían a cruzarse.

El paseo a caballo por el monte que daba al lado noroeste del bosque había sido tan hermoso como podía serlo a la luz suave de un día de noviembre.
Los caballos estaban pastando, y la mayor parte de la comida había sobrevivido al viaje. Disfruté viendo a Ciaran atiborrarse de ensalada de col mientras yo hacía lo posible por comer finamente.

–¿Cuánto tiempo estuvieron casados tus padres? –le pregunté, deseosa de saber más cosas acerca de Fergal.

–No sé... Veinticinco años, más o menos. Crecieron en la misma callecita, jugaban juntos mientras sus abuelas fregaban los escalones. Se enamoraron, se casaron jóvenes, me tuvieron a mí. Esta ensalada está buenísima, por cierto.

–Entonces ¿los dos eran de origen humilde?

–Sí, mucho. Fergal estaba destinado a trabajar en la pesca de arrastre, como todos sus amigos de infancia, pero fue el único de Arbroath, su pueblo, que no tenía vocación de marinero. Así que se buscó trabajo de albañil y fue subiendo poco a poco. Mi padre decía siempre que él era la máquina, pero que mi madre era el motor que hacía que todo funcionara. Decía que por eso le había ido tan bien, por ella. El amor de una buena mujer y todo eso.

No era eso lo que yo había captado en mis breves encuentros con Fergal.

–¿Y tú? ¿Siempre has querido seguir los pasos de tu padre en el negocio familiar?

–¿Y trabajar en una obra empujando una carretilla llena de ladrillos con un frío que pela? No exactamente. Yo quería ser arquitecto. Siete años de universidad y luego un trabajo en la zona más cálida del sector de la construcción.

–Pero yo creía que la empresa ya había crecido mucho cuando tú eras pequeño.

–Sí, pero Fergal lleva sus orígenes de clase trabajadora en la médula de los huesos. Siempre se aseguraba de que sus colaboradores más estrechos aprendían el negocio desde abajo. Y yo no fui una excepción.

–Parece un buen motivo para llegar a la universidad –sonreí, y me acordé de las grietas que solía tener Charlie en las manos de trabajar al aire libre en invierno. Solo tenía que cerrar el puño para que se le agrietara la piel, y todos los inviernos manchaba las sábanas de sangre.

–Cuando mi madre se estaba muriendo, mi padre pasó gran parte de sus últimos meses intentando encontrar tratamientos alternativos para ella, tratando de que el dinero la salvara. La triste realidad es que el dinero no pudo ayudarnos. Nada podía. Fergal invirtió el poco tiempo que le quedaba en intentar encontrar un nuevo tratamiento o una nueva medicina, y yo me lo pasé atendiéndola esos últimos meses. Sabía que se nos estaba escapando. Sentía cómo se le iba agotando el tiempo con cada latido del corazón –su mandíbula se tensó mientras recordaba.

–¿Y solo tenías diecisiete años? Ciaran... Debió de ser horrendo para ti.

Sonrió para disipar la tensión.

–Cuando murió, me había quedado tan rezagado en los estudios que tuve que posponer mi ingreso en la universidad un año más. Mi padre se había volcado en el trabajo, y parecía darle resultado, así que pensé que yo haría lo mismo: me volcaría en los estudios para ingresar en la universidad. Pero cuando empecé a trabajar en la empresa enseguida me di cuenta de que mi padre lo estaba pasando fatal. Había caído en una depresión o algo así. En un agujero negro del que no podía salir.

Yo conocía aquel agujero. Llevaba dos años aferrada a su borde. Me pareció normal reconocerlo ahora, ahora que sabía que también se había tragado a otros. Gente que, como yo, seguía caminando, hablando y respirando.

–Entonces ¿no fuiste a la universidad? –pregunté.

–Cuando llegó el momento, no pude dejar solo a mi padre, así que me quedé, aprendí cómo funcionaba el negocio. Intenté descubrir cómo ayudarlo a superar la muerte de mi madre –respiró hondo–. Ella era como el eje que nos mantenía unidos a todos. Después de su muerte, todo empezó a degenerar rápidamente.

–¿Y tu padre empezó a beber?

–En el trabajo, en casa. Antes de comer, antes de las reuniones de la mañana. Cada semana bebía más y más. Dentro de la compañía cada vez había más tensión, y con el tiempo, Argyll comenzó a desintegrarse. Todo aquello por lo que habían trabajado estaba a punto de irse a pique –sirvió un vasito de café para cada uno.

–Pero ¿no había protocolos establecidos para salvar la empresa? ¿Nadie intentó ayudar a tu padre a afrontar la situación?

–¿Como intentaron ayudarte tus amigos a ti? No es tan sencillo, ¿verdad? Sus colaboradores más cercanos eran buena gente, pero el dinero es como la sangre en el agua: pronto empiezan a aparecer los tiburones. Hubo mucha gente que se aprovechó de nosotros mientras estábamos con la cabeza puesta en otra cosa. Gente que había hecho un montón de dinero con inversiones que supuestamente les estaban vedadas. Estuvieron a punto de costarnos todo lo que teníamos –encajó otra vez la mandíbula y su semblante se endureció.

–Pero ahora debéis de haberos recuperado. Quiero decir que... Coches caros, una casa preciosa... Tu padre debe de estar mejor –confiaba en que así fuera. Sería muy cruel que, después de tantos años, Fergal siguiera sufriendo como un perro en la calle.

Ciaran apuró su café. Y se levantó de un salto.

–Sí, nos hemos recuperado. Fergie se puso las pilas y al final todo ha salido bien –me tendió la mano y yo seguía rumiando nuestra conversación cuando le di la mano sin pensar–. Ven, vamos a sacarles partido a nuestros amigos de cuatro patas –dijo mientras me ayudaba a levantarme.

Volvimos a la senda, pero se nos acabó la suerte: grandes gotas de lluvia fría comenzaron a estrellarse contra mi casco y me empaparon los hombros.

–Vamos a meternos más en el bosque –dijo Ciaran levantando la voz–. Allí estará más seco –ya había apretado el paso cuando le contesté que sí.

Mientras lo veía avanzar sorteando los árboles, me pareció evidente que no había olvidado sus tiempos de jinete. Había estado muy callado desde que habíamos recogido el picnic, pero yo ya había repasado dos veces nuestra conversación y aún no sabía qué había dicho que pudiera haberle ofendido.

Comencé a trotar por el bosque, acercándome poco a poco a Ciaran. Lo miraba mientras se adentraba con su caballo entre las hayas, por una zona donde había bastante espacio entre los troncos vecinos. Estaba tan absorta observándolo e intentando alcanzarlo que no me di cuenta de que me acercaba a una rama a la altura de mi cabeza.

Noté en la cara un súbito latigazo, grité y el caballo relinchó debajo de mí. Me llevé la mano al ojo creyendo que se me había metido algo dentro, pero no encontré nada.

–¡Holly! –gritó Ciaran.

Empezó a entrarme pánico. No veía nada. ¿Me había hecho daño? ¿Daño de verdad?

Oí el golpeteo de unos cascos cerca de mí.

–¡Holly! ¿Qué ha pasado?

Yo me frotaba los ojos, intentando quitarme aquel dolor que iba a extendiéndose por mi mejilla.

–¡Háblame, Holly!

Noté que tiraba bruscamente de mi caballo y un instante después sentí que sus manos buscaban el cierre del casco debajo de mi barbilla. Intenté parpadear, pero mis ojos no se abrían. Me quitó el casco y noté caer el peso de mi coleta sobre la nuca. Una mano fresca a ambos lados de la cara y luego el tamborileo de la lluvia al estrellarse en mi piel.

–Creo que ha sido una rama. No lo he visto –dije mientras seguía intentando parpadear para quitarme el trozo de madera que me parecía tener alojado en el ojo izquierdo.

–No tienes ningún corte. Relájate. Sigue pestañeando. Si te has arañado los ojos, vas a estar incómoda un rato, pero se te pasará.

Sentí que el agua empezaba a manar de mis ojos cuando mis mecanismos físicos se pusieron en marcha para intentar desalojar el cuerpo extraño. Notaba ya que era sobre todo el ojo izquierdo. El derecho solo estaba mostrando su

solidaridad con su compañero, como suelen hacer los ojos.
—Eso es. Sigue batiendo las pestañas.
Noté su aliento en mi mejilla. Seguía agarrándome, levantándome la cara hacia la lluvia fresca que me daba en los párpados. Por fin se abrió el ojo izquierdo, con las pestañas impregnadas de agua salada. Ciaran me miró fijamente, examinó mis ojos para ver si había alguna herida y, mientras el escozor iba disipándose poco a poco, comencé a aprovecharme de aquella oportunidad de observar sus ojos.
—Eso es —musitó—. No veo nada que no deba estar ahí.
Un calor conocido comenzó a aflorar bajo el lugar donde sus manos tocaban mis mejillas y se extendió hasta donde alcanzaba mi pelo con sus dedos. Sentí otra oleada de escozor detrás del ojo y los cerré con fuerza. Estuve así un momento, hasta que remitió el picor y el sabor del aliento de Ciaran rozó mis labios.
Sentí que se me agitaba la respiración. Luego, un calor extraño se deslizó hacia mí, depositando un beso suave en mi boca.
Reaccioné con un movimiento casi imperceptible, pero bastó para que supiera que no me había molestado. Él también respondió: deslizó lentamente sus labios sobre los míos para que yo saboreara su suavidad y su dureza. A lo lejos, algo se movió debajo de mí y de pronto nos separamos. Antes de que pudiera abrir los ojos de nuevo, sus dedos se despegaron de mi pelo y la lluvia comenzó a caer otra vez sobre mi cara. Tal vez nunca había dejado de caer.
—Lo siento —dijo en voz baja cuando abrí los ojos—. Debería haberte preguntado.
Sentí que asentía con la cabeza. Mi cuerpo le respondía antes de que pudiera hacerlo mi cerebro.
Me miró, indeciso, y de nuevo tiró de mi caballo. Después, acercó la mano a mi nuca. Se quedó allí, sujetándome, dándome la oportunidad de decir «no». Pero esta vez yo estaba lista, sabía qué hacer. Me apoyé en su mano,

busqué también su nuca, deslicé los dedos entre su pelo y aspiré cada gota de loción de afeitar absorbida por su piel. Lo vi inclinarse hacia mí antes de que me besara de nuevo, lenta y dulcemente, como si estuviera abriendo su regalo preferido.

Y también yo lo besé.

Ninguno de los dos dijo nada mientras Ciaran atravesaba lentamente el bosque delante de mí. Seguía llorándome el ojo, pero no era esa la parte de mi cuerpo que más me molestaba. Notaba un cosquilleo por todas partes.

Sabía que me sonrojaba cada vez que Ciaran volvía la cabeza para mirarme, pero ¿qué podía hacer?

Ni siquiera me di cuenta de dónde estábamos hasta que su voz apagada se dejó oír entre el ruido que hacían los caballos al moverse entre la hojarasca.

–¡Hijos de puta! –gruñó.

Capítulo 24

La densa arboleda de acebos de la vertiente norte del bosque había sido siempre la zona favorita de Charlie. Pero la última vez que yo la había visto, no había en ella un enorme cartel de *Vendido* clavado en uno de los árboles.

–¡No! ¡No pueden haber vendido esto! ¡Todavía no! –me bajé de un salto del caballo, olvidándome de pronto de aquel beso. Ni siquiera el hecho de que Ciaran me estuviera mirando impidió que de pronto me dieran ganas de llorar–. ¡No pueden! ¡Aquí era donde Charlie quería montar la escuela para que los niños pudieran ver los tordos vigilando las bayas! –dije mientras intentaba contener el llanto.

Ciaran dio una patada a una piedra del suelo y la hizo rodar por el camino. Para ser un promotor inmobiliario, me sorprendió su reacción. Miraba con furia otro cartel en el que el nombre «Sawyers Construcciones» aparecía en grandes letras blancas sobre un fondo verde. Era un cartel muy feo.

–Lo siento, Holly –dijo, tocándome el codo–. Los Sawyer tienen olfato para este tipo de operaciones.

–¿Los conoces?

–Sí, los conozco. James Sawyer es el tiburón más gordo de todos.

–¿Qué construyen? Por favor, no me digas que casas.

Resopló y pareció buscar otra piedra a la que dar una patada.

—Lo siento, Holly, pero seguramente dentro de unos meses aquí habrá casas.

Le di una patada a una piedra.

Llevaba dos años mirándome el ombligo, ignorando lo que sucedía a mi alrededor. No había hecho nada por apoyar la campaña contra las ventas de terrenos y ahora no tenía ningún derecho a lamentarme.

Durante todo el trayecto de regreso a casa no pude dejar de pensar en mi pasividad ante lo que estaba ocurriendo. A mi lado, Ciaran también parecía cabreado.

—¿A Charlie le gustaba su trabajo? —preguntó, rompiendo los veinte minutos de silencio que acabábamos de compartir.

Tomó el desvío y entramos en el camino que llevaba a la granja, mojados y de mal humor.

—Le encantaba. Le encantaba todo lo que implicaba. Por eso nunca acabamos este sitio. O no nos poníamos de acuerdo sobre el color de las paredes, o estábamos trabajando —cuánto tiempo perdido.

—Entonces, deduzco que lo habrías acabado si hubieras tenido oportunidad —añadió mirando por encima del volante nuestra preciosa casa de campo.

Hasta mi casa parecía plantar cara a la adversidad. Viéndola desde allí, nadie habría adivinado el tumulto que reinaba dentro.

—Tendría que tomarme unas cuantas semanas libres para hacer algo, por poco que fuese. Algún día lo haré. La estructura ya está en perfecto estado. Solo hace falta que alguien con más idea que yo la decore. ¿Te apetece entrar a tomar un café? —pregunté, pero hasta a mí me sonó desganada mi pregunta.

—No, gracias. Tengo que volver. Asegurarme de que Fergal no está haciendo de las suyas.

Sonreí, insegura de cómo debíamos despedirnos.

—Siento lo del bosque, Holly. Me lo estaba pasando muy bien hasta ese momento. Bueno, también siento lo de la rama, pero lo que quiero decir es que ha habido cosas de la excursión que he disfrutado muchísimo.

Miré sus ojos marrones, hipnotizada de nuevo.

–Yo también –ya estaba, ya lo había dicho. Había disfrutado de nuestra salida, había disfrutado sintiéndome así otra vez–. Siento ser tan difícil, Ciaran. Es solo que... no estoy acostumbrada a esto. No me sale fácilmente.

–¿Quieres que lo intentemos otra vez? Quizás en algún sitio menos... boscoso. Porque por lo visto el principal escollo que hemos tenido han sido los árboles –estaba sonriendo, y no pude evitar hacer lo mismo.

–Me parece muy bien, Ciaran. Gracias –¿cómo era posible que no hubiera salido huyendo aún?

–De acuerdo, pero esta vez me toca elegir a mí, ¿vale? –preguntó.

–Me parece justo –hice una mueca–. ¿Dónde estabas pensando?

–Déjamelo a mí. Te llamo –salió de un salto del coche y dio la vuelta para abrirme la puerta. Después, llevó lo que quedaba de nuestra comida campestre a la casa. No alargó mucho la despedida, y yo se lo agradecí.

–Yo te llamo –repitió en la puerta. Me dio un largo beso en la mejilla y se marchó.

Era extraño que el simple hecho de cerrar los ojos pudiera ayudarte a ver las cosas más claramente. Los contornos de la boca de una persona, por ejemplo, la tierna abertura de sus labios. Levanté una mano para tocar el lugar donde esos labios se habían posado apenas una hora antes, para recordar esa sensación, y noté un aroma penetrante a caballo.

Con razón Dave me había olisqueado a conciencia. Pensaba que era por la bolsa de la comida. Puaj. Dejaría el café para después de ducharme. En cuanto crucé el recibidor, oí la vibración amortiguada de mi móvil, que esa mañana había dejado encima de la cama. ¡Ay, no! ¿Habría dado a luz mi pobre hermana en el jardín de su casa porque no había podido encontrarme?

Corrí escaleras arriba, entré en mi cuarto, aparté bruscamente los jerséis y vi que el nombre de Martha brillaba furiosamente en la pantalla.

—¿Hola? ¿Martha? ¡Hola!

—¿Se puede saber dónde te has metido? ¡Llevo todo el día llamándote!

—¿Qué ha pasado? ¿Estás bien? ¿Has dado a luz?

—No, loca. Pero me alegra saber que siempre estás a mano, Hol.

Empecé a respirar otra vez. Aquel bebé ya me estaba dando taquicardias y todavía no había nacido.

—En fin, volviendo a mi primera pregunta, ¿dónde demonios te has metido?

—En ninguna parte. Solo he salido a dar una vuelta —jadeé.

—A mí no me mientas, Holly Jefferson. Sé que me estás ocultando algo, y no pienso soltar el teléfono hasta que me digas que es.

No quería que Martha malinterpretara mi amistad con Ciaran, una amistad que ni yo misma entendía.

—¿Cuánto tiempo llevas escabulléndote por ahí con Ciaran Argyll?

Su nombre me hizo daño en el oído.

—¿Qué? Yo no me escabullo con él. ¿Has hablado con Jesse?

—Ah, conque Jesse lo sabe, ¿eh? Lo sabe todo el condado, ¿y yo tengo que adivinarlo?

—Cálmate, Martha. Nadie sabe nada. ¡No hay nada que saber!

—Pues ahora sí, porque esta mañana ha salido tu foto en el *Sunday Journal*.

—¿Qué? ¿En el *Sunday Journal*? ¿Qué foto?

—La foto en la que tú, mi hermana, te subes a una limusina con unos Dior en la mano, seguida por Ciaran Argyll. Porque eres tú, ¿no? Al principio no me parecía, con ese vestido, pero los zapatos te delatan.

–Ah, no, no. Martha, no tires ese periódico. Aquí no llega el *Journal*. Me doy una ducha y voy para allá.

–Ni lo sueñes. Llevo semanas encerrada en esta casa, contando los días. Dentro de media hora estoy allí.

Oí un chasquido y se cortó la llamada. Tenía doce llamadas perdidas suyas. ¡Doce! Temí lo que diría el artículo. El *Journal* llegaba a todo Hunterstone, y a la ciudad, de donde eran casi todos mis clientes.

Me pasé casi toda la ducha repasando de memoria las fotografías de Ciaran que había visto en Internet. Ciaran con una rubia, Ciaran con gemelas, Ciaran cubierto de sangre con una mujer descalza... Yo no era más que una estadística. No había hecho más que... en fin, besarlo, y ya era la última de una larga lista de mujeres.

Acababa de salir de la ducha cuando oí el coche de Martha fuera. Debía de haber venido a toda velocidad, y se suponía que ni siquiera debía conducir. Entré corriendo en mi habitación para cambiarme mientras la veía cruzar el jardín caminando como un pato redondo.

Se abrió la puerta de la casa.

–¿Hola? ¡Sal, sal de donde estés!

Me puse unas mallas y una vieja camiseta de béisbol.

–¡Hola! –grité, preparándome.

–A mí no me vengas con «hola». ¿A qué viene guardarme secretos?

Me acerqué al descansillo y miré escalera abajo. Estaba en el recibidor, con una mano en la cadera y otra sujetando el periódico.

–¡Ahora no, Dave! –gritó mientras yo bajaba.

Dave sabía que no tenía nada que hacer, y lo dejó. Mi hermana levantó el periódico, abierto por la página cuatro, donde una fotografía de buen tamaño mostraba a dos personas escapando de algún tipo de trifulca. El titular decía:

El hijo pródigo de Argyll a punto de perder la guerra de licitaciones. Presentí que no diría cosas agradables.
—¡Parecéis Bonnie y Clyde, Hol! ¿Qué está pasando?
Le quité el periódico y me fui a la cocina mientras leía el pie de foto.
—Enciende la tetera, Martha.
El playboy escapando a toda prisa con su última conquista.
—Te convendría tomar algo más fuerte que un café —comentó Martha.
—¡Shh!

El único hijo del magnate de la construcción Fergal Argyll ha agravado los problemas que atraviesa la empresa familiar al ser incapaz de comportarse en su propia fiesta de cumpleaños. Argyll, que cumplió treinta años la semana pasada, fue visto abandonando el Gold Block, el afamado rascacielos construido por Argyll Incorporated en el centro de la ciudad, con visibles heridas en la cara tras mantener un altercado con un transeúnte sin identificar. Al parecer, Argyll se apropió de la limusina de un invitado a la fiesta para escapar del lugar de los hechos con una mujer desconocida y medio desnuda...

—¡Medio desnuda! ¡Pero si solo llevaba los zapatos en la mano!

El incidente sucedió apenas dos semanas después de que Argyll Incorporated fuera advertida en términos muy claros de que su oferta por la adquisición de veinte mil metros cuadrados de terreno urbanizable de primera calidad corría riesgo de ser rechazada si la empresa seguía atrayendo publicidad negativa. La Fundación Lux, propietaria actual de los terrenos, situados en las inmediaciones de las vías del tren de alta velocidad cuya construcción tiene prevista el gobierno, es conocida por su minuciosidad a la hora de evaluar a posibles inversores.

Este nuevo traspié de Argyll debe de haber causado euforia en Sawyers Construcciones, la principal competidora de Argyll, dado que solo puede fortalecer su posición en la guerra de ofertas por la adjudicación de los terrenos. Son conocidas desde hace tiempo las enconadas relaciones entre las dos familias rivales, que según se cuenta comenzaron cuando Clara Sawyer, la hija de James Sawyer, rompió su compromiso matrimonial con el impetuoso heredero de los Argyll. A juzgar por esta fotografía, dudamos que lamente su decisión.

Me quedé de piedra.
—Eso no es justo. No es... justo —dije mientras Martha ponía sendas tazas entre nosotras—. No hizo nada malo esa noche. Se portó como un perfecto caballero.

Martha no dijo nada.
—¿Cómo pueden escribir estas cosas si no saben nada?
—Entonces ¿es verdad que se metió en una pelea?
—No fue así, Martha. Había unos tipos que..

Mi hermana no necesitaba enterarse de aquello.
—Se estaban peleando y él intentó separarlos. Nada más. No huía de nada. Solo dijo que no podía volver a entrar en la fiesta con ese aspecto. Que llamaría la atención.

—Eso ya lo ha hecho. Pero ¿qué hacías tú en ese sitio, Holly? ¡Y vestida así!

Le conté a Martha por qué había ido a Los Salones Dorados, omitiendo cualquier incidencia de mi relación con Ciaran. Sin embargo, era absurdo no contarle que se había quedado a dormir en mi casa. En algún momento se enteraría por Jesse. En cuanto se lo dije, no paró de sonreír.

—¿Y no te diste cuenta de que os estaban haciendo fotos? —preguntó, entusiasmada todavía porque Ciaran se hubiera sentado en aquella misma barra de desayuno.

—No, no tenía ni idea. Habría vuelto a ponerme los zapatos —sonreí.

—Parece que los periódicos la tienen tomada con él. Y mencionar que esa tal Sawyer lo dejó plantado... Qué mala idea.

—Tú eres fan de esos periódicos, Martha. ¿Sabías que había estado comprometido?

—No desde que lo tengo en el radar... —sonrió maliciosamente—. Y yo solo sigo a los que dan más juego. Si estuvo comprometido, en aquella época debía de ser mucho más discreto. ¡Ay! Vamos a buscarlo en Google. ¿Cómo se llama ella? ¿Cara? ¿Clara?

—¡No! No vamos a hacer eso, Martha. No es asunto nuestro. Ya hay suficiente gente fisgando en su vida.

Martha me miró atentamente con sus bonitos ojos castaños, que la longitud de sus pestañas hacían aún más bonitos.

—A ti te gusta —dijo, clavándome la misma mirada que me habría dirigido mi madre.

—¡No, qué va! —repliqué. Seguramente era la respuesta más infantil que podía haberle dado.

—Mentirosa. Tus mejillas te delatan —sonrió—. Te has puesto colorada como un tomate, Holly. Hasta los ojos se te están poniendo rojos.

—La verdad es que me he dado un golpe con una rama —me bajé del taburete y empecé a vaciar la bolsa del picnic—. ¿Tú no tenías un largo y doloroso parto al que asistir, Martha? Por mí no te entretengas.

Me ignoró y se acercó para picotear de la comida mientras la sacaba de la bolsa.

—¿Y toda esta comida? ¡Pero si has hecho ensalada de col! Oh, oh, ¡y dos tazas! Has salido con alguien, ¿verdad? ¡Has tenido una cita! ¿Con él? ¿Con Ciaran?

Por eso precisamente no quería decirle nada: porque iba a hacerse ilusiones y luego, cuando todo se desinflara, tendría que evitar sus ojos llorosos y sus conversaciones apesadumbradas.

–Mira, Martha, tú me conoces, sabes que todo eso no va conmigo. ¡No sé qué estoy haciendo! No me siento a gusto en ese mundo –dije, sacudiendo el periódico.

–¿En qué mundo, Hol? ¿Te refieres a salir de picnic con un millonario que está para morirse de bueno y que se interesa por ti?

–No, no me refiero al picnic. Me refiero a que me hagan fotos y me llamen «su última conquista». Y antes de que eches las campanas al vuelo, él no es millonario, Martha. Solo trabaja para su padre.

–Está bien, Holly, si tú lo dices... Pero ¿qué importa eso? ¿Qué más da todo, con tal de que te lo pases bien? Bien sabe Dios que te hacía falta.

–Yo me lo paso bien –afirmé, poniéndome más a la defensiva de lo que era necesario.

–¿Ah, sí? ¿En el trabajo? ¿O los sábados por la noche viendo películas en nuestra casa? ¿O te refieres a que te lo pasas bien aquí, con un perrazo que pesa media tonelada como única compañía? Porque, que yo sepa, no sales mucho, Hol –en ese momento no parecía mi madre. Parecía mi hermana mayor, la que siempre había cuidado de mí.

–Pero ¿qué puede haber visto en mí, Martha? No me parezco en nada a las mujeres con las que está acostumbrado a salir. ¡Él mismo lo dice!

–Siempre has sido igual, Hol, hasta cuando éramos pequeñas y te ponías a jugar en la tierra mientras las demás nos hacíamos trencitas en el pelo, o preferías ponerte ropa usada espantosa en vez de un vestido bonito. Ni siquiera entonces te dabas cuenta de que los chicos te miraban. Hablo por hablar, pero es posible que sea precisamente porque no eres como las mujeres a las que está acostumbrado.

–Él no sabe cómo soy, Martha. No soy lo que piensa –no era lo que pensaba nadie. Había pasado los últimos dos años ocultándome.

–¿Y quién te dice que él sí es como tú piensas? ¿Por qué desconfías tanto, Hol, si te gusta?

–¡Porque no quiero ser otra conquista! Tú misma has visto con cuántas mujeres ha estado. ¡Y a mí hace dos años que nadie me besa! –hasta ese día, en el bosque. Me dio un vuelco el estómago al recordarlo.

–Acabamos de comprobar que no puede una fiarse de lo que digan los periódicos, Holly. ¡Tú misma has dicho que no saben qué pasa con él! ¿Cuántas de tus impresiones sobre él se basan en la opinión de otras personas? No puedes juzgarlo ecuánimemente basándote en eso, y lo sabes muy bien. Ese artículo te ha hecho un favor: ahora ya sabes que todo eso son gilipolleces –sonrió. Martha no solía decir tacos.

–No pueden ser todo gilipolleces, Martha. He visto cómo se comportan las mujeres con él. Son como tiburones alrededor de... –la comparación de Ciaran se me atascó en la lengua.

–¿Tiburones alrededor de qué? ¿De sangre? Pues entonces no me extraña, Hol –dijo, posando una mano sobre su vientre hinchado.

–¿No te extraña qué?

–No me extraña que se comporte como un playboy emocionalmente impenetrable. Lo de esa tal Clara lo dejó muy quemado y ahora se está escondiendo. Algo que los dos tenéis en común.

–Yo no me escondo –dije.

–Sé que te gusta. Te estás escondiendo de eso. Y también te escondes detrás de todas esas tonterías sobre su carácter que en realidad no te crees. No son más que una excusa para eludir el verdadero problema.

–Vale, Martha, lo que tú digas –no iba a ponerme a discutir con una embarazada con las emociones a flor de piel.

–Te conozco, Hol, y sé que si has dejado que entrara en tu ciudadela, tiene que significar algo para ti. Y también sé que, si no lo reconoces, es por una sola razón.

–¿Ah, sí? –dije, dándome por vencida.

–Sí. Por Charlie.

Capítulo 25

Pasé el resto del domingo intentando quitarme de la cabeza lo que había dicho mi hermana. Ya no éramos niñas. Martha no siempre tenía razón. Su problema era que seguía creyendo en cuentos de hadas aunque nunca la hubiera chamuscado el dragón.

El lunes sentí sobre todo alivio por que Ciaran no me llamara. El martes trajo consigo dudas insidiosas, reflexiones y, después, la constatación de lo evidente. Yo misma había dicho que no estaba hecha para él. Lo había sabido desde la primera vez que lo vi aquella noche a la entrada de la mansión, con Penny la Reina de Hielo. Había llegado el miércoles, y con él llegó la resignación.

–¿Se puede saber qué te pasa, Hol? Creo que nunca te había visto tan... desinflada.

–No estoy desinflada. ¿Has terminado ya las galletas?

–Te noto un poco susceptible. Sí, están casi acabadas. Se están secando, luego podemos ponerle la nata. ¿Te apetece un café?

Negué con la cabeza. No estaba desinflada.

–Me voy donde las chicas de oro a por un zumo. Creo que necesito un subidón de vitamina C o algo así. ¿Quieres algo? –pregunté.

–¿Vas a acabar con el boicot? Sí que debes de necesitar un subidón –se rio por lo bajo.

—No voy a acabar con el boicot. Solo es una tregua. ¿Quieres algo?
—No, nada, gracias.
No me molesté en contestar al teléfono cuando pasé junto a él, camino de la puerta.
—¿Contestas tú, Jess? —grité por encima del hombro. No esperé a comprobar que me había oído.

Mientras estaba en la cola, escuchando a las chicas de oro coquetear con los dos hombres que había a mi lado, vi a Jess a través del escaparate, al otro lado de la calle, riéndose y hablando por teléfono con los codos apoyados en el mostrador.
—¿Siguiente?
Supuse que sería una de sus amiguitas, que lo llamaba para charlar un rato. Aleta Delgado, seguramente.
—¿Siguiente?
El señor trajeado que iba detrás de mí me tocó en el codo mientras la chica de oro A esperaba mi pedido. Sus cejas se levantaron, arrugando su piel morena y correosa hasta casi alcanzar su pelo cardado.
—Un zumo de mango y piña, por favor —ni siquiera debería haberme molestado en pedirlo por favor: al tipo que había pedido delante de mí, le habían puesto un chorro de nata extra en los bollitos, y al de detrás ya le habían hecho un cumplido sobre su corbata. ¿Y a mí solo «siguiente»?
—¿Grande o pequeño?
—Pequeño, por favor —maldición, se me había vuelto a escapar el «por favor».
—¿Va a comérselo aquí o fuera?
—Voy a bebérmelo fuera —contesté con énfasis. Un punto para mí. La chica de oro B, casi la versión en negativo de su compañera, con su pelo cardado de color negro y su piel pálida, levantó las cejas al pulsar las teclas de la caja registradora.

Yo volví a mirar a Jess, que seguía charlando.

—Trabajas ahí enfrente, ¿verdad, cielo? ¿Con ese moreno tan guapo de ahí? —la que tenía el pelo más oscuro de las dos señaló con el pulgar por encima del hombro, hacia el escaparate.

—¿Jesse? —pregunté.

—Eso, Jesse. ¿Puedes darle esto? No lo hemos visto en toda la semana.

Vi que movía sus garras pintadas de color brillante sobre los rollitos de canela y que metía el más grande en una bolsa de papel.

—Claro —suspiré, intentando que sus uñas no me rozaran.

La chica de oro A me pasó mi zumo y me cobró una pequeña fortuna por él.

—Es todo fruta fresca. Puede que te anime un poco —sus labios, a juego con sus garras, me sonrieron—. Dile a Jesse que lo echamos de menos.

Esperé a salir para dar el primer trago a mi zumo.

«Umm, qué bueno está», pensé mientras cruzaba la calle.

Jess irradiaba alegría cuando entré en Tarta. No había duda: estaba hablando con una chica. Rodeé el mostrador para entrar en la trastienda, pero me cortó el paso estirando el brazo.

—Sí, tío, no hay problema. ¿Quieres hablar con ella? Acaba de entrar.

—¿Rob? —le pregunté gesticulando sin emitir sonido. Negó con la cabeza.

—Sí, se lo digo. A las nueve en punto en su casa, y que le diga a la señora H que dé de comer a Dave. Entendido. Ahora mismo se lo digo. Chao, tío... Sí... Hasta luego.

—¿Quién era?

Levantó una ceja.

—Bond, Ciaran Bond. Va a ir a recogerte por la mañana.

—¿Era Ciaran? —casi se me estranguló la voz cuando pronuncié su nombre.

—Sí, hombre, y te tiene preparada una sorpresa para mañana.
—Pero si mañana es jueves... ¡Tengo que trabajar!
—Ya no. Está todo arreglado. Yo me ocupo de la tienda y él me presta su palco en el fútbol este domingo.

Una mezcla de euforia y temor comenzó a agitarse dentro de mi pecho. Bebí más zumo para tragarme aquella sensación.

—Bueno, ¿y qué ha dicho, Jess? ¿Adónde va a llevarme?
—No lo sé, pero ha dicho que te pongas lo que quieras, algo informal, y que estarás fuera hasta última hora de la tarde —se apoyó en el mostrador e intentó poner una cara de inocencia que nunca le quedaba bien. En cuestión de segundos se transformó en una amplia sonrisa—. ¿Qué zumo has pedido, Hol? —preguntó maliciosamente—. Porque no sé de qué sería, pero parece que sí te ha dado un subidón.

A mí no me gustaban las sorpresas, ni aunque pudiera llevar ropa informal. Había sido más fácil la vez anterior, cuando había tenido que preparar la comida para el picnic. Esta vez, en cambio, la espera se me hizo eterna, bebí demasiados cafés y cuando llegó la hora estaba desquiciada y no tenía nada con lo que distraerme, como no fuera morderme las uñas.

Vi como las ocho cuarenta y cinco se convertían en las ocho cuarenta y seis. A las ocho cuarenta y siete llamé a la señora Hedley por encima de la valla de atrás.

—Buenos días, señora Hedley.
—Buenos días.
—¿Qué hace? ¿Dar de comer a los pollos?
—No, solo estoy echando un vistazo a las plantas. Algunas de estas macetas necesitan cuidados —llevaba en las manos una planta que parecía difunta.
—Vaya, esa parece destinada al montón del compost —dije con pesadumbre.

—No lo creas.

La vi verter un poquitín de agua sobre las hojas marrones y mustias de la planta. Luego me la puso en los brazos.

—Donde hay vida, hay esperanza. Algunas cosas solo necesitan una oportunidad para crecer. Ponla en tu ventana.

Genial. Aquellas hojas marrones y quebradizas no iban a reverdecer, y ahora tendría que buscarle sitio durante unas semanas, antes de tirarla a la basura.

—Gracias —dije—. Voy a salir. Dave está encerrado en la cocina, pero ¿podría darle de comer? Por si vuelvo tarde.

—¿Vas a algún sitio bonito? —preguntó.

—Todavía no lo sé —me encogí de hombros—. Ya se lo diré.

Dave comenzó a ladrar y la señora Hedley esbozó una sonrisa.

—Que os divirtáis.

Yo ya había visto caminar a Ciaran hacia mí las veces suficientes para que no se me tuviera que acelerar la respiración. Claro que esta era la primera vez que lo veía después de salir fotografiada en un periódico con él, después de sentir sus dedos entre mi pelo y después de que me besara.

—Hola —dijo, parándose cerca de la puerta.

—Hola. ¿Algo informal, entonces? —señalé su ropa: las mismas botas de cuero que había llevado a montar a caballo, unos gruesos pantalones de color mostaza, camiseta blanca y una gruesa sudadera gris con capucha con la cremallera subida.

—Nada de restaurantes pijos hoy, te lo prometo —sonrió. Se había quitado los puntos de aproximación de la ceja y el hematoma ya solo era una manchita más oscura bajo la piel—. ¿Estás lista?

—Sí, solo tengo que recoger mis llaves.

—Yo te las traigo. Tú sube al coche. ¿Dave está en la cocina? —pasó a mi lado, entró en el recibidor y vio mis llaves encima de la mesa.

—Sí, he cerrado las puertas, ¿verdad?
—Voy a ver —comprobó que la puerta de la cocina estaba cerrada, salió y cerró la puerta con llave.
La señora Hedley se asomó a su puerta.
—Buenos días, joven. ¿Qué tal va ese ojo? —gritó, saliendo al camino.
—Bien, gracias, Cora. ¡Estás guapísima esta mañana!
La señora Hedley se echó a reír.
—¡Anda, sinvergüenza!
Ciaran me recordaba a Jesse en algunos aspectos.
—No tardo ni un minuto —me susurró al oído, y se acercó a ella. Le susurró algo a ella también y se reunió conmigo junto al coche.
—Bueno, ¿adónde vamos? —pregunté al montar.
—Hoy voy a llevarte a vivir una experiencia al estilo Argyll. ¿Qué tal andas de puntería? —preguntó, poniendo en marcha el motor.
—¿De puntería?
—Sí, de puntería.

Con él era todo fácil. Cómodo. Demasiado, incluso. Cuando llegamos al bosque, me sentía tan a gusto que me partí de risa cuando me contó una anécdota acerca de una vez que Fergal confundió el botellón de agua de una sala de juntas con un urinario.
Estaba tan relajada que no pensé en la ruta hasta que, pasado el centro de visitantes, tomó el mismo desvío en el cruce. Me alegré de que lo hiciera. No tenía más excusas para impedir que fuéramos por ese camino.
Le había pinchado para que me dijera qué íbamos a hacer. Me convenció de que fuéramos a pescar, pero, en cuanto a lo de cazar, después de regatear un poco aceptó que cambiáramos las perdices por pichones de arcilla.
—¡Hola, querida! Me alegro mucho de volver a verte —Mary era la perfecta anfitriona de cualquier casa.

–Hola, Mary. Yo también me alegro de verte –sonreí.
Pareció complacida por que recordara su nombre.
–¿Puedo traeros una taza de té? ¿O algo de desayuno? No has comido nada esta mañana, Ciaran.
–No te preocupes por eso, Mary. Hoy me encargo yo de Holly. Solo para que vea que sé atarme los cordones de los zapatos.
–Ah, estupendo –sonrió–. Tu padre está en la cocina.
–Pues retenlo ahí, ¿quieres, Mary? Luego vamos a sacar las escopetas, y no quiero que Holly le confunda con un jabalí. Podría heredar antes de lo previsto.

Mary tuvo la amabilidad de reírse, y fue agradable ver tan relajado a Ciaran. Parecía siempre tenso, como un muelle que podía saltar en cualquier momento. En Hawkeswood se sentía a gusto.

La mañana de pesca fue... interesante, pero Ciaran tuvo que encargarse de los gusanos, que a mí me daban asco, y cuando sacó una anguila del agua decidí que había llegado el momento de jugar con las pistolas.

Fergal fue a reunirse con nosotros y se sentó en uno de los asientos de piedra que daban al río, cuyas aguas se tragaban cada uno de los discos de barro que Ciaran volaba en el aire.

–Me duelen los brazos. ¿Quieres tirar tú? –le pregunté, sentándome a su lado en el banco de piedra.

Agarró la escopeta y me pasó el patito de madera que había estado tallando con su navaja.

–Qué bonito –dije, dándole la vuelta para admirar la simetría que había logrado con una herramienta tan sencilla–. Yo quise aprender a tallar en el colegio, pero mi madre decía que no era cosa de chicas.

–¿Y disparar? ¿Lo consideraría una cosa de chicas? –preguntó.

Mi madre habría considerado aceptable cualquier cosa que se hiciera en una finca como aquella. Otra razón por la que no quería que supieran lo de Ciaran.

—Supongo que dependería de a qué le disparara –sonreí.
Fergal se rio.

—Ah, sí, hay algunos por ahí a los que me gustaría apuntar con esto, te lo aseguro. James Sawyer, por ejemplo.

—Cuidado, Fergie. No querrás que Holly evalúe tu destreza con la navaja. Es toda una artista –comentó Ciaran, señalando con la cabeza la talla que tenía en las manos.

—Sí, ya lo vi cuando me sirvió mis pelotas en una bandeja, muchacho –Fergal me pasó la navaja–. Prueba, muchacha. Quítale un poquito de aquí arriba.

—Ah, no, lo echaría a perder. La madera es más dura de moldear de lo que parece –contesté.

—Entonces ¿al final aprendiste a tallar? –preguntó.

—No, yo no. Pero una vez vi a mi marido hacer un churro con un poste de escalera.

—Sí, Ciaran me ha contado lo de tu marido. ¿Charlie, se llamaba? Sí, niña, qué carga tan terrible para alguien tan joven. Lo siento mucho.

—A cualquier edad, señor Argyll. Pero fui afortunada por tenerlo a mi lado –quizá fuera inadecuado, pero tenía que pronunciar su nombre allí, por él.

—Llámame Fergal. ¿A tu Charlie no se le daba muy bien trabajar con las manos? –preguntó, impertérrito.

—No, al contrario, era muy mañoso. Fue él quien se encargó de reformar casi toda nuestra casa.

—Y lo hizo muy bien. Tuvo que ser mucho trabajo para una sola persona –añadió Ciaran.

Me alegré de que se uniera a la conversación.

—Bueno, no lo hizo todo él. Compramos la mitad de una granja con la condición de dividirla en dos casas. Para ahorrar dinero, Charlie hizo casi todas las obras, pero los chicos del aserradero lo ayudaron con la escalera y otras cosas.

—¿Qué aserradero? ¿No será el de Beckitts? –preguntó Fergal.

–Sí, ese, Beckitts. Muchos de los chicos del aserradero trabajaban en la comisión forestal con Charlie. ¿Los conoces?

–Trabajamos mucho con ellos –dijo Ciaran.

–Sí, son buena gente –convino Fergal.

–Sí que lo son –sonreí–. Me acuerdo de que se partieron de risa cuando Charlie destapó el toque final que le había dado a la escalera. Había intentado que fuera un búho, para que fuera lo primero que viera la gente al entrar en nuestra casa, pero acabó saliéndole un cacahuete.

–¿Y le hiciste cambiarlo? –preguntó Fergal con una sonrisa.

–No, menos mal. Sigue exactamente igual, y me alegro. Me recuerda a él cada vez que entro por la puerta.

Al principio no había sido así. Al principio, era una cosa más que tenía que sortear. Me refrenaba para no agarrarme al remate de la barandilla cada vez que pasaba a su lado, porque aún podía distinguir las minúsculas marcas de lápiz que había hecho Charlie. Me daba un miedo atroz borrarlas sin querer.

–¿Me perdonas, Holly? Enseguida vuelvo –Ciaran regresó a la casa corriendo suavemente.

Fergal hizo amago de levantarse, pero luego se lo pensó mejor.

–Bah, qué más da –gruñó, y sacó una petaca de su chaqueta. Le quitó el tapón y me la ofreció.

El whisky me arañó la garganta al pasar, pero me hizo entrar en calor de inmediato. Fergal también bebió un trago.

–No es propio de mi hijo hablarme de mujeres, y menos aún de jovencitas tan encantadoras como tú, enamoradas de sus maridos –sus ojos eran como hielo negro debajo de las serias cejas–. Porque quieres a tu marido, ¿verdad, muchacha?

Le sostuve la mirada.

–Pienso en él todos los días –contesté.

Fergal asintió con la cabeza.

—Ya. Es lo que me parecía. Duele, ¿verdad? —preguntó al ofrecerme otro trago.

—Todos los días —repetí con una sonrisa.

—Pues alégrate, muchacha. Hay gente que se pasa la vida entera sin saber lo que es el amor. Puede que no volvamos a encontrarlo, pero al menos sabemos qué hay que buscar.

Me recosté en el banco, a su lado, y contemplé el agua. Había tanta paz allí... Aunque no tanta como en la ladera de mi casa. El agua se movía sin cesar.

—¿Y Ciaran? ¿Sabe qué buscar? —la pregunta escapó de mi boca.

—Creía que sí. Estuvo comprometido con una muchacha que todos creíamos que lo quería. Pero, al final, lo que le enseñó Clara fue lo que no debía buscar.

—¿Lo que no debía buscar? ¿Una chiflada, por ejemplo, o una viuda...?

—Mujeres a las que solo les interesa lo que pueden obtener de él. Mujeres que le den la espalda en cuanto le surja alguien mejor. Mujeres que finjan ser lo que no son para sonsacarle información y pasársela a su papá.

—Lo siento, Fergal. Debió de ser muy doloroso para él —dije en voz baja.

—Bueno, nos engañó a todos. En realidad no fue culpa suya. A algunas chicas las educan para que piensen en los hombres así, como si fueran el surtido de una máquina expendedora. Están entrenadas para amar el dinero antes que al hombre que lo gana. Pero Clara echó a perder a mi chico. Cambió su forma de ver a las mujeres, hasta hacerle olvidar lo maravillosas que pueden ser —se volvió cuando Ciaran llegó al banco.

—Perdona, Holly. Tenía que hacer una llamada. Espero que mi padre no te haya matado de aburrimiento.

—No, no. Solo estábamos mirando el paisaje —contesté.

—¿Tienes frío aquí fuera? Mary ha recogido la cocina,

así que he pensado que puedo enseñarte lo bien que hago los sándwiches.

Fergal me estaba observando, pero Ciaran no se dio cuenta. Un ligero gesto de asentimiento con la cabeza, y los dos nos entendimos.

–De acuerdo, chef, pero nada de anguila, por ahí no paso –me reí.

El resto del día fue delicioso. Hablamos de todo: de nuestros tiempos en el colegio, de nuestros recuerdos de infancia, de nuestras películas favoritas, de lo pesados que eran nuestros padres... A medida que avanzaba el día, la distancia que nos separaba fue haciéndose cada vez más pequeña en todos los sentidos. Ciaran tuvo muchas oportunidades de ver si estaba dispuesta a que me besara, igual que en el bosque. Durante todo el día intercambiamos caricias sutiles y miradas cómplices, ansiando ambos que una de ellas se convirtiera en otro beso esquivo.

Pero no ocurrió nada.

Y así siguió el día hasta mucho después. Mientras cruzábamos el patio en silencio hacia el coche de Ciaran, sus dedos se deslizaron por fin hábilmente entre los míos.

Me detuve, no pude evitarlo, y lo miré. Miré su mechón de pelo castaño, que seguía cayendo hacia delante en el mismo sitio, miré el corte de su ceja, y sus ojos abisales, que me observaban fijamente. Había llegado el momento: iba a besarme otra vez. Se me aceleró el corazón, se me entrecortó la respiración y entonces...

¡Bum!

Ciaran se agachó, yo hice lo mismo y me tapé las orejas con las manos. Por encima de nosotros, una bandada de pájaros levantó el vuelo chillando, y en algún lugar de la finca comenzó a sonar una alarma.

–¡Santo cielo, Fergal! –gritó Ciaran.

–¿Qué ha sido eso? –pregunté sin atreverme a moverme.

–No pasa nada. Parece que Fergal ha sacado el rifle de cazar elefantes.
 –¿El rifle de cazar elefantes?
 De pronto solté una carcajada. Ciaran también se rio. Tenía una risa bonita, una risa que me llegó a la tripa y se extendió por ella.
 –Vamos –dijo–, tengo una sorpresa para ti.

Capítulo 26

La risa de Ciaran resonó hasta alcanzar nuevas cotas en el camino a casa. La excentricidad de Fergal desató en nosotros una hilaridad infantil que pareció aumentar con cada broma y cada comentario que hacíamos. Nos reímos tanto que iba a tener que parar si no nos calmábamos pronto. Fue maravilloso.

Yo seguía llorando de risa cuando abrí la puerta del coche delante de mi casa.

–¿Entras? –dije con una sonrisa.

–Adelántate tú. Yo tengo que hacer una llamada –me devolvió la sonrisa.

–Vale. Voy a encender la tetera –dije mientras me sacaba las llaves del bolsillo y buscaba la que abría la puerta. Pero cuando la metí en el ojo de la cerradura, no giraba. Lo intenté del otro lado y noté que el resbalón encajaba en su sitio. Cuando por fin entré a tientas en la casa, Dave se estaba volviendo loco en la cocina. Arañaba la puerta sin parar.

–¿Qué pasa, Dave?

Pasó corriendo a mi lado y se puso a olfatear el suelo del pasillo. Al principio no me di cuenta de qué pasaba. Salió del recibidor y entró en el salón mientras yo me daba cuenta por fin de qué había cambiado.

Dejé que mis ojos se movieran lentamente, aunque todavía no entendía del todo lo que estaba viendo.

El pasillo era azul.

Dave seguía olfateando y resoplando, y no me hizo caso cuando entré lentamente en el salón. Mi salón, que esa misma mañana había sido un frío almacén de muebles, parecía... el de la casa de otra persona. La repisa de roble de encima de la chimenea era de un color más claro. Encima de ella había jarrones que no había visto desde que vivíamos en el piso y que se reflejaban en un espejo grande y desconocido colgado encima.

El sofá de color marrón estaba ahora en el centro de la habitación, encima de una alfombra que yo no había comprado. Delante había una mesa baja nueva, a juego con la repisa de la chimenea, y la cómoda de mi madre estaba ahora al fondo, pegada a la pared.

«¿Qué demonios...?».

Las cornamentas de ciervo de broma que Charlie había hecho con palos colgaban a ambos lados de la chimenea, encima de estantes ocupados con mis libros de la universidad, y encima de la mesa de café colgaba una lámpara de ramas.

Aquello no era cosa de Martha. Era una buena decoradora, pero aquello era...

Yo nunca había visto una habitación tan bonita, tan perfecta para nosotros. Todo encajaba: los tonos cálidos de la madera y el cuero, los verdes suaves de los cojines y los colores de las paredes. Las paredes de las que habían sido borrados para siempre los brochazos de prueba que había dado Charlie.

Se me encogió el corazón.

Corrí a su rincón, donde solía dormir cuando nos peleábamos, y lo encontré intacto. Pero mi alivio fue pasajero.

Me tropecé con Dave al salir al pasillo.

La madera parecía intacta, pero ¿lo estaba? ¿O la habrían arruinado de alguna manera? Intenté que mis ojos desquiciados se calmaran lo suficiente para escudriñar el poste de la barandilla, buscando las marcas de lápiz que

Charlie había dejado allí, y rompí a llorar cuando las encontré.

Estuve allí sentada un rato, con la cara entre las manos, sollozando por aquella invasión inexplicable. Dave pasó unos minutos olfateando la nueva alfombra de rayas que tenía a mis pies y después me prestó su cabeza para que me apoyara en ella. Comenzó a gemir. Había estado todo el día allí encerrado, mientras gente extraña hacía cosas extrañas en las habitaciones de al lado.

Una lágrima salada se deslizó hasta mi boca. Me quedé allí y sorbí por la nariz, intentando recobrarme. Me acerqué dando tumbos hasta la puerta trasera, Dave se escabulló en cuanto la abrí y yo salí tras él al aire fresco.

Las hojas naranjas caían, indiferentes, a mi lado cuando me senté en la hierba húmeda y miré el embalse. ¿Cómo era posible que un día pudiera cambiar tan rápidamente? ¿Cómo era posible que todavía me sorprendiera?

«Él no quería disgustarte», me dije. Pero no sirvió de nada. Intenté ponerme contenta por lo que había hecho Ciaran por mí. Sentirme agradecida. Pero no estaba preparada para aquello. No estaba preparada.

¿Seguía él allí? ¿O se había marchado al ver que no salía entusiasmada con mi nuevo hogar, liberada de la carga de todo lo que quedaba siempre por hacer?

Noté movimiento detrás de mí.

—No estaba seguro de que te gustara el verde —dijo, inseguro, a mi espalda—. Pero como te gusta tanto el bosque, y el diseñador dijo que era el color que se llevaba este año o algo así... —se interrumpió.

Respiré hondo entrecortadamente y seguí mirando el movimiento de las hojas.

—Me gusta el verde —dije en voz baja—. Pero no puedes entrar en mi vida y empapelar las grietas, Ciaran.

Él solo intentaba hacerme un favor, yo lo sabía, pero...

se había pasado de la raya. Aquel era territorio de Charlie. Yo era territorio de Charlie.

—No han pisado más allá del descansillo —me aseguró, poniéndose delante de mí—. Pensaba que te estaba ayudando, Holly. Que no tenías tiempo de acabar las obras. Dijiste que por eso no lo hacías.

Tenía razón: lo había dicho.

Un profundo suspiro me ayudó a ordenar mis pensamientos.

—Sé que es lo que te hice creer. Y sé que lo has hecho con la mejor intención, pero... Pero no pensé que fueras a entrar aquí con un batallón de operarios, Ciaran. Esta es nuestra casa.

—Lo era, Holly —dijo suavemente—. Era tu casa y la de Charlie. Ahora vives aquí sola.

—No, Ciaran. No quiero continuar esta conversación.

—Solo quería que tuvieras un sitio acogedor donde relajarte, Holly, en lugar de esconderte en un rincón de tu casa como un ratoncito tímido.

—¡Yo no me escondo! —dije, crispándome.

—¿No? No me gusta pensar que así es —respondió.

—¡Pues no lo hagas! ¡No pienses en mí de ninguna manera! —dije levantando la voz.

—No puedo evitarlo, Holly —susurró, y sus ojos se ensombrecieron—. No puedo dejar de pensar en ti.

Yo notaba una opresión cada vez mayor en el pecho. ¿Qué quería de mí? ¿Qué quería que dijera?

—Yo... no me escondo en mi casa, Ciaran —sí, eso era lo que necesitaba decir. Estaba harta de oírlo—. ¡La gente normal no se pone a redecorar la casa de otra persona así como así!

—¿La gente normal? ¿Y la gente normal vive sola en una casa perdida en medio de la nada, con un perrazo que da miedo como única compañía? —preguntó.

Me levanté, tan enfadada que tenía ganas de llorar otra vez.

–¡Tú todavía vives con tu padre! ¡Yo por lo menos soy independiente! –repliqué.
–No puedes limitarte a meter la cabeza bajo tierra y esperar que el resto del mundo desaparezca, Holly.
–Y tú no puedes resolverlo todo con dinero, Ciaran, y esperar que desaparezcan todos los problemas.
–No es eso lo que intentaba hacer, Holly. Ha sido solo un gesto, un gesto estúpido que no he pensado bien.
Yo no sabía qué hacer. ¿Qué podía decirle?
–Lo siento, Ciaran, pero me gustaría que te fueras.
Me tendió las palmas de las manos.
–Vamos, Holly...
Pero era demasiado tarde.
–No estaba segura de qué estaba pasando, Ciaran. Sentía cosas nuevas, cosas que hacía mucho tiempo que no sentía y que me estaban... confundiendo. Pensaba que podía hacerlo, pero lo siento, no puedo. No puedo... traicionarle.
–¿Traicionar a Charlie? Nadie te está pidiendo que le traiciones.
–¡Pero eso es lo que estoy haciendo, Ciaran! Empujarlo a un rincón para hacer sitio a otro.
Una mirada de perfecta incredulidad se extendió por su semblante.
–No espero que empujes a Charlie a ninguna parte. Nunca te he hecho sentir que no pudieras incluir a Charlie en una conversación. No quiero que te sientas así –estaba casi gritando.
–Lo siento, Ciaran. No puedo. Lo quiero.
Sentí que me cerraba, que me plegaba sobre mí misma hasta estar muy lejos de la superficie. Ciaran tocó mis brazos.
–Claro que sí. Lo sé, Holly. Pero ¿te quería él a ti?
–¿Qué?
–He dicho si te quería él a ti, Holly.
–¡Sí, me quería! –«no llores, no llores».

–¿Y era un buen hombre? –tenía otra vez un aspecto sombrío, como en la parte trasera del coche cuando nos habíamos marchado de la fiesta, magullado y sangrando–. ¿Era un buen hombre? –preguntó otra vez con urgencia.

–Sí, era un buen hombre. El mejor que he conocido –las lágrimas quemaban, subían ardiendo como la lava de un volcán.

–Entonces, si te quería y si era tan buen hombre como dices, querría que volvieras a ser feliz, Holly.

Demasiado tarde. El calor me quemó las mejillas.

–Quiero que seas feliz, Holly. Creo que yo podría hacerte feliz.

Vi con los ojos empañados que su cara se enternecía, pero yo ya estaba muy lejos, había vuelto a caer en el agujero negro.

–¿Cómo? –sonreí débilmente–. ¿Encargándome tartas y decorando mi casa? ¿Cómo vas a hacerme feliz, Ciaran? ¡Tú compras todo lo que tienes! –me desasí de sus manos y me limpié la cara con la manga–. Lo siento. A mí no se me puede comprar.

–¡Holly! ¿Adónde vas? –gritó detrás de mí.

–A trabajar. A no ser que también hayas llevado a los pintores a la tienda –repliqué.

–Holly, por favor... ¡La tienda está cerrada a estas horas! –gritó–. ¡Holly!

Seguí cruzando la casa.

–Estás huyendo, Holly. Como un ratoncillo –su frustración rebotó por las paredes de la cocina cuando me siguió.

Dejé abierta la puerta de atrás. De todos modos, había estado abierta todo el santo día.

–Estás siendo una cobarde, Holly –dijo Ciaran, siguiéndome cuando salí hecha una furia hacia la furgoneta.

Se quedó en el camino, mirándome, cuando salí del jardín.

¿Quién se creía que era para meterse en mi casa?

La furgoneta tosió y se quejó cuando metí cuarta. El

motor protestó con un gruñido, pero por mí podía caerse a pedazos. La adrenalina circulaba por mis venas. Hacía mucho tiempo que no le gritaba a nadie. Ahuyenté la idea de que había sido injusta con él, de que sus intenciones eran buenas. Quería sentir rabia, pero había empezado a dolerme la cabeza.

«Vete a la tienda. Mantente ocupada».

Mi respiración había empezado a calmarse cuando un destello negro apareció en mi espejo retrovisor. Pisé el pedal hasta el fondo. No pasó nada. Iba a menos de ochenta cuando Ciaran me adelantó. Lo vi deslizarse delante de mí y desaparecer por la curva siguiente. Cuando yo la doblé, su coche ya había desaparecido.

–Capullo. Tu coche es más rápido que el mío. Mejor para ti –mascullé.

Y otra vez hice oídos sordos a la vocecilla que me decía que estaba siendo injusta.

Cuando frené delante de la pastelería, todas las tiendas estaban cerrando y el ajetreo de la calle principal empezaba a disiparse. Al otro lado de la calle, Ciaran salió de su cohete espacial. Una de las chicas de oro estaba guardando el cartel con el menú que ponían en la acera, y se quedó mirándolo cuando se acercó a mí. Les di la espalda y metí la llave en la cerradura.

–¿Has dado un rodeo? –preguntó tranquilamente. Quería pincharme. Muy bien. Así sería más fácil.

–No todos tenemos un papá rico, Ciaran. Algunos tenemos que pagarnos el coche y no todos podemos tener uno de esos.

Se rio a mi lado, pero su risa sonó hueca.

–Entonces ¿crees que me lo paga todo Fergal?

Más allá, las chicas de oro nos observaban descaradamente. Entré en la tienda dando un empujón a la puerta.

–La verdad es que da igual, Ciaran. Tienes a muchas mujeres pendientes de ti. Pregúntales a ellas lo que piensan.

–Sé lo que piensan. Quiero saber lo que piensas tú.

La verdad era que no sabía lo que pensaba cuando estaba con él. Mi cerebro no funcionaba bien. Me volví al llegar al mostrador y lo miré de frente, intentando aferrarme a mi furia. Pero, con su semblante sombrío y su pelo claro, Ciaran parecía un objeto de exposición, como si tuviera que estar en una galería en alguna parte, donde todo el mundo pudiera admirarlo. Tan serio, tan herido. Tan desperdiciado allí, conmigo.

–Creo que estás acostumbrado a conseguir lo que quieres –tragué saliva.

–¿Y qué es lo que quiero, Holly? –preguntó con calma mientras se acercaba a mí. Su mano se movió sobre la mía en el mostrador, y volvió a entrecortárseme la respiración.

Se acercó más aún, para que pudiera sentir su dulce olor.

–No sé... –masculló–. ¿Probar algo distinto? ¿Algo feo y vulgar? –las palabras de Penny resonaron en mi cabeza, y odié no poder olvidarme de ellas.

–¿Feo y vulgar? Holly... eres preciosa.

Tragué saliva otra vez, y saqué mi mano de debajo de la suya.

–Holly –dijo detrás de mí cuando entré en el obrador–, ¿puedes estarte quieta un minuto?

–¡No puedo, Ciaran! –balbucí–. ¿Es que no lo entiendes? ¡No puedo!

Jess había empezado a preparar las rosas de *fondant*, alineadas en filas de color fucsia, amarillo huevo y mandarina, en la mesa de trabajo del centro. Estaban bien. Haría unas cuantas más. Ciaran me miró mientras sacaba las latas de colorante de la estantería del fondo.

–¿Siempre has sido tan terca? ¿O descubriste que te gustaba regodearte en la autocompasión cuando murió Charlie?

Dejé de quitar las tapas a los botes.

–¿Qué has dicho?

—Todos los días hay alguien que sufre una tragedia, Holly. No eres la única. Pero sí eres una de las pocas personas que están dispuestas a asumirlo sin rechistar.

—¿Sin rechistar? ¡Tú no me conoces! Me levanto todos los días y sigo adelante, Ciaran, intentando no envidiar a mis padres por llevar tantos años casados, o a... a Jesse por su agitada vida sexual, o a mi hermana por el bebé que le da pataditas.

—Entonces ¿quieres todas esas cosas? —preguntó, acercándose.

—¡Sí, las quiero! —empecé a echar cucharadas de pegajosa pasta rosa en el paquete de *fondant* que había abierto.

Sentí a Ciaran detrás de mí.

—Y aun así prefieres seguir viviendo con Cora. Aceptar tu soledad —dijo en voz baja.

Me acerqué a la encimera, con las rosas de Jess delante. Sabía que iba a llorar otra vez. Tomé la rosa más cercana y empecé a espolvorear torpemente el borde de los pétalos con los tintes que Jess había dejado allí.

—¡Tú has decidido vivir con tu padre! —repliqué, pero ya sentía que había perdido la discusión—. Seguramente acabarás siendo tan... tan salvaje como él.

Me agarró de la muñeca, quitándome de la mano la rosa y el pincel. Tiró de mí hacia él.

—Sí, quiero ser como mi padre. Volverme loco por una mujer, por lo mucho que la quiero y por cómo me quiere ella a mí. Mi padre quiso a mi madre desde el día que la vio jugando en la calle cuando tenía ocho años, y no ha dejado de quererla desde entonces —se inclinó hacia mí, a escasos centímetros de mi boca.

Miré sus labios mientras hablaba.

—Yo también quiero sentir eso, Holly, enloquecer de amor. Y que sea de verdad.

Un instante después, sus labios se posaron sobre los míos.

Había en ellos una urgencia que yo no había notado

cuando me había besado en el bosque, bajo la lluvia. Sentí que me hundía, que me precipitaba en caída libre cuando me besó con más ansia aún.

Un anhelo desatendido durante mucho tiempo levantó la cabeza.

Lo deseaba. Sí, lo deseaba. Y en cuanto lo pensé, el dique se rompió y noté que me ahogaba, arrastrada por la fuerza aplastante de mi deseo.

Abrió los labios y la punta de su lengua se deslizó suavemente por los míos. Sentí su sabor y la marea que me envolvía estalló. Su boca se movió sobre la mía, se deslizó ansiosamente por mi mandíbula y comenzó a depositar suaves besos junto a mi oído. Se me erizó el vello de todo el cuerpo. Me eché hacia atrás para darle acceso a todo, y dejé que su boca dibujara una senda de besos hasta mi clavícula.

Mis manos recordaban lo que había que hacer. Agarré la cinturilla de sus vaqueros y sentí el calor de su piel. Su tripa era tan tersa... Las líneas de sus caderas me invitaban a seguirlas hacia abajo. Tragué saliva y vi con la boca seca que Ciaran se desnudaba precipitadamente de cintura para arriba.

Se quedó allí un momento, con el pelo revuelto y medio desnudo, mientras yo me concentraba en respirar. Vi que él también tragaba saliva, noté movimiento en la leve sombra de barba de su cuello. Quería mirarlo, mirar su pecho y su torso musculoso, que mis dedos acababan de tocar, pero su mirada ansiosa me mantenía paralizada.

Se acercó y buscó el bajo de mi camisa. Me sostuvo la mirada mientras desabrochaba el botón de abajo. Luego el siguiente. Y el otro. No dijimos nada cuando me quitó la camisa de los hombros.

Cuando sus labios tocaron otra vez los míos, comprendí que estaba perdida.

Tenía razón.

En cuanto nos tocamos, mi cuerpo reaccionó. Sentí que me alzaba hacia él, que me ofrecía a él.

Hacía tanto tiempo...

Me desabrochó el sujetador, y la dureza de mis pezones delató el ansia de mis pechos por sentir su cuerpo pegado al mío. Agarró mis pechos entre las manos, me sujetó con firmeza antes de inclinarse para chuparlos, para besarlos suavemente y tirar de mis pezones, primero del uno y luego del otro. Mis pechos parecieron arder al sentir el contacto de su lengua, pero su saliva los enfrío rápidamente. Deseé que volviera a lamerme, que tirara de mis pezones con la boca. Así lo hizo, y mi deseo se disparó de nuevo.

Alargué la mano para sentir de nuevo las líneas de sus caderas, aquellas líneas deliciosas que conducirían a mis manos hasta su miembro duro, que ya sentía apretarse contra mí. Tiré de su cinturón y cedió tan fácilmente como había cedido mi sujetador. Comenzó a quitarse las botas con los pies mientras yo le desabrochaba el botón.

Se quitó la ropa y me levantó por los muslos para sentarme en la encimera. Tiró de mis vaqueros hasta quitármelos y volvió a hundirme la lengua en la boca.

Se apartó de mí y al fin me dejó ver algo que bastó para que me parara en seco.

Ciaran se erguía ante mí, duro, terso y firme. Me estremecí al ver su cuerpo desnudo, perfecto, listo para mí. Lo miré y tragué saliva otra vez. Me miró como el lobo vigilando al cervatillo, y solo sentí el deseo de que me cazara.

Me bajó las bragas de algodón por las caderas, por los muslos y las piernas y me las quitó por fin, primero un pie y luego el otro. Se irguió y se acercó a mí, apretando suavemente su miembro duro contra mi sexo. Apartó los mechones de pelo que me habían caído sobre la cara y susurró junto a mis labios:

—Eres preciosa, Holly. ¿Es esto lo que quieres? —preguntó.

Tragué saliva y asentí con la cabeza. Era lo que quería. Lo deseaba tanto que no podía hablar. Me tumbó sobre la fría encimera de acero y separé las piernas. Se inclinó, me acarició muy levemente y un momento después me besó allí igual que había besado mi boca, con delicadeza, lenta y profundamente.

Mi cuerpo se sacudió, presa de un placer instantáneo. Aguanté hasta que volvió a levantarse. Nuestros ojos se encontraron cuando volvió a apretar su pene contra mí, tocándome allí. Y entonces empujó, con fuerza, con firmeza, ardientemente...

Un breve aguijonazo de dolor hizo aún más dulce el placer. Ciaran estaba en casa.

Era agradable sentir debajo el frío acero mientras me penetraba una y otra vez. Me incorporé un poco para sentir su pecho pegado al mío, para probar de nuevo sus labios mientras me hacía el amor. Resbalé cuando volví a tumbarme y noté algo pegajoso a mi lado.

–He volcado algo –gruñó.

–No importa –susurré–. Pero, por favor... no pares...

Deslizó los brazos debajo de mí y, sin apartarse, me llevó a la otra encimera. Sentí aplastarse las rosas de Jesse debajo de mí.

–¡Mierda! –dijo al darse cuenta.

–No importa. No... –demasiado tarde: volvíamos a movernos.

Me empujó demasiado fuerte contra la estantería de metal y la harina de maíz, creo, cayó detrás de nosotros. Una nube de polvo blanco se alzó en el aire, y Ciaran rompió a reír.

–Perdona. Luego lo limpio.

Sentí su sonrisa suave bajo los dedos, resbaladizos por el pegote morado que acababa de esparcir sobre él. Besé la sonrisa que había visto tantas veces y, colgada de su cuello, hundí la lengua en su boca mientras él se hundía en mí.

El sexo se volvió furioso, ardiente, sudoroso y magnífico, hasta que al fin el volcán dormido que había dentro de mí estalló al mismo tiempo que el de Ciaran. Sentí que su calor se derramaba dentro de mí y lo rodeé con los muslos mientras se movía, sacudido por las últimas convulsiones de placer.

Siguió abrazándome como un cazador que sujetara con firmeza a su presa temblorosa, mientras el ritmo del corazón de uno se comunicaba al del otro.

El obrador estaba hecho un caos.

Todo el trabajo de Jess había desaparecido. Por todas partes había harina, montoncitos de colores allí donde habían caído los tintes, una fortuna en colorantes volcada en la encimera...

Ciaran giró la cabeza para besarme otra vez, y me olvidé de aquel desastre.

−¿Ese que suena es tu teléfono? −susurró junto a mi boca.

−¿Qué? −yo no había oído nada.

A través del éxtasis, sentí el roce de unos vaqueros contra las baldosas, anunciando un primer asomo de vergüenza.

Solo Charlie me había hecho el amor así.

Contuve la respiración cuando su nombre me quitó de golpe la borrachera. ¿Qué había hecho?

Había permitido que el deseo se apoderara de mí. Ahora, su recuerdo daba vueltas como un buitre por encima de los despojos de mi fidelidad.

Ciaran se apartó para pasarme mi teléfono, pero yo agarré mis vaqueros y me los puse rápidamente. Esperó mientras me apartaba de él para abrocharme el sujetador y meter los brazos pegajosos en las mangas de la camisa.

Le quité el teléfono y la alarma del buzón de voz zumbó en mi mano. Pulsé el botón de marcar.

−*¡Holly! ¡Holly! ¡Contesta, por favor! No encuentro a Rob y...* −oí a Martha jadear por el teléfono−. *Esta vez no es una falsa alarma, Hol. Estoy asustada. ¡Llámame, por favor!*

Marqué su número, rezando por que contestara. El tono sonó una vez, dos...

–¿Hola?
–¡Martha, soy yo!
–¡Ay, Holly! –gimió–. El bebé ya viene. ¡Ya viene! Y... –noté que contenía la respiración bruscamente.
–Voy para allá, Martha. Enseguida estoy ahí... ¿Dónde estás? –pregunté.
–En la ambulancia, yendo hacia el hospital... Por favor, date prisa. Estoy asustada.
Ciaran ya se estaba poniendo la ropa.
–Iremos en mi coche. Es más rápido –dijo al pasarme mis botas.
–Martha, estamos muy cerca. Enseguida llegamos, cariño. ¡Tranquilízate!

Capítulo 27

Había intentado superar mi aversión por los hospitales, y casi lo había conseguido, pero allí me era imposible. No había cambiado mucho; el mostrador de recepción ahora era de un tono pastel distinto, quizá, pero el olor a antiséptico que impregnaba el aire era igual de asfixiante que entonces.

Ciaran me había dejado en la puerta y se había ido a aparcar. Había sido idea suya. Habíamos tardado un cuarto de hora en llegar, tiempo suficiente para que las manchas de colorante de nuestra ropa le estropearan la tapicería del coche. Yo tenía los vaqueros manchados por todas partes, pero por lo menos la harina que me había entrado en la nariz me ayudaba a mantener a raya el hedor a antiséptico y a enfermedad, que era posiblemente lo que hacía arrugar la nariz a la enfermera de recepción. Me miró con severidad por encima de las gafas de montura morada.

—Mi hermana, Martha Buckley... Acaba de llegar en ambulancia. Está de parto.

—Maternidad es la sala once. Siga las flechas verdes —dijo, escudriñando mi apariencia. Mi pelo pareció interesarle especialmente.

Levanté la mano para palpármelo y noté caer una nubecilla de harina de maíz. Genial.

—¿Las flechas verdes?

Asintió, señalando la pared con la cabeza sin malgastar conmigo una sola palabra más.

Perfecto. Me había olvidado del sistema arcoíris de flechas que recorría el laberinto de pasillos. Así que verde significaba «nueva vida», mientras que la muerte estaba representada por un blanco engañoso. A mi padre aquel sistema lo sacaba de quicio. Era daltónico.

Doblé dos veces a la derecha y, tras recorrer un pasillo absurdamente largo, me encontré llamando a un intercomunicador de seguridad.

—¿Sala once?

—Hola, sí, mi hermana, Martha Buckley, acaba de ingresar.

—¿La está esperando?

—Sí.

—De acuerdo. La puerta está abierta.

Me lavé las manos al entrar. La espuma salió violeta cuando me quité el colorante. Al llegar a la sala, olía distinto, más a talco que a lejía, y el llanto suave de los recién nacidos disipó mi sensación de inquietud.

«Martha está a punto de ser madre».

Detrás de otro mostrador había dos enfermeras muy guapas, una alta, con una larga coleta rubia, y la otra morena, con el pelo corto y desigual, sentadas delante de sus monitores.

—Hola —dijo la morena, y un segundo después su sonrisa vaciló.

La rubia levantó la vista y alzó las cejas, sorprendida. Me resistí al impulso de tocarme otra vez el pelo.

—Estoy buscando a Martha Buckley. Va a... tener un bebé.

—Pues ha venido al lugar indicado —la morena sonrió, perdonando ya mi apariencia. Miró el panel que tenía detrás—. Está en el paritorio tres, por esa puerta.

—La acompaño —dijo la rubia, levantándose de su silla—. Voy a enseñarle dónde está el aseo.

–Vale... gracias –creo que necesitaba un espejo.
–¿Estaba aprovechando hasta el último momento para decorar la habitación del bebé? –preguntó mientras pasábamos junto a habitaciones ocupadas por madres que miraban con una sonrisa el interior de cunitas de plástico transparente.
–Sí –mentí cuando me indicó la habitación privada en la que Martha estaba a cuatro patas sobre la cama, con la cara morada y chorreando sudor.
–¡Martha! ¿Estás bien?
–¿Qué demonios te ha...? ¡Aaaaah!
–Relájate, Martha. ¡Respira, respira!
Comenzó a jadear como el Orient Express.
–El cuarto de baño está al otro lado del pasillo –dijo la rubia con una sonrisa, y cerró la puerta.
–¿Relajarme? ¿Relajarme? ¡Hay una persona que intenta abrirse paso por mi vagina, Holly! ¡Relájate tú! –me espetó, y se puso a gruñir con la cara pegada a la almohada.
Empecé a frotarle la espalda con cuidado.
–¡Ahí no! –me gritó–. Más abajo. ¡Frótame más abajo!
Empecé a hacer círculos rápidamente sobre sus riñones y noté que tenía algo enrollado alrededor de la cintura.
–¿Esto no debería hacerlo Rob? –me reí por lo bajo, intentando disimular mi preocupación, seguramente más por mi seguridad que por la de ella.
–Rob está viniendo de Londres. Se ha quedado tirado en la estación de Beckersley. Han cancelado el tren que tenía que tomar. El próximo no sale hasta dentro de una hooooora... –gruñó otra vez y luego se puso a jadear.
Mis palmas dejaron manchas lilas y naranjas en la parte de atrás de su camisón. Tenía que lavarme como es debido.
–Tienes que traerlo aquí, Holly. No lleva encima dinero suelto, el muy cretino. ¡No puede tomar un taxi!
Se abrió la puerta y la morena entró en la habitación.
–¿Qué tal va eso, Martha? –preguntó mientras miraba las hojas impresas de la máquina que había junto a mi hermana–. El latido del bebé va estupendamente –sonrió.

Yo también sonreí. Martha no.

—La hemos examinado —dijo la enfermera volviéndose hacia mí—. Tiene ocho centímetros de dilatación. Avanza deprisa. Martha, ¿quieres un calmante? ¿Qué te parece si te ponemos un poco de sedación?

«Deja que te lo pongan, Martha», le pedí para mis adentros.

Martha asintió con la cabeza apoyada en la almohada.

—Enfermera, su marido va a tardar por lo menos dos horas en llegar —dije en voz baja, siguiéndola hasta la puerta—. ¿Le dará tiempo?

—Puede que sí. Pero esto va bastante deprisa. Más vale que se dé prisa —asintió con la cabeza y se marchó.

Martha empezó a gimotear.

—¿Qué hago, Martha? Dime qué hago, cariño.

Me agarró de la mano y empezó a llorar contra la almohada.

—Trae a Rob. Lo necesito.

Salí de la habitación para intentar llamar a Rob cuando las enfermeras volvían para aplicarle el sedante. Fuera, en el pasillo, metí varias monedas en el teléfono público y marqué su número.

—¿Rob?

—Holly, ¿estás con ella?

—Sí, estamos en el hospital. Está bien. Lo está haciendo muy bien.

—Quédate con ella, Holly. ¡No la dejes!

—No voy a dejarla, Rob. Pero tienes que darte prisa en llegar.

—Holly, esto es un caos. El cajero está vacío. ¡No puedo tomar un taxi!

—Ya. Quédate donde estás. Ya se me ocurrirá algo. Tú espera en la entrada de la estación, ¿vale?

—Sí, vale, Holly. Gracias.

—No vas a poder localizarme, Rob, así que no te muevas de ahí, ¿vale?

—Allí estaré. Holly... dile que la quiero.
Había algo en su voz que me puso un nudo en la garganta.
—Se lo diré. No te preocupes. Adiós.
Colgué y metí más monedas en la ranura. Jesse tenía por costumbre no contestar a los números desconocidos, y supuse que el del teléfono público no aparecería en la pantalla.
«Maldita sea».
Martha chilló dentro de la habitación y me olvidé del teléfono. Cuando entré, la matrona le había separado las piernas debajo de la sábana y estaba mirando. Martha sujetaba con fuerza el tubo de gas entre los dientes.
—No pasa nada, Martha. Sigue así y tu bebé estará aquí muy pronto —la matrona le bajó las piernas otra vez y me sonrió con serenidad. Llamaron a la puerta y la rubia asomó la cabeza.
—Acabo de encontrarlo dando vueltas por los pasillos. Me he dado cuenta de a quién buscaba en cuanto lo he visto —sonrió y se apartó para dejar entrar a Ciaran.
De pronto me di cuenta del lío que habíamos formado en la pastelería. Tenía un manchurrón morado que le cruzaba la boca y la mejilla, y una mancha de un naranja oscuro, mucho más dramática, que le llegaba desde la mejilla hasta debajo de la camiseta, que también estaba manchada. Tenía el pelo tan lleno de harina que parecía que una mamá desenfrenada se lo había rociado con talco al cruzar la sala de maternidad.
Me miró, y me di cuenta de que no sabía qué hacer.
Detrás de mí, Martha había dejado de chupar como una loca la boquilla de plástico y se había incorporado apoyándose en los codos. Por fin el gas estaba haciendo efecto... De hecho, estaba sonriendo.
—¡Hola! —dijo con voz ronca—. Pasa.
Martha y las dos enfermeras lo miraron embelesadas cuando entró en la habitación.

—Han estado decorando la habitación del bebé –la enfermera rubia soltó una risita.

Ciaran me miró con las manos metidas en los bolsillos de atrás. Yo miré a Martha, que nos sonreía de oreja a oreja.

—¿Y han conseguido poner algo de pintura en la pared? –preguntó la matrona.

—Le vendría bien cambiarse de ropa –comentó la rubia, mirándolo embobada.

—Puedes ponerte una camisa de Rob. Están allí, en esa bolsa –logró decir Martha antes de aspirar otra vez.

—No, no pasa nada –dijo él.

La sonrisa de Martha se hizo más amplia. Le encantaban los acentos. Y al parecer a las otras dos también.

—No, insisto. Metí varias de sobra en la bolsa por si acaso Robert se vertía algo encima en la cafetería del hospital. Hol, sácale una camiseta de la bolsa a Ciaran.

Ciaran se encogió de hombros y yo me acerqué a la bolsa de viaje de Martha.

—¿Esta? –pregunté, sacando un sencillo polo de color amarillo.

Martha asintió. Ciaran tomó la camiseta.

—Voy a ir a... eh...

—No puede usar el aseo. Está ocupado. Y el cuarto de baño es solo para mujeres. Normas de la sala –la rubia se encogió de hombros.

—Bueno, entonces... ¿me cambio aquí? –dijo Ciaran.

Lo miraron todas con descaro cuando se quitó su camiseta. Martha puso unos ojos como platos al verle el pecho. Entonces ocurrieron tres cosas a la vez.

Ciaran se volvió para recoger la camiseta. Martha aspiró por su tubo. Las enfermeras y yo nos quedamos boquiabiertas como peces enganchados a un anzuelo.

Ciaran tenía la espalda cubierta de huellas de manos de color fucsia, amarillo y mandarina, algunas perfectas y otras emborronadas. Se volvieron las tres y miraron mis manos.

Pero eso no fue nada comparado con lo que sentí al ver el tatuaje de su espalda. Me había olvidado de la mujer de pelo trigueño que llevaba para siempre grabada en la espalda. La mujer que le había echado a perder, según decía Fergal.

Había olvidado que Ciaran también había sido territorio de otra. Y posiblemente siempre lo sería.

—¡Aaaah! ¡Holly, tráeme a Rob!

Ciaran me siguió fuera.

—¿Dónde está su marido? —preguntó.

—Atascado en la estación de Beckersley —dije, intentando no mirarlo—. No va a llegar a tiempo. Se va a perder el nacimiento de su primer hijo, y mi madre no va perdonárselo mientras viva.

—Voy a buscarlo —dijo Ciaran, y me agarró del brazo—. No te preocupes. ¿Qué aspecto tiene?

Otras dos enfermeras nos miraban desde el mostrador, sonriendo. No podía dejar que fuera a buscar a Rob. Las fronteras ya se habían emborronado. Tenía que ponerle coto a aquello antes de que siguiera adelante. Antes de que siguieran creciendo los sentimientos.

Oí gritar otra vez a Martha en la habitación.

«Piensa, Holly, piensa».

—¿Qué aspecto tiene, Holly? —repitió Ciaran.

Las enfermeras seguían mirándonos. Ciaran no se daba cuenta, solo me miraba a mí.

«Rob no puede perderse el nacimiento de su hijo».

—¿Holly? —insistió.

Martha gritó otra vez.

A mí se me agotaron las ideas.

—Es un poco más alto que tú, tiene el pelo corto y castaño, y es de complexión fuerte. Tendrá una mirada de pánico. Estará plantado en la entrada de la estación.

La matrona salió de la habitación de Martha y dejó que la puerta se cerrara lentamente tras ella. Por la rendija de la puerta, Martha vio desde su cama el beso que me dio Ciaran al marcharse.

Capítulo 28

Una hora y nueve minutos, dos centímetros de dilatación y una rotura de aguas después, Martha pudo por fin estrujar la mano de Rob en vez de la mía.

Yo le había dado las gracias a Ciaran rápidamente en la puerta y me había despedido de él. Ciaran era un problema para otro día. Esa noche era de Martha. De Martha y de su pequeña familia.

—Eso es, Martha. Empuja despacio, empuja despacio. Y ahora... ¡jadea! Jadea, Martha —ordenó la matrona.

—¡Jadea, Martha! —dijimos a coro Rob y yo, siguiendo a la matrona. Rob estaba en primera línea del frente. Yo me había quedado en la periferia.

La expresión de Martha cambió de dolorida a angustiada.

—¿Me he hecho caca?

¿Qué?

—¡Ay, no! —chilló Martha—. ¡Creo que sí! Holly... ¿Me he hecho caca, Holly?

La segunda matrona, que se había unido a la melé, se llevó un paquetito bien envuelto. Me pareció que no era el bebé. Miré a Martha, que tenía la barbilla toda roja clavada en el pecho, y me encogí de hombros sin saber qué decir.

Martha soltó otro chillido que me puso la piel de gallina.

–¡Muy bien, Martha! –dijo la matrona con voz cantarina–. Ya veo la cabeza del bebé. Mira, papá, ¿la ves?
Me acerqué lo justo para ver una matita de pelo oscuro.
–¡Martha! –grité–. ¡Tiene pelo!
Pero a Martha no le importaba si tenía cuernos o no.
–Otro empujón, Martha, y... –dijo la matrona–. Eso es, empuja hacia el culete. Sigue empujando, sigue empujando...
Mi hermana soltó un último grito gutural y por debajo se oyó el leve pero inconfundible llanto de un recién nacido. Sentí que me embargaba la alegría como si hubieran pulsado un interruptor y todo el miedo hubiera desaparecido de pronto de la habitación.
–¡Es una niña! Nuestra pequeña... ¡Martha, es una niña! –sollozó Rob, regando a su mujer con una tormenta de besos.
Yo me eché a llorar como una niña grande al oír el orgullo con que Rob le presentaba a Martha a su hijita recién nacida. Miré por encima de su hombro y vi aquel precioso hatillo sobre el pecho de su madre. Rob seguía llorando, Martha parecía agotada y la niña yacía sobre su mamá con los ojos como platos.
–Bien hecho, chicos –logré decir entre lágrimas–. Es perfecta. Absolutamente perfecta.
Después de que le contaran los dedos de los pies y los de las manos, los dejé solos, en parte para que solidificaran su nueva unidad, y en parte para no tener que ver cómo cosían a Martha.
En el pasillo, un par de botas que me sonaban se estiraban desde la silla en la que Ciaran se había quedado a esperar.
–Hola –dijo, poniéndose de pie.
–Hola. Creía que te habías ido a casa –no quise alegrarme de que todavía estuviera allí.
–Se me ocurrió quedarme, para asegurarme de que podías volver a casa sin problemas. ¿Están todos... bien?

—Están de maravilla —sonreí.
Se abrió la puerta.
—¡Ciaran! ¡Soy padre! —declaró Rob, rebosante de orgullo.
—Enhorabuena, Rob. Me alegro mucho por ti, tío —Ciaran le estrechó la mano—. Dale recuerdos de mi parte a Martha —sonrió.
—¡Ven a verla! ¡Es preciosa! —dijo Rob, dándole una palmada en la espalda.
Ciaran me miró... esperando consejo, creo.
—Rob, creo que a Martha van a...
—Todavía no. ¡Pasa! Tú todavía no la has tomado en brazos, Hol —nos hizo entrar en la habitación, donde Martha, ya más animada, miraba con orgullo a su hija envuelta en una mantita.
—Hola, pequeña —dije en voz baja—. ¿Puedo espachurrarla un poco?
Martha estaba radiante. Sonrió a Ciaran cuando se acercó a mí, pero no sonreía por él. Sonreía por la pequeña. Rob tampoco podía apartar los ojos de ella.
—Ciaran, Holly, os presento a nuestra hija, Daisy Grace.
—¡Daisy! La pequeña Daisy... —dije, probando el nombre—. Me encanta, chicos. Le va muy bien —sonreí mientras mecía suavemente a mi preciosa sobrina en brazos.
—¿Tú qué opinas, Ciaran? Ya sabes, para tener también la opinión de un hombre —dijo Rob, seguro de su aprobación.
El pulgar de Ciaran había llegado de algún modo a los dedos minúsculos de Daisy, que lo apretaban con fuerza.
—Mi madre se llamaba Grace. Es un nombre excelente, amigo mío.
—¡Ay! —Martha sonrió—. ¡Qué bien! Espero que haga honor a su nombre, por el bien de su niñera.
—Bueno —contestó Ciaran—, a mi madre le funcionó. Era la mujer más graciosa que he conocido nunca. Habría sido una abuela estupenda.

—Nunca se sabe, tío. Todavía hay tiempo —añadió Rob, dándole otra palmada en la espalda.

Ciaran siguió pasando sus dedos enormes sobre los de Daisy.

—La madre de Ciaran falleció —dije yo, para que Rob no siguiera echando sal en la herida.

—Ah... Qué pena, tío, lo siento —repuso Rob, y esta vez le dio una palmada más suave.

Ciaran sonrió a Daisy.

—La tengo siempre cerca. Era una belleza, como esta pequeñaja. Siempre me preocupaba que pudiera olvidarme de lo guapa que era, ¿sabes? Con los años. Por eso me hice tatuar mi foto preferida de ella en el hombro.

La matrona entró en la habitación llevando una bandejita con herramientas de lo más desagradables.

—Todos los que no se llamen Buckley, que salgan ahora mismo.

Besé a Daisy y le eché una última mirada antes de devolvérsela de mala gana a su papá.

—Luego nos vemos —dije, dándoles un beso a todos.

Rob y Ciaran se estrecharon la mano. Ciaran dio un beso a Martha. La felicidad que reinaba en la habitación era tangible, como si pudieras pasar un cazamariposas por el aire y llevarte un poco a casa.

Ciaran y yo salimos juntos al pasillo. Había sido un buen día. Me sentía... feliz. Colmada. Intentaba pensar en algo que decirle cuando Martha chilló desde el otro lado de la puerta cerrada:

—¡Holly Jefferson! ¡Has manchado de colorante a mi bebé!

Capítulo 29

Daisy Grace Buckley había llegado al mundo la noche anterior a las once y dieciocho minutos de la noche, el jueves siete de noviembre, pesando dos kilos novecientos gramos.

Dos kilos novecientos gramos de promesas, pureza y un sentimiento incontrovertible de que algo nuevo comenzaba. En nueve meses, Martha y Rob habían cambiado el curso de su vida para siempre, y a esa idea estuve dándole vueltas sin parar durante las cuatro horas que tardé en limpiar el obrador y empezar a hacer de nuevo las rosas aplastadas de Jesse.

Ciaran se había ofrecido a ayudarme cuando me había llevado a casa la noche anterior, pero ya había hecho suficiente, y yo no estaba segura de poder aguantar la vergüenza de ver aquel desbarajuste con él. Tenía que prepararse para una reunión importante esa mañana, pero me dijo que hablaríamos el sábado o el domingo.

Yo le había dado la mañana libre a Jesse para compensarlo por lo del día anterior, y también para que no me sorprendiera eliminando las pruebas materiales de lo que había sucedido allí. Ahora veía a Ciaran por todas partes. En mi casa, que de nuevo volvía a ser preciosa, y allí, en la pastelería, en medio del caos en el que intentaba poner orden. Y de alguna manera, inesperadamente, no me había derrumbado en ninguno de los dos sitios. Un fenómeno que atribuía al «efecto Daisy».

Cuando entró Jess con los auriculares puestos, ya había reemplazado casi todas las rosas.

—¿Qué tal todo, Hol? ¿Bien? —preguntó, mirando lo que estaba haciendo.

—Sí, gracias. ¿Y tú?

—Sssí... ¿Qué pasa? Pareces nerviosa. ¿Sabes que tienes colorante lila alrededor de la boca?

Sí, lo sabía. Había pasado un buen rato debajo de la ducha, pero no había servido de nada. Por suerte tenía una noticia con la que despistarle.

—¿Tengo cara de tía?

Se le iluminó la cara.

—¿En serio? ¿A Martha por fin ha venido a verla la cigüeña? ¡Qué bien, Hol! —me estrechó entre sus grandes brazos—. ¿Qué color le ha tocado?

—Rosa —sonreí—. Daisy Grace Buckley. ¡Es para comérsela!

—¿Qué haces aquí, entonces? Yo puedo cuidar del fuerte. Ve a hacerle carantoñas, o lo que hagáis las chicas —dijo mientras se quitaba la mochila—. De todos modos vas a estar de vacaciones quince días. Unas horas más no se van a notar.

Por consejo del médico, también el año anterior me había tomado aquellas dos semanas libres.

El domingo siguiente, Charlie habría cumplido veintinueve años. Dos días después, su madre iría a pasar el día a casa, junto con Martha, Rob, y ahora también mis padres, para que brindáramos en su recuerdo y nos acordáramos del mazazo que había sido su muerte.

El año anterior había sido espantoso. Me había pasado su cumpleaños en la cama, y también casi todo el día siguiente, hasta que Martha me amenazó con llamar a Menorca. Yo quería que mis padres se quedaran donde estaban, así que pasé el día siguiente moviéndome como una zombi e intentando no oír los sollozos de Catherine, que podían surgir en cualquier momento. Charlie era mi vida, pero era su hijo. Y yo no podía soportar su dolor encima del mío.

Pero eso había sido el año anterior.

Este año no podría evitar lo inevitable. Mis padres ya estaban intentando reservar billetes para volver a Inglaterra a conocer a Daisy, pero aun así no caí en el estado de melancolía al que había sobrevivido a duras penas el año anterior. Ni mucho menos.

No me molestaba que fueran a venir, creo que no me preocupaba en general la semana que tenía por delante. Habría lágrimas, muchas lágrimas, pero lo superaría. Sabía que podía hacerlo. De hecho, no solo lo superaría: haría algo útil, positivo. Algo a lo que habría podido dedicarse Charlie, como empezar a plantar el huerto, o al menos limpiar el jardín. La verdad era que no estaba muy segura de que fuera tiempo de plantar nada, pero podía ir al vivero y elegir algo. Un árbol frutal, por ejemplo. No teníamos ninguno árbol que diera flor.

—Bueno, ¿te vas o qué? —preguntó Jess.

—No, me quedo. Últimamente me ha sustituido usted mucho, señor Ray. Vamos a acabar estas rosas. Voy a echarte de menos cuando me vaya.

Martha se había acostumbrado a la maternidad como un pato al agua. Yo había estado en su casa esa mañana, cuando Rob las había llevado allí desde el hospital. Había decorado la casa con globos de helio rosas y flores, y pensé que tenía que comprar unas flores para alegrar un poco la casa cuando llegara Catherine el martes. Hacía meses que no nos veíamos.

Mientras volvía en la furgoneta a Brindley's Nook, hacía una mañana extrañamente luminosa para el tiempo en que estábamos, perfecta para dar un paseo por el bosque con Dave.

La señora Hedley me prestó su camioneta y Dave y yo nos fuimos a dar una vuelta por el bosque. El sol, que había bajado notablemente con el paso de las semanas, proyectaba largas sombras sobre la carretera, allí donde serpeaba entre los árboles.

Aflojé un poco la marcha al acercarme a la bifurcación en la que podía tomar la ruta larga o el tramo de carretera en el que había sucedido el accidente de Charlie.

Nuevos comienzos. No podía seguir esperando a que la vida se enderezara por sí sola. También tenía que poner de mi parte, ¿no? Vi pasar el desvío de la izquierda y seguí la empinada curva de la carretera, en dirección a la comisión forestal. Había una señal nueva sensible a la velocidad que te indicaba a qué velocidad ibas, y varias señales de peligro advirtiendo de que los ciervos podían invadir la carretera. Ninguna de aquellas señales nos habría servido a nosotros, pero confié en que a otros les sirvieran de algo.

Cuando la carretera se enderezó otra vez, me descubrí buscando lo que había visto aquella mañana.

El cristal me había parecido hielo al principio, mezclado con la superficie brillante de la carretera helada. El otro coche estaba destrozado, pero la camioneta de Charlie parecía completamente normal desde atrás. No fue hasta que el suelo comenzó a crujir bajo mis zapatos cuando de verdad lo vi.

Después, alguien había atado flores al árbol. La siguiente vez que pasé por allí, se estaban marchitando. No había vuelto a tomar aquella ruta desde entonces.

Esa mañana no había cristal, ni flores. Solo un aparcamiento para visitantes lleno de familias ansiosas por disfrutar de una mañana tan hermosa. Ciaran había dicho que me llamaría ese fin de semana. Yo no le había dicho que al día siguiente era el cumpleaños de Charlie. Me sentiría muy rara incluyéndolo en mis planes.

Pero tal vez le apeteciera venir a dar un paseo con nosotros. Podía estar en su casa en quince minutos. La idea no me parecía tan descabellada, y eso tenía que ser buena señal, ¿no?

El Land Rover de la señora Hedley pasó sin dificultad por encima de la rejilla para ganado de la entrada de la finca. El coche de Ciaran estaba aparcado junto al de su padre. Y al de Penny.

El gong del timbre resonó detrás de las puertas cerradas. Mary apareció tras ella, tan encantadora como siempre.

—¡Hola, Holly! No esperaba verte hoy.

—Hola, Mary. ¿Cómo estás? —pregunté.

—Bien. ¿Quieres entrar?

—Gracias, pero tengo a mi perro en el coche y no me fío de él. ¿Está Ciaran? He pensado que quizá le apetezca venir a tomar un poco el aire con nosotros.

Su semblante se marchitó un poco.

—Lo siento, querida, pero creo que no está.

Oí un taconeo acercándose a nosotras por el pasillo. Era la primera vez que veía a Penny en pantalones y, sorpresa, sorpresa, le quedaban de maravilla.

—Ah, hola —sonrió con dulzura—. ¿Has venido a traer una tarta? —preguntó, pronunciando la palabra «tarta» casi como si fuera un insulto.

—No, Holly ha venido a ver a Ciaran, pero...

—Pero Ciaran no está aquí —Penny sonrió.

—Me temo que no estoy segura de dónde está —añadió Mary—. Puede que esté en la finca, en alguna parte. ¿Puedes intentar llamarlo?

—Sería inútil. Tendrá el teléfono apagado —dijo Penny sin apartar de mí sus ojos astutos—. Me parece que no querrá que lo molesten en todo el día. Pero podrías probar en el restaurante, si estás muy desesperada.

—¿En el restaurante? —preguntó Mary—. ¿Estás segura? Su coche está aquí.

La sonrisa de Penny se endureció.

—Sí, Toby los ha llevado al Atlas hará cosa de una hora. Clara estaba guapísima.

Sentí como si mi estómago fuera una bayeta vieja que Penny retorcía.

–Pero le diremos que te has pasado por aquí, Holly. ¿Quieres dejarle algún mensaje? –sonrió, satisfecha.

Los ojos de Mary tenían una expresión de lástima que no podía soportar mirar. Este fin de semana no. No, cuando creía que todo iba tan bien.

–No, ninguno. Gracias, Mary –sonreí y me fui de allí a toda leche.

No importaba, me dije.

No importaba nada. Podía hacer lo que se le antojara. ¿Quién era yo para interesarme por lo que hacía o dejaba de hacer Ciaran Argyll? Lo de la pastelería había sido... un incidente aislado. Un desliz momentáneo, nada más. Un picor rascado. Había querido tener una excusa para echar el freno, y ahora ya la tenía.

Bien.

Me aferré a mi determinación de celebrar el cumpleaños de Charlie haciendo algo positivo. Seguía aferrándome a ella mientras caminaba trabajosamente por el bosque, seguida por Dave. Pero no había tenido en cuenta la aparición de una valla de seguridad de tres metros de alto.

El cálculo de Ciaran sobre el tiempo que tardarían los Sawyer en empezar a edificar había sido muy generoso. En seis días habían vallado todo el bosque de acebos para poner coto a las miradas curiosas de personas como yo, lo bastante tontas como para creer que aquellos árboles estarían por allí siempre.

Entonces, todo empezó a deshacerse.

Capítulo 30

Una luz grisácea se colaba por las cortinas y se posaba en la almohada intacta que había a mi lado. Charlie dormía más cerca de la puerta, para no despertarme si tenía que ir al baño de noche. Yo dormía ahora en ese lado. Pero daba igual dónde durmiera: la cama seguía pareciéndome medio vacía.

«Feliz cumpleaños, Charlie».

Sonó mi teléfono en la mesilla de noche. En la pantalla decía «James Bond».

El día anterior había cenado por todo lo alto. Esa mañana, en cambio, le apetecía comerse un sándwich. Pulsé la tecla de llamada rechazada.

Segundos después volvió a sonar el teléfono.

—Hola, mamá preciosa —dije, sonriendo. Oí a Daisy gruñendo suavemente al lado de la cara de Martha.

—¡Hola, preciosa tía Holly! —contestó, evidentemente para que la oyera su hija, no yo.

Sonreí otra vez.

—¿Qué tal vuestra primera noche en casa?

—Bien. Solo me ha despertado dos veces. Creo que eso es bueno, ¿no?

—A mí no me preguntes —dije, estirándome—. Yo solo sé de perros y de tartas.

—Bueno, ¿qué haces? —preguntó, sondeando el terreno.

—Estaba acabando de desayunar —mentí.

—¿Sí? ¡Es genial! Que estés levantada y... eso. ¿Qué vas a hacer después de desayunar? Podrías venir aquí y ayudarme a descubrir cómo funciona el sacaleches. A no ser que tengas planes, claro —Martha intentaba sonsacarme. Aún no había tenido ocasión de preguntarme por Ciaran.

—Parece divertido, pero tengo un montón de planes para hoy. Voy a ir a comprar un árbol, y luego a arreglar el jardín —con eso bastaría. Para que no me diera la lata, dejé que creyera que Ciaran podía entrar en mis planes.

—¡Genial! Bueno, entonces, te dejo. Rob irá mañana por la noche a recoger a papá y mamá al aeropuerto, así que nos vemos el martes, ¿vale?

—Sí, claro. Dales un beso de mi parte, ¿quieres? Tengo que irme —mentí otra vez.

—Vale. Te quiero, adiós.

Eran ya más de las diez y de momento no tenía intención de salir de mi cuarto. Sonó la alarma del buzón de voz.

—Hola, soy yo. Me estaba preguntando cómo estás. ¿Tienes idea de cómo se quita este colorante de la piel? —se rio, pero su risa no me sonó como otras veces—. La gente me mira raro.

¿Qué gente? ¿Clara? Seguro que sí.

—¿Estás libre...?

Borré el mensaje sin acabar de oírlo.

La sombra de los regueros que la lluvia dejaba en el cristal de la ventana bailoteaban en la almohada, a mi lado. Estuve mirándolos hasta que me adormecí otra vez.

Los misterios del sacaleches de Martha la habían mantenido muy ocupada. Yo me había pasado toda la tarde durmiendo intermitentemente, pero a primera hora de la noche la lluvia comenzó a arreciar y no pude volver a dormirme. No había comido nada en todo el día, y no vi razón para ponerme a cocinar ahora. Bajé la escalera acompañada por el ruido de la lluvia. Los peldaños ya no crujían, cubiertos por una gruesa alfombra. Saqué del congelador un bote de helado de praliné con crema, lo envolví en un paño y crucé el salón de postal hasta el rincón de Charlie. La tele se encendió en el momento en que la primera cucharada de helado comenzaba a derretirse en mi lengua. Lo que necesitaba era telebasura, y a montones. Fui pasando canales, buscando algo sencillito en lo que concentrarme.

«Citas exprés». No. «Libros de cómic que cambiaron el mundo». No. «Historia de las corbatas». ¿Cuánto pagaba al mes por aquella birria? ¿Dónde estaban las superheroínas que mataban zombis, o los programas sobre hombres promiscuos a los que les sacaban bastoncillos quirúrgicos de ciertas protuberancias que habrían hecho bien en mantener guardadas?

Eché un vistazo a los canales de noticias. Locales, entretenimiento, economía. ¿Noticias de economía? Sintonicé el canal mientras pensaba en lo aburridísimas que debían de ser las noticias económicas para cualquiera.

–*Argyll y Saywers Construccio...*

La voz del periodista se interrumpió cuando la televisión reaccionó a destiempo a mis instrucciones a través del mando a distancia.

–*... ha llegado a su fin, y los analistas de toda la ciudad han expresado su sorpresa por el resultado.*

En la pantalla apareció una enorme sala de reuniones poblada por hombres trajeados y, un instante después, una panorámica de lo que parecía ser la sede de Argyll Incorporated.

–*Corría el rumor de que la afamada Fundación Lux de ayuda contra el cáncer daba prácticamente por aceptada la oferta de James Sawyer, hasta que se informó de que el patronato que supervisaba la operación había cambiado de opinión en el último minuto.*

Vi en la pantalla a Fergal estrechando la mano de un

ejecutivo tras otro, y a Ciaran en el rincón, detrás de él, con la boca manchada de lila.

—Se espera que Fergal Argyll, uno de los empresarios más animados de la ciudad, haga público un comunicado confirmando la noticia mañana por la mañana.

Pulsé la tecla de pausa. Fergal era igual de embaucador que su hijo. Ciaran debía de haber llevado a Clara a dar una vuelta para suavizar el golpe. Seguramente se habrían pasado toda la noche suavizándolo en el hotel que había encima del Atlas.

Ya me había llamado dos veces.

Dave levantó su cabezota de sus patas delanteras. Yo también agucé el oído, pero con la lluvia no oí nada fuera de lo normal. Dave resopló en el momento en que el ruido de la aldaba al chocar contra la puerta resonaba en toda la casa. Si era Rob con el sacaleches, se había equivocado de casa.

Hice caso omiso de la suavidad de la tarima del pasillo, que la cuadrilla contratada por Ciaran había pulido hasta dejarla brillante, y agarré a Dave por el collar.

Al resplandor de la luz del porche, la lluvia chorreaba de su pelo y caía sobre sus hombros ya empapados. Dave se soltó y se fue derecho a él.

—¡Hola, feo! —dijo Ciaran, acariciándole la papada. Me miró—. Te he llamado varias veces, pero he pensado que a lo mejor habías vuelto a dejarte el teléfono por ahí.

No me molestó que me pillara con el pantalón de pijama de rayas que llevaba puesto desde el día anterior, pero habría preferido no tener la camiseta manchada de helado de praliné.

—¿Estás enferma? —preguntó al incorporarse—. No son ni las ocho. He pensado que podíamos salir a cenar.

Respiré hondo y exhalé lentamente.

—No, Ciaran. No estoy enferma. Solo asqueada. Y más que cansada. Así que me voy a la cama ya. Buenas noches —intenté cerrar la puerta, pero la paró con una mano.

–Espera. ¿Qué pasa? –preguntó. Evidentemente no estaba acostumbrado a que le cerraran la puerta en las narices.

«No dejes que piense que te importa», me dije.

–Nada.

Entornó los párpados.

–Bueno, ¿no quieres que entre Dave?

Miré a Dave, que estaba sentado mirándolo fijamente y meneando la cola con fervor.

–No, creo que prefiere estar contigo. Evidentemente, sabe lo que le conviene –repliqué.

–¿Qué? –se rio, y yo me enfadé más aún.

–¡Eres como el flautista de Hamelín, Ciaran! –estallé–. Asistentes personales, exnovias, perros... –dije señalando a Dave–. Vienen todos corriendo, ¿verdad que sí? –en cuanto terminé de hablar, deseé retirar todo lo que había dicho. Agarrar las palabras en el aire y meterlas en el bolsillo de mi pijama. «Muy bien, así se demuestra que no te importa, Holly».

Ciaran cambió de pie el peso del cuerpo y se pensó lo que iba a decir.

–Mary me ha dicho que te pasaste por casa ayer, pero no he recibido el mensaje hasta esta mañana. Te he llamado dos veces para asegurarme de que no había malentendidos, pero no me has devuelto la llamada.

–¿Malentendidos? Lo entiendo todo perfectamente, Ciaran. Te lo has pasado bien. Ya lo he captado.

–No, Holly. No lo entiendes. Mira, ahora estás enfadada. Te llamo mañana, cuando estés más calmada. Te llevaré a comer a algún sitio bonito...

–¡No quiero que me lleves a comer a ningún sitio bonito, Ciaran! No necesito que te gastes tu dinero en mí, ni que me compres tartas ni nada parecido. ¿Cuándo fue la última vez que conseguiste pasar un día entero sin gastar más de... de un billete de diez libras?

–¿Qué problema tienes, Holly? Mira, si es por mi comida con Clara, fue un asunto de trabajo. No hace falta que te pongas celosa...

—¿Celosa? Yo no estoy celosa, Ciaran. Pero tampoco soy tonta. Me pregunto cuántas veces ha descrito Fergal su relación con Penny como un «asunto de trabajo».

Encajó la mandíbula y dos líneas sinuosas vibraron en sus mejillas. Yo me sentí casi incómoda.

—¿Pasa alguna otra cosa, Holly? Porque, si pasa, necesito saberlo —se acercó tanto que noté el olor de la lluvia mojando la loción de afeitar sobre su piel—. No puedo dejar de pensar en ti, Holly —susurró—. Así que si has vuelto a... cambiar de opinión...

Me aparté de él y chasqueé los dedos para que Dave me hiciera caso.

—No pasa nada, Ciaran —dije con firmeza.

—¿Nada? —dijo en voz baja, mirándome como un halcón—. ¿Nada?

Sabía lo que me estaba preguntando. Era hora de consultar todo aquello con la almohada.

—Nada —dije al cerrar la puerta, dejándolo bajo la lluvia.

Capítulo 31

Catherine tenía buen aspecto cuando salió del taxi enfrente de casa. Podría haber ido a buscarla a la estación, pero el trayecto era demasiado largo para pasarlo encerradas dentro de un coche, intentando charlar de cualquier cosa. Yo sabía que para ella aquel rito anual era una especie de catarsis, pero yo no podía pasar directamente a recordar públicamente a Charlie. No a las diez de la mañana.

–Holly, cariño, ¿cómo estás? –dijo cariñosamente mientras me abrazaba con fuerza.

–Hola, Catherine. Estás guapísima –Catherine tenía debilidad por los pañuelos de flores, y siempre llevaba algún toque de color en la ropa, no como yo.

–Qué vestido tan bonito, Holly. El azul te favorece.

Era un vestido de verano, en realidad, muy sencillo de forma y hasta debajo de la rodilla. Unas pintitas grises me permitían ponérmelo con una rebeca y unas bailarinas grises. Bastante presentable para un paseo hasta el cementerio.

–Y te ha crecido el pelo –comentó con afecto.

Sí, me había crecido. Ese día me lo había dejado suelto, en ondas que me llegaban ya por debajo de los hombros. A Charlie le gustaba que me lo dejara suelto.

–Gracias, Catherine. Vamos, mi madre está deseando verte.

Dentro de la casa, mi madre estaba todavía pasmada con el salón, y Martha se había sentado en el sofá y estaba dando de mamar a Daisy.

–Catherine, cuánto me alegro de verte. ¿Qué tal el viaje? –mi madre pasó directamente al modo anfitriona. Tenía la piel morena y cuarteada comparada con el cutis lechoso de Catherine.

–Hola, Pattie. ¡Dios mío, fíjate en esto! –exclamó Catherine.

Era el primer día que se usaba el salón como era debido.

–Sí, está precioso, ¿verdad? Hace un momento le estaba diciendo a Martha cuánto me alegro de que Holly por fin le haya dejado darle su toque mágico a la casa.

Martha me guiñó un ojo antes de volverse hacia Daisy, que seguía mamando.

–Voy a ir a encender la tetera –dije yo, emprendiendo rápidamente la retirada.

La señora Hedley me había preguntado si podía acompañarnos, y tras un par de rondas de té, conversar un rato y meter en el horno el pollo con manzanas de mi padre, nos dirigimos todos a pie al cementerio de Saint Nicholas, en el pueblo.

Charlie y yo hacíamos aquel recorrido por el camino rodeado de zarzas todos los viernes por la noche, para ir al Dickens Inn a tomar sidra bien fría y ponche caliente. Sentí flaquear mi determinación a medida que nos acercábamos al cementerio.

Había seguido haciendo una temperatura suave después del fin de semana, pero la lluvia del domingo seguía impregnando la hierba cuando pasamos por el borde desflecado del sendero que nos llevaría hasta el lugar donde la sencilla lápida de Charlie se alzaba sólida y firme.

Charles Alfred Jefferson,
amado marido e hijo.

*Murió el 12 de noviembre,
a la edad de 27 años.*

Después de doce meses, aquellas palabras seguían pareciéndome igual de ofensivas. Intenté no mirarlas mientras la humedad se colaba en los dedos de mis pies. Las mujeres dejaron flores. Papá dijo unas palabras. Mi madre sujetó la mano de Catherine mientras las dos lloraban en voz baja. Martha sujetó la mía mientras yo no lloraba.

La señora Hedley volvió a reunirse con nuestra tribu y fue a colocarse junto a Rob y Daisy. Yo la había observado al otro lado del camino, quitando las flores marchitas de otras dos tumbas. Yo no le traía flores a Charlie. Prefería dejarle una piña del bosque, no algo efímero, cortado en su apogeo, como decía la señora Hedley, sino una semilla. La promesa de algo nuevo que podía volar de donde yo lo dejaba y aposentarse en la tierra, donde crecería alto y fuerte.

El aroma a manzanas asadas y ajo nos dio la bienvenida cuando volvimos de la iglesia. Se oyó el tintineo de los platos y los cubiertos, y el ruido alegre de la vida familiar llenó la casa.

Yo no oí que llamaban a la puerta, ni vi que mi madre se levantaba de la mesa para ir a abrir. No me di cuenta de que había salido hasta que la señora Hedley se volvió en su silla para mirar a mi madre, que estaba en la puerta de la cocina. Ciaran estaba a su lado, con el jersey atado alrededor de la cintura y un ramo de flores flácidas en la mano.

El tintineo de los cubiertos se apagó y todos los ojos siguieron mi mirada.

—Holly —dijo mi madre, separando las manos—, tienes un invitado.

Seis pares de ojos se volvieron hacia mí. Cuanto más tardaba en responder, más denso se volvía el aire a mi alrededor.

—Bueno, no te quedes ahí parada como un pasmarote, Holly. ¿Y tus modales? Preséntanos —a veces, me parecía que Menorca estaba demasiado cerca.

Al otro lado de la mesa, mi salvador, se levantó de un salto y cruzó la cocina.

—Hola, Ciaran, me alegro de volver a verte. Pasa —dijo con entusiasmo.

La señora Hedley me dio unas palmaditas en la pierna por debajo de la mesa. Yo miré rápidamente a Martha, que estaba sentada junto a la silla vacía de su marido. Me dirigió una sonrisa animosa. Me levanté cuando Rob llevó a Ciaran a la esquina de la mesa, donde esperó de pie entre mi madre, en un extremo, y la señora Hedley a mi derecha. Mi madre seguía pegada a él.

—Holly... —insistió, expectante. Mi padre se volvió en su asiento para mirar a nuestro invitado mientras Catherine se inclinaba hacia delante para esquivarme y verlo mejor.

—Este es... Ciaran. Ciaran, mi madre, Pattie. Este es mi padre, Phil... —me volví para mirar a Catherine, que esperaba pacientemente su turno—. Y esta es Catherine, la madre de Charlie.

—Ah, hola —dijo Catherine con una sonrisa—. ¿Eres amigo de Charlie? —preguntó esperanzada.

Noté que me temblaban las rodillas.

—Me temo que no tuve ese placer, Catherine. Pero me han dicho que era un buen hombre.

Catherine sonrió complacida. Yo intenté no hiperventilar.

—Encantado de conocerte, Ciaran —dijo mi padre en tono sincero, y se levantó para estrecharle la mano. Unas briznas de hierba cayeron de la manga de Ciaran. Sus chinos de color crema estaban empapados hasta las pantorrillas.

—Lo mismo digo, Phil —contestó.

—Y yo soy Patricia. Qué acento tan bonito tienes —comentó mi madre. Él le tendió la mano, pero ella no hizo caso y se lanzó a darle un beso.

–Hola, Martha. ¿Estás bien? –preguntó Ciaran.
–Sí, gracias –sonrió–. ¿Te apetece comer con nosotros?
–Sí, ven a comer algo. ¿Te gusta el pollo, hijo? –insistió mi padre.

Se sentaron todos automáticamente, mi madre de mala gana, y solo quedamos en pie Ciaran y yo.

–La verdad es que solo he venido a darle esto a su hija –dijo, rodeando la silla de la señora Hedley para acercarse a la mía.

–Ah, flores –dijo Catherine, alborozada–. ¿Verdad que es encantador?

Miré los mustios tulipanes blancos que Ciaran tenía en la mano.

–Me temo que las flores no son para Holly. Son para ti, Cora, para darte las gracias por el desayuno de hace un par de semanas.

Mi madre levantó tanto las cejas que corrieron peligro de desaparecer de su cara por completo. No me atreví a mirar la cara que puso Catherine detrás de mí.

–Gracias, Ciaran –repuso la señora Hedley–. Mira, Holly. Tulipanes.

–Siento que estén un poco mustios, Cora. Han hecho un viaje muy largo –añadió Ciaran.

–Estarán perfectamente con una gotita de agua –ella sonrió.

Lo miramos todos mientras Ciaran buscaba algo dentro de su bolsillo. Con la otra mano tomó la mía y la sujetó entre los dos. Me miró como si estuviéramos solos.

–He hecho a pie los ocho kilómetros que hay de mi casa a la primera parada de autobús que me he encontrado –dijo mientras me ponía un pequeño tique en la palma de la mano–. Solo me ha traído hasta el pueblo de Brindley, así que el billete me ha costado solo cuatro libras con setenta, ida y vuelta –cayeron varias monedas sobre mi mano–. Aquí hay ochenta y dos peniques que me han sobrado del billete de diez de esta mañana. Habría más, pero tenía sed cuando he pasado por la tienda del pueblo, hace un rato... Además, he tenido que comprar unas tiritas, para la ampolla que me ha salido. En cuanto a las flores, las he tomado del ramo que tenía Mary en casa –sonrió, mirándome atentamente.

–¡¿Has venido andando hasta aquí?! –preguntó Martha–. ¡Debes de haber tardado todo el día!

–Sí –respondió Ciaran, que de pronto hablaba casi como su padre. Seguía dándome la mano–. Pero ha valido la pena.

La señora Hedley bebió ansiosamente un trago de vino.

–¡Pues entonces tienes que quedarte! –canturreó mi madre, levantándose otra vez–. Ven a recuperar el aliento, joven.

Ciaran tocó mi hombro ligeramente antes de dejarse conducir a la silla vacía que había junto a Catherine.

Por suerte no pude verlo durante el resto de la comida. Me las arreglé para no mirar a nadie mientras estuve sentada a la mesa, pero hasta yo tuve que unirme a las risas de los demás cuando Catherine contó la historia de la vez que perdió a Charlie en un almacén de materiales para cuartos de baño y lo encontró en la exposición de mamparas, dejando un regalito marrón en uno de los váteres expuestos.

–Voy a tener que marcharme. Gracias a todos por vuestra hospitalidad –dijo Ciaran finalmente, empujando su silla hacia atrás.

–¿No puede acercarte Rob en coche? –preguntó mi padre–. Puedes, ¿verdad, Robert?

–¡Claro! Voy a por las llaves –dijo Rob, y se apresuró a devorar su última cucharada de tarta de pera.

–No, no te preocupes, hombre –contestó Ciaran, poniéndose el jersey–. Si no, mi viaje no tendría sentido.

Se despidió de todos antes de que mi madre lo acompañara a la puerta. Las mejillas sonrosadas de Martha parecían aún más gorditas cuando sonreía.

–Bueno, qué sorpresa tan agradable –comentó mi madre al volver a la mesa.

—Sí, es un chico encantador —convino Catherine—. Espero que las ampollas no le molesten de vuelta a casa.

—No le pasará nada, ¿verdad, Hol? —preguntó Rob, comiendo más tarta—. Va a llamar a su chófer, ¿no?

Martha le dio un codazo en las costillas.

—¿Qué?

—¿A su chófer? —exclamó mi madre—. ¿Tiene chófer? ¿Y ha desayunado aquí?

Noté que el suelo se derrumbaba bajo mis pies.

—No es lo que piensas, mamá —dije, y me levanté para llevarme los platos.

—¿Cómo sabes qué es lo que pienso? —contestó.

Suspiré, consciente de que no tenía sentido enfrentarme a ella. Empecé a llenar de agua el fregadero. La señora Hedley tenía razón: su planta medio muerta estaba ya mucho más airosa en mi ventana. Martha me siguió, trayendo más platos.

—Solo es por curiosidad, Holly. Me encantaría pensar que estás haciendo nuevos amigos —dijo mi madre levantando la voz antes de beber un sorbo de vino—. Tiene un buen trabajo, imagino. ¿A qué se dedica? ¿Dónde vive?

Yo no pensaba hablar de aquello en ese momento.

No había mirado a Catherine desde que había llegado Ciaran.

—No la asuste —le dijo la señora Hedley tranquilamente a mi madre.

—¿Cómo dice? —replicó mi madre, indignada.

—A Holly no le interesan todas esas bobadas. No le importan ni la ropa, ni las apariencias. No la asuste.

—Creo que conozco a mi hija, señora Hedley. Y creo que sé qué le conviene y qué no —mi madre sonrió con frialdad y bebió otro sorbo de vino.

Yo hundí las manos en la espuma caliente, intentando olvidarme de todos.

—Holly sabe lo que le conviene. Es una chica muy lista —añadió la señora Hedley sin inmutarse.

–¡Esta tarta está deliciosa, Pattie! –exclamó Rob, ansioso por poner fin a la conversación que él mismo había empezado–. ¿O la has hecho tú, Phil?

–No, no –dijo mi padre, siguiéndole la corriente–. Pattie es la reina de los postres. Creo que su secreto es la canela. Es la canela, ¿verdad, amor?

Rob y mi padre siguieron desactivando la conversación y, cuando la voz suave de Martha se sumó a las otras, confié en que aquello bastara para disuadir a mi madre. Por lo menos yo no había llorado en todo el día. Y eso tenía que ser buena señal, ¿no?

El desagüe del fregadero se tragó las últimas burbujas con un eructo. Una mano pálida, más ajada que la mía, se posó suavemente sobre mi brazo.

–Por si te sirve de algo, Holly, a mí me parece un chico muy agradable –dijo Catherine en voz baja–. Y creo que a nuestro Charlie le habría gustado muchísimo.

Capítulo 32

El número de cosas que metía Martha en la bolsa de Daisy era inconcebible. Solo las prendas de ropa superaban la decena. Había tantas que pensé, con una ligera sensación de pánico, que había entendido mal y que Daisy iba a quedarse a pasar la noche en casa, conmigo.

La niña movía los brazos alegremente en su moisés, sin hacer ruido, mientras yo leía a su lado tumbada en el sofá. Fuera, en el jardín, unos faros demasiado aerodinámicos y bajos para ser del monovolumen de Rob se detuvieron junto a mi furgoneta.

Ciaran no me había llamado desde que había comido con nosotros el martes. Y yo tampoco había llamado para comprobar que había llegado a casa sano y salvo. Pero había pensado en él. Sin parar, en realidad.

Comprobé que Daisy estaba bien y llegué a la puerta antes de que Ciaran llamara a la puerta y despertara a Dave.

–Hola –dijo, subiendo despacio al porche.
–Hola.
–Pasaba por aquí y se me ha ocurrido venir a recoger mis ochenta y dos peniques. Solo para que no pienses que derrocho mi dinero –vi una sombra de sonrisa en sus labios.
–¿Qué tal tus ampollas? –pregunté.

–Mejor –sonrió–. Bueno, las últimas dos veces que te he visitado, no me has invitado a entrar.

–La última vez entraste. Y comiste con mi familia –dije, sorprendida todavía.

–Ah, pero no fuiste tú quien me invitó –ladeó la cabeza y su sonrisa se difuminó al verme tan callada–. Holly, no quiero irme, pero si me pides que me vaya, lo haré.

Yo odiaba aquello. Odiaba que siempre me pusiera en un aprieto. Odiaba lo que me hacía sentir cuando apretaba los labios formando una línea dura y una mirada reservada se apoderaba de sus ojos.

No quería que se marchara.

Me aparté de la puerta y lo dejé entrar. Me miró cerrar la puerta. Luego se acercó y me agarró de la mano. Sentí una descarga eléctrica.

–Holly, necesito que sepas que lo de Clara fue hace una eternidad. Nuestro encuentro no tuvo nada que ver con lo que te dio a entender Penny –si estaba mintiendo, no se lo noté en la voz.

Sacudí la cabeza.

–No era asunto mío, Ciaran. Me puse en ridículo –contesté, consciente de que debía desprenderme de sus dedos, de que no debía gustarme tanto su contacto.

–No, nada de eso –susurró–. Quiero que sea asunto tuyo, Holly. Quiero que te importe con quién esté. Porque a mí me importa con quién estás tú, y no quiero que hagas esto con nadie más –deslizó la otra mano por mi espalda y los sentimientos que habían estallado de repente en la pastelería comenzaron a agitarse otra vez.

«No dejes que te bese». Sabía lo que pasaría si me besaba. Sabía dónde acabaría aquello, sabía que mi cuerpo se acordaba ya del suyo y dominaría mi cerebro, y de todos modos no estaba nada convencida de poder resistirme.

Ciaran se inclinó hacia mi boca.

–No me beses, Ciaran, por favor –temblé.

–Pero quiero besarte, Holly –susurró.

Sentí el sabor de su aliento.

–No he querido otra cosa desde la primera vez que te vi –se inclinó para poner a prueba mi determinación, y el sonido amortiguado de un gas saliendo con un estampido de las entrañas de una personita aniquiló aquel instante–. ¿Qué ha sido eso? –murmuró junto a mi boca.

–Daisy.

Se quedó donde estaba mientras yo me escabullía. Daisy estaba más animada y, como yo era una cobarde, la tomé en brazos y la empuñé como un escudo de castidad. Ciaran me siguió.

Daisy se había hecho caca.

–¡Ay, Daisy! –gemí al ver la mancha que rezumaba de su trajecito blanco–. Voy a limpiarnos –dije al pasar junto a Ciaran–. Ponte cómodo. Ya sabes dónde está todo –me reí. A fin de cuentas, eran sus empleados quienes lo habían puesto allí–. Buena maniobra de distracción, pequeña –susurré besando la cabecita de Daisy.

Abajo, Ciaran se había quitado la chaqueta y estaba sentado hojeando el libro que yo había dejado en el sofá.

–¿Una bruja aficionada al *heavy metal* que sale con vampiros y licántropos? –preguntó, meneando el libro–. Qué... bonito.

–Es menos absurdo que muchas novelas románticas –dije yo al sentarme con mi escudo humano firmemente agarrado en brazos.

–Entonces ¿Daisy va a hacernos de carabina toda la noche? –preguntó, y acarició su suave plumón de pelo oscuro–. Es que quería invitarte a salir, y no quiero que esta señorita se ponga celosa –susurró.

–¿Todavía quieres invitarme a salir?

–Bueno, bueno, que esto va a gustarte. Es un acontecimiento por partida doble, en realidad. Acabamos de conseguir un contrato muy importante, así que es la oportunidad para celebrar todo el trabajo de este último año. Pero sobre todo es una fiesta anual para recaudar fondos que celebra la empresa en honor de mi madre. Invitamos a un montón de gente rica, y recaudamos tanto dinero como podemos para las obras de beneficencia preferidas de mi madre. Siempre es una fiesta bonita, pero hay que ir de etiqueta, así que si vas a ponerte las botas de agua, con las que estás guapísima, dicho sea de paso, será mejor que tengas un vestido de noche largo para taparlas.

–Suena muy bien, Ciaran. ¿Cuándo es? –pregunté, repasando de memoria vestidos que no tenía.

–Dentro de una semana. Me gustaría de verdad que me acompañaras, Holly.

El resto de la tarde, se comportó como un perfecto caballero. Rob y Martha echaban tanto de menos a Daisy que volvieron antes de lo previsto. Podrían haber tomado café con nosotros, pero, por algún motivo, Martha estaba deseando dejarnos solos.

Ciaran tenía que conducir, así que no bebimos nada que no se hiciera en la tetera, y otra vez estuvimos hablando hasta las tantas de la noche.

–Tu padre debe de estar muy contento porque hayáis comprado esos terrenos, ¿no? Lo he visto en las noticias –dije, mirándolo desde el otro lado del sofá.

–Sí, yo también lo he visto –se rio–. A veces la prensa cuenta algo que es bueno para su imagen, para variar. Aunque rara vez para la mía.

–Debe de ser agradable verlo así.

–Me gusta ver que otra vez se siente cómodo en la sala de reuniones. En sus peores momentos, era preferible que no se acercara a ellas. Y menos aún si eran en nuestras oficinas. Las comidas de trabajo se convirtieron en responsabilidad mía. Él se quedaba encerrado en casa con Mary siempre que podía, o se iba al campo de golf. Durante un tiempo el golf fue lo único de lo que todavía disfrutaba. Hasta que conoció a Elsa, la madre de Ludlow, en el club de campo.

–No parecen muy compatibles. Fergal es muy divertido, y ella parecía bastante...

—¿Bruja? Sí, puede serlo, pero no está tan mal. Fergal no se casó con ella porque fuera simpática. Le preocupaba yo. Mi comportamiento. Incluso cuando estaba siempre medio borracho, no me perdía de vista. Pensaba que me estaba descontrolando. Que necesitaba una madre. Así que, cuando llevaba siete años bebiendo demasiado y después de haber estado a punto de perder el imperio que había construido con mi madre a su lado, sintió que mi... admiración por las damas, digamos, tenía algo que ver con el hecho de que mis necesidades emocionales estuvieran insatisfechas —estiró las piernas sobre la mesa baja.

—¿Llegó él solo a esa conclusión? Parece más propia de un psicólogo.

—No estoy seguro. En todo caso, Fergal sentía que la había cagado. Así que decidió tomar cartas en el asunto, y ni corto ni perezoso se puso a buscar una figura maternal.

—¿Y ayudó que se casara con Elsa? ¿Os sirvió a alguno de los dos? —pregunté, acurrucándome contra el respaldo del sofá.

Ciaran tomó mis pies y comenzó a acariciarlos.

—Otra vez tienes los pies fríos —dijo mientras los frotaba—. Elsa hizo maravillas metiéndolo en vereda. Le puso en forma a latigazos. Hasta perdió unos cuantos kilos. Todavía le gusta empinar un poco el codo, como has visto, pero no tanto como antes, ni mucho menos.

—Entonces ¿le hizo bien? —pregunté mientras disfrutaba de la sensación que notaba en los dedos gordos de los pies.

—Yo veía que en ciertos aspectos le hacía mucho bien. Fergal, en cambio, no le veía nada de bueno —se rio—. No tardó en olvidar por qué se había casado con ella, para que nos llevara por el camino recto, y empezó a portarse mal —se encogió de hombros.

—Que es donde entra en escena la encantadora Penny, imagino. Supongo que cada uno busca calor donde puede —aunque no imaginaba cómo el hielo hecho persona podía mantener caliente a nadie.

—En treinta años que estuvieron juntos, Fergal nunca engañó a mi madre. Pero en el caso de Elsa no había amor, nada que se pareciera a lo que había tenido con mi madre. Se volvió más solitario que nunca, y comenzó a buscar compañía en brazos de mujeres que le decían lo que quería oír.

—¿Y qué era? –pregunté.

—Que no es un viejo con el corazón herido sin posibilidad de curar.

Pensé en Fergal y me pregunté cuántas personas habría en el mundo destrozadas por el amor.

—Los zapatos eran para Penny, ¿verdad? Los que modelamos para la tarta.

Ciaran retiró la manta del respaldo del sofá y me la echó sobre los pies.

—Fergal no es tonto. Podría haberle comprado esos zapatos a Penny en cualquier parte, pero eligió la boutique preferida de Elsa. Quería que lo pillara.

—Pero... ¿Penny? Quiero decir que es espectacular, ya lo sé, y que cualquier hombre querría llevarla del brazo, pero...

—Pero ¿ella también es una bruja?

—¿No? He visto cómo te mira, Ciaran. No puede querer a tu padre.

—Fergal lo sabe –sonrió.

—¿Y se conforma con eso?

—¿Tú qué crees? La suya es una relación beneficiosa para ambos. Él sabe que a ella solo le interesa el dinero, y que solo está con él porque es el presidente de una gran empresa y goza de una posición privilegiada... Le compra chucherías y vestidos bonitos, y a cambio ella hace que se sienta importante. Ya sabes cómo funciona. Ocurre en familias de todo el globo.

—Pero ¿qué pasa con querer a alguien por cómo es, no por lo que se puede obtener de esa persona?

—Fergal nunca querrá a nadie como quiso a mi madre. No está abierto a eso. Y como jefe de Argyll Incorporated, sabe que todas las mujeres a las que conoce ven su valor en dinero antes de ver cualquier otra cosa –respondió.

–Pues es una verdadera pena. Podría encontrar a alguien en algún sitio. Y Penny... Ella también debería buscar a alguien a quien querer. A lo mejor así se alegraba un poco. ¿Hasta qué punto puede hacerte feliz una joya, a fin de cuentas?

–No todo el mundo piensa como tú, Holly.

Estuvimos hablando toda la noche, como adolescentes que tuvieran todo el tiempo del mundo. Ciaran nunca había visto el amanecer, así que, pasadas las siete, agarramos las mantas del sofá y fuimos a ver romper el alba sobre el agua del embalse. En esos momentos, antes de que se marchara y me dejara otra vez sola para pasarme el día pensando en él, Ciaran Argyll me besó por fin. Fue un beso largo, tierno y verdadero, y sentí como si el sol mismo me llegara adentro.

Capítulo 33

El cine. Hacía años que no pisaba un cine. Desde aquella vez que nos echaron de una sala porque Charlie se puso a roncar en medio de una película. Padecía el mal de la narcolepsia cinematográfica, y aunque a él no le importara perderse la película después de haber pagado un ojo de la cara por una entrada, al resto del público sí le importaba.

Esta semana, sin embargo, yo había compartido mi primer cubo de palomitas con Ciaran. Me había llevado al cine, y a ese restaurante mexicano de Hunterstone que a mí me hacía insalivar todas las noches cuando salía de trabajar, y al teatro, donde estuvo a punto de quedarse dormido en medio de la función, y a las carreras de galgos, nada menos, y también al Atlas, donde tuve que reconocer que la comida era increíble.

Había sido una semana maravillosa. Algo estaba pasando, pasando de verdad. Algo que yo tenía olvidado desde hacía mucho tiempo.

Cuando le pedí a Martha que me ayudara a encontrar algo que ponerme para el baile de beneficencia, rompió a llorar. Rob dijo que era por las hormonas, y ella le dio un puñetazo en el brazo.

Con hormonas o sin ellas, el vestido que había encontrado Martha era increíble. Si había un vestido capaz de aficionarme a la moda, era aquel. Los colores pasaban del gris metalizado oscuro al gris peltre, y me recordaban a los reflejos de la escarcha en los setos. El escote era, según Martha, de «corte imperio», y por debajo de él la organza del color de un cielo tormentoso caía hasta el suelo. Me encantaba aquel vestido. No solo tenía mangas de encaje tres cuartos, gracias a las cuales Martha dejó de insistir en que me pusiera crema autobronceadora, cosa que solo podía acabar en desastre, sino que era tan largo que podía prescindir de los tacones. En cuanto me vi en el espejo y me enamoré de cómo me quedaba el vestido, me descubrí deseando que a Ciaran le gustara tanto como a mí.

Por insistencia de Martha, y con menos resistencia de la habitual por mi parte, había pasado toda la tarde arreglándome en su salón de belleza favorito.

Toby había ido a recogerme mientras Ciaran daba la bienvenida a los invitados, y se rio cuando me vio levantarme las faldas y correr por entre la lluvia hasta el asiento del copiloto.

—¡Hola, Toby! —jadeé.

—¿Sabes?, se supone que tienes que darme tiempo para que te abra la puerta, Holly. La puerta de atrás, para que llegues como una dama.

—¿Quieres que vuelva a salir? ¿O que pase por encima del asiento? —me ofrecí.

—Solo abróchate el cinturón, o vas a meterme en un lío —sonrió—. Bonito vestido, por cierto.

El baile en recuerdo de Grace Argyll, al que Fergal llamaba cariñosamente «Échale huevos al cáncer», se celebraba en Hawkeswood. La carretera particular que llevaba al patio estaba llena de coches discretos e impecables, muy parecidos al que conducía Toby, que entraban y salían de la finca.

Yo no solía sudar, pero estaba tan nerviosa que notaba todo el cuerpo pegajoso. Todavía no había llegado, pero al ver tantos coches mi euforia empezó a refluir como una marea.

—Toby, ¿tienes desodorante? —pregunté mientras esperábamos en la cola.

—Tengo desodorante para hombres.

—No importa, Toby. Más vale prevenir que curar.

—Está en la guantera —dijo distraídamente, y saludó con la cabeza al coche que pasaba.

—Jo, Toby. ¡Esto huele a hombre que apesta!

—Sí, a Ciaran va a encantarle que huelas como un camionero. Siempre le he hecho tilín —bromeó—. Mira, si paro aquí, en la puerta, solo tienes que esperar a que...

Yo ya había abierto la puerta.

—¡Holly! —gritó cuando salí del coche y me enderecé el vestido.

—¿Sí? —pregunté, agachando la cabeza para verlo mejor.

—Que te diviertas —sonrió.

Sollocé en broma e hice una mueca antes de sonreír.

—¡Eso pienso hacer!

En el vestíbulo, un camarero que sostenía una bandeja con copas de champán daba cortésmente la bienvenida a los invitados. Pasé del champán: ya había escarmentado.

—¿Conoce usted la mansión, señorita? —preguntó otro caballero.

—Esta noche no —le sonreí.

—Los invitados están en estos momentos disfrutando de los canapés que hemos servido en el salón, señora.

Genial. El salón sí sabía dónde estaba.

—¿No sabrá por casualidad dónde está el señor Argyll? —pregunté en mi tono más refinado.

—¡Aquí estoy, preciosa! —bramó por encima de mí una voz con acento escocés—. Dios mío, muchacha, estás guapísima cuando te sacas un poco de brillo.

Últimamente había visto tanto a Fergal que ya no me

ponía nerviosa su falda escocesa, a pesar de mi primer encuentro con él.

Me saludó con un beso cariñoso en la mejilla, arañándome ligeramente con sus patillas bien recortadas.

–Hola, Fergie. Estás muy guapo esta noche.

Me tendió el brazo y me condujo entre los demás invitados, agarrando una copa de champán por el camino.

–Me alegro de que hayas venido, muchacha. El chico estará encantado de verte.

–Gracias, Fergal. Yo también me alegraré de verlo.

Cruzó el vestíbulo con porte regio, sonriendo sin cesar hasta que nos detuvimos a escasa distancia del salón.

–Mi hijo es un buen chico, Holly. La gente no se da cuenta, y debería. Me alegro de que te haya encontrado, muchacha.

Yo no sabía muy bien qué pensar de su expresión, pero tuve que hacer un esfuerzo para no quedarme embelesada mirando aquellos ojos marrones, que ardían con tanta pasión como los de su hijo. A veces no bastaban las palabras y solo servía un beso. Me puse de puntillas y le di un beso justo donde la barba le brotaba bajo la piel envejecida por años de vida dura.

–¿Vamos? –preguntó. Y nos metimos en la refriega.

Yo sabía que Penny estaba en alguna parte, pavoneándose y marcando su territorio. Pero no me importó. El salón se abría a la sala siguiente y, en medio de aquel esplendor y de doscientos invitados ataviados con exquisitos vestidos de noche y trajes de gala, una sola persona no podía llamar mucho la atención. Había que ser un miembro de la familia real para destacar en medio de aquella multitud. Ser un miembro de la familia real o llevar la única otra falda escocesa del salón.

Entre el amontonamiento de pantalones y faldas, vislumbré el mejor par de piernas que había visto en toda la noche. La piel morena de Ciaran contrastaba con el gris oscuro del cuello de su camisa, y con el chaleco y la chaqueta a juego, en tono grafito. Su tartán era muy sutil: predominaba un azul profundo y apagado, por encima de un tono grafito casi indiscernible. Estaba hablando animadamente con dos señoras mayores, adornadas con tantas joyas que habrían bastado para comprar una casa de tamaño corriente. Se llevó la mano de una a los labios, y luego la de su amiga. Qué encantador era... A mí ya me estaba encantado desde allí...

–Eso lo ha sacado de mí –me susurró Fergal al oído, y me dejó con Ciaran, que avanzaba hacia mí.

Lo vi caminar con paso firme hasta el lugar donde lo esperaba.

–Madre mía –dijo, poniéndome la mano en la cintura y rozando con el pulgar el cinturón del vestido. Iba a darle otro beso a Martha cuando volviera a casa.

–Me gusta tu faltriquera –sonreí.

–A mí me gustas toda tú –contestó, y se inclinó para besarme en la mejilla–. Estás preciosa, Holly.

A mí me bastó con aquello para toda la noche. Ya podía verterme comida encima, tropezarme y caer, lo que fuera. La mirada de Ciaran era lo que más había deseado de aquella noche, y ya la tenía. Para guardármela como un tesoro para siempre.

Ciaran me presentó a muchas de las invitadas, todas ellas encantadoras, y cuando llegó el momento de pronunciar su discurso, me dejó con Mary, que también estaba encantada de verme en traje de noche. Se sentó conmigo a la mesa, donde, según las tarjetas con los nombres, íbamos a sentarnos cada una a un lado de Ciaran cuando se reuniera con nosotras.

–¿Fergal también va a sentarse en esta mesa? –pregunté, intentando refrenarme para no agarrar todas las tarjetitas que no veía desde mi sitio.

–No, querida. Fergal va a estar en la mesa de honor, con

los representantes de las organizaciones benéficas. Se toma muy en serio el baile de Grace –susurró.

–¿Ciaran no debería estar también allí? –pregunté–. Sé lo importante que es esta noche también para él.

Mary me dedicó una sonrisa maternal. Maternal, no la de mi madre.

–Sí, pero me ha dicho que en esta mesa había también otra cosa muy importante y que quería sentarse aquí. ¿Sabes, Holly?, no debería meterme en esto, pero no lo había visto así desde...

–¿Clara? –la interrumpí, no pude evitarlo.

–Sí. Desde lo de Clara. ¿La has conocido ya?

De pronto me sentí como si me hubiera zambullido en un cubo de agua.

–¿Clara está aquí? ¿Ahora mismo? –miré los grupos de gente que había a nuestro alrededor.

–No te preocupes, querida. Eso ya pasó. Pero era importante que los Sawyer estuvieran aquí esta noche. Oí que Fergal se lo decía a su hijo. Y James Sawyer es un cerdo, pero le tenía mucho cariño a Grace, por lo bien que se portó con Clara cuando estaba cortejando a Ciaran. Seguro que esta noche va a ser muy generoso con la causa, y a fin de cuentas para eso estamos todos aquí. E imagino que también le interesa la publicidad gratuita que va a darle la fiesta –añadió en voz baja.

–No sabía que los Argyll estuvieran colaborando con los Sawyer. Pensaba que eran rivales.

–Y lo son. Esa herida no curará nunca. Pero se está cociendo algo, eso está claro. Últimamente ha habido un montón de llamadas entre las dos oficinas, algunas muy acaloradas. Sea lo que sea, lo llevan muy en secreto. Mira, ese de ahí es James Sawyer, el de la tercera mesa desde el podio, junto a ese señor con las medallas en la chaqueta.

James Sawyer era tan chabacano como el letrero de su empresa. En efecto, parecía un cerdo: saltaba a la vista que llevaba mucho tiempo disfrutando de una vida regalada.

Llevaba el pelo teñido de negro y peinado sobre la reluciente cabeza rosa, que echaba hacia atrás cada vez que soltaba una estruendosa carcajada para asegurarse de que todos nos enterábamos de que estaba en la sala.

A su lado, como una flor en el desierto comparada con él, una joven morena con el pelo largo y perfectamente liso y un vestido amarillo claro sin tirantes, se reía también.

–Clara tiene suerte de haber heredado solo el pelo negro de su padre –comentó Mary en voz baja–. Y su dinero, claro. Aunque no lo necesita. Está casada con un hombre muy rico.

–Lo tiene todo, entonces –dije quedamente, intentando no sentir admiración por su porte. Sentí que mis sencillos zapatos planos se escondían debajo del vestido. Debería haberme puesto tacones. «Lo alto es elegante», decía siempre Martha.

–Se rumorea que no le van tan bien las cosas. Y aunque hace tiempo le tuve mucho cariño, como todos, no consigo que me dé pena.

La sinceridad de Mary me sorprendió. Tal vez fuera porque esa noche había cambiado de papel, pero confié en que se debiera a que se sentía a gusto hablando conmigo.

–¿Clara... pasaba mucho tiempo aquí? Cuando os caía bien a todos, quiero decir –pregunté furtivamente.

–Sí. Fueron pareja mucho tiempo. Apoyó mucho a Ciaran durante la enfermedad de Grace. En aquella época, antes de que las cosas se agriaran, Sawyer era uno de los socios de Fergal. Las dos familias se hicieron buenas amigas cuando Clara y Ciaran iban juntos al instituto. En todos los sentidos, Clara fue la primera verdadera novia de Ciaran.

–Entonces ¿se conocen desde pequeños? –pregunté. Seguía moviendo los pies.

–Sí, aunque no creo que Ciaran te hable de ello. No le gusta hablar de sus sentimientos, a ese chico. Me preocupa –añadió, pensativa–. Grace era una mujer maravillosa. Nos hicimos buenas amigas. La echo muchísimo de menos.

Ciaran es como un sobrino para mí, más que otra cosa. Lo he visto pasar de los pañales a los coches deportivos, y durante estos años he visto cómo iba cambiando. Todo el mundo murmuraba que había empezado a descarrilarse cuando murió su madre, pero no fue entonces. Lo estaba haciendo tan bien, un chico de diecisiete años cuidando de su padre... Yo estaba muy orgullosa de su comportamiento. Y entonces Clara lo abandonó –sus ojos se empañaron.

Yo sentí el impulso de reconfortarle, pero en ese momento se interpuso entre nosotras una bandeja de champán.

–¿Champán, señoras?

Tomé dos copas para librarme del camarero antes de que cambiara la conversación.

–Ay, no, no debería –Mary sonrió.

–Yo tampoco, pero voy a hacer un pacto contigo, Mary. Yo cuento tus copas si tú cuentas las mías –le sonreí, y volvió a animarse.

–Eres tan distinta a chicas como Clara y a esa horrible Penny, Holly...

–No lo creas. Puede que esconda toda clase de planes perversos debajo de este vestido.

–Eres distinta. Lo noto. Y también lo nota Ciaran. Llevo mucho tiempo esperando para verlo así. Ha perdido esa amargura suya. Clara lo dejó muy confuso, destrozó su opinión sobre el amor y el afecto. Le hizo bien al principio, pero siempre me preocupó que Ciaran buscara demasiado en ella el cariño de su madre, que tanto echaba en falta. Pero su relación iba bien, y parecía que al final acabarían sentando la cabeza juntos.

–¿Cuánto tiempo fueron pareja, Mary?

–Veamos. Empezaron a tontear más o menos cuando Ciaran cumplió dieciséis años, y se prometieron unos dos o tres años después, antes de que Clara se fuera a la universidad. Luego, después de que Ciaran la esperara fielmente, yendo a verla los fines de semana y esperando a que volviera en vacaciones, ella acabó por fin sus estudios y un día vino a casa y le rompió el corazón.

Yo me había sentido atascada en la universidad, donde había languidecido durante tres años, loca de amor por Charlie, hasta que por fin pudimos irnos a vivir juntos. Sabía que no era el terreno más fértil para que floreciera una relación, pero quienes lo superaban, se hacían más fuertes.

–¿Ella conoció a otro en la universidad? –pregunté.

–Sí, conoció a otro. Pero no en la universidad, la muy pillina. Dejó tirado a Ciaran por un chico al que conocían los dos del colegio. Ciaran la había esperado todo ese tiempo para empezar su vida juntos como es debido, y se había mantenido ocupado ganándose un sueldo en las obras de su padre mientras ella estaba fuera. Quería abrirse camino desde abajo, desde todo aquel lío de cemento y escombros, pero Fergal no estaba bien en aquella época. La empresa no iba como debía. Cuando Clara volvió, sus ideas no encajaban con las de Ciaran. Y mientras Ciaran hablaba de planes de futuro, ella le daba información confidencial a su padre sobre los problemas financieros de Fergal. Sobre sus debilidades.

Volví a mirar a Clara, tan elegante y escultural. Era casi tan bella como Ciaran. Debían de hacer muy buena pareja.

–Quizás estuviera intentando ayudarles. Conseguir que su padre ayudara a Fergal, tal vez.

–James Sawyer se aprovechó de información que no debía tener para sacar tajada económica delante de las narices de Fergal. Para su hija, Argyll Incorporated era un barco que se hundía y del que prefirió saltar, en vez de hundirse con él más adelante. Ciaran le gustaba, de eso no me cabe duda, pero no lo suficiente para aceptar una vida de inestabilidad económica. Y menos aún cuando su futuro marido era un pretendiente económicamente mucho más prometedor, y que a su padre le gustaba más que Ciaran.

–Eso es terrible –balbucí–. ¿Cómo pudo hacer algo así? Ciaran debió de sentirse tan...

—Te diré lo que le hizo sentir esa chica. Le hizo sentir que no valía la pena.

Me dieron ganas de ir a buscar a Ciaran. No para decirle nada, solo para... abrazarlo. Un minuto, nada más, y luego dejarlo seguir su camino.

—¿Y qué hizo Ciaran entonces? Cuando ella rompió el compromiso —pregunté mientras empezaba a buscarlo entre el gentío.

—Querrás decir qué no hizo. Ciaran era un joven atormentado, Holly. Creo que Clara había conseguido que la pena que sentía por la muerte de su madre se mantuviera en un nivel más o menos manejable. Pero, cuando rompió con él, todo se vino abajo. Estaba tan perdido, tan inalcanzable... Su madre no lo había abandonado a propósito, claro, pero Clara sí. Fueran cuales fuesen los pros y los contras, el amor le había costado muy caro en ambos casos. Después de aquello, pareció incapaz de sentir cariño de ninguna clase.

Ese no era el Ciaran que yo conocía, el que había visto amanecer en el embalse, el que me había ayudado a plantar un manzano en el jardín esa semana. Pero ahora sabía de dónde procedían sus sombras, las que a veces se apoderaban de su semblante cuando creía que nadie lo miraba.

—¿Y ahora, Mary? ¿Crees que ahora sería capaz de amar? —pregunté, pendiente de cada una de sus palabras.

Me dio unas palmaditas en la mano sobre la mesa.

—Espero que sí, Holly. Pero necesita que la chica adecuada le enseñe a amar. Esa chica le convenció de que su valía se medía únicamente por su éxito financiero, una idea que se estrellaba contra todo lo que le había enseñado Grace. Claro que ya no tiene la influencia de su madre, ¿no?

—No, supongo que no —sabía que no debía preguntar. Mary ya me había dicho cosas que Ciaran había preferido no contarme, pero, al saber que había tantas cosas que yo ignoraba, no pude refrenarme—. Mary, he visto cosas sobre Ciaran en la prensa. Dice que rara vez escriben algo bueno sobre él. ¿Es cierto?

–¡Totalmente! –su voz sonó musical cuando se echó a reír–. Pero la culpa la tiene sobre todo él. Lleva siete años sin tener novia, y en todo ese tiempo sus relaciones con mujeres han sido puramente sexuales. ¡Me sorprende que no se le haya caído a cachos!

La sinceridad de Mary parecía aumentar a medida que aumentaba su consumo de alcohol. Me sentí como si la estuviera emborrachando para mis propios fines.

–Ahora tiene una visión muy distorsionada de las mujeres, a lo cual contribuye el hecho de que sea increíblemente rico y atractivo, naturalmente. Desde hace mucho tiempo, un sinfín de mujeres se han arrojado a los pies de su cama, así que no es raro que haya llegado a la conclusión de que están obsesionadas con las cosas materiales. Se cansó pronto de las hordas de chicas que lo seguían a todas partes, y empezó a perseguir a mujeres cada vez más inalcanzables, para deleite de la prensa.

–¿Y tuvo suerte? ¿Con esas mujeres inalcanzables? –pregunté, y enseguida me arrepentí de haberlo preguntado.

–Casi todas tenían un precio, Holly. Eso es algo que vas a ver mucho en el entorno de Ciaran y de su padre. Gente que tiene precio. Hace tanto tiempo que no conoce a una chica con suficiente sustancia para defender sus propios ideales, que creo que seguramente pensó que eras de otro planeta.

–Qué triste para él –contesté, y lo vi al fondo del salón hablando con Toby, que estaba comiendo de una bandeja de canapés.

–Ciaran es un buen chico, Holly. Es una pena que no sea el hombre que quiere ser. La verdad es que quiere volver a ser el hijo de su madre.

Capítulo 34

Las palabras de Mary me habían tranquilizado y al mismo tiempo me habían inquietado. Me habían tranquilizado porque Clara podía ponerse lo que quisiera, pero seguía siendo una cazafortunas, y me habían inquietado porque me entristecía lo mal que había sido tratado Ciaran.

Había dejado a Mary después de verla beberse un vaso de zumo de naranja recién hecho para que se le bajaran las burbujas, y me había ido en busca de Ciaran. Lo encontré en el césped, delante del invernadero, haciendo compañía a Toby mientras el chófer se fumaba un cigarrillo. Penny también estaba con ellos.

–Hola. Ahora mismo iba a ir a buscarte –dijo al volverse para mirarme cuando salí a la escalinata.

–Entonces te he ahorrado un viaje –contesté, sin que importaran los demás–. ¿Podemos hablar un momento? –pregunté.

–Claro. Nos vemos después de los discursos, Toby.

Toby asintió y dio otra calada a su cigarrillo.

–Hol, ¿qué tal van tus sobacos? –preguntó levantando la voz.

–¡De momento bien! –sonreí.

Los días en que me sentía torpe estando con Penny habían acabado. Por mí podía fruncir el ceño todo lo que quisiera.

—Bueno, ¿adónde vamos? ¿Ocurre algo? —preguntó Ciaran mientras me seguía por el jardín.

Seguí caminando por la hierba, más allá del lugar donde las luces de la fiesta sucumbían a la oscuridad de la finca, hasta que nos detuvimos debajo del emparrado. Si Ciaran hubiera llevado una camisa blanca, tal vez habría delatado nuestra posición, pero no había luz suficiente para iluminar la palidez de mis brazos, ni ninguna otra piel a la vista.

—¿Qué pasa, Holly? —preguntó.

Apenas lo veía en la oscuridad. Tomé sus manos y las puse sobre mis caderas. Dejé que las mías se deslizaran bajo la tela de su chaleco y el forro de raso de su chaqueta y me acerqué a él todo lo que pude. No podía decirlo. Aún no. Pero podía sentirlo allí, en mis labios, esperando a ser pronunciado. Me puse de puntillas y dejé que sintiera las palabras allí suspendidas, listas para salir al mundo cuando llegara el momento. Aquel beso era mi modo de prometerle que nunca lo utilizaría, ni me importaría dónde se compraba la ropa, ni lo dejaría por uno más rico. ¿Y qué me prometía él a mí? No hacía falta que me prometiera nada.

Cuando por fin nos separamos para respirar, vi asomar su sonrisa de soslayo.

—Ha sido muy... agradable —se rio suavemente.

—¿Tenemos que volver a entrar? —pregunté, confiando en que me diera otro beso.

—Ah, me temo que sí. Fergal va a dar pronto su discurso. Y no querrás perdértelo. Seguro que ofende a alguien —dijo con sorna.

—¿Y luego? —pregunté mordiéndome el labio—. ¿Por qué no nos escabullimos? Puedes enseñarme lo que hay debajo de esa falda —mi descaro nos sorprendió a ambos. Desde nuestro encuentro en el obrador de la pastelería no habíamos compartido más que un beso aquí y allá, pero yo me moría de ganas de sentir otra vez sus manos, sin sorpresas ni incertidumbres. La incertidumbre había desaparecido.

Sabía lo que sentía por él y esperaba de todo corazón que él sintiera lo mismo por mí.

–¿Intenta usted corromperme, señora Jefferson? –preguntó, y me pilló desprevenida–. Holly, quería decir. Perdona. Debería haber dicho Holly.

–No, Ciaran. No pasa nada, en serio –no quería que se sintiera mal. Después de todo lo que me había contado Mary, no quería que volviera a sentirse mal nunca más–. Entonces ¿nos escapamos? Podrías quedarte a dormir en mi casa si quieres.

Volvió a atraerme hacia sí.

–¿Por qué no te quedas aquí, conmigo? Todavía no te he enseñado mi colección de arte.

–Vamos... Tú no coleccionas arte –me reí por lo bajo.

Me agarró por debajo de las piernas y me levantó en vilo.

–Siempre tienes los pies fríos o mojados. Permítame, señora –dijo, y me llevó en brazos por el césped.

Antes de que llegáramos al invernadero le di otro beso para recordarle lo mucho que deseaba que pasáramos la noche juntos. Me dejó lentamente en el suelo.

–Me alegro de que me hayas invitado esta noche, Ciaran –dije, saboreando cada segundo con él antes de tenerlo que compartirlo de nuevo con el resto de los invitados.

–Y yo me alegro de llevar la faltriquera, o puede que alguien se fijara en lo que se remueve debajo de la falda –sonrió.

Yo seguía riéndome a carcajadas cuando volvimos a entrar en la casa y regresamos discretamente a nuestros asientos mientras empezaba a servirse la cena. Por encima de las cabezas de los invitados y los camareros, Clara Sawyer miró a Ciaran con interés cuando me apartó la silla para que me sentara.

La comida era aún mejor que la del Atlas, y fue muy aleccionador oír hablar del increíble trabajo de beneficencia al que tanta gente dedicaba sus esfuerzos y su dinero. La subasta alcanzó precios inimaginables y reunió más de treinta mil libras, que, junto con el resto del dinero recaudado esa noche, se repartirían entre tres organizaciones bautizadas en honor de Grace: una de ayuda a familias afectadas por el cáncer, otra de ayuda a niños enfermos y otra dedicada a la investigación médica.

Todo el mundo estaba de buen humor cuando llegó el momento del discurso de Fergal.

Ciaran se inclinó hacia mí.

—Cada año, después de dar las gracias a todo el mundo, Fergal nomina al miembro de la junta directiva que más ha hecho a lo largo del año para impedir que lo detengan —sonrió—. Es una broma, su forma de dar las gracias y de pedir disculpas, todo en uno, sin ponerse sentimental.

—Parece un trabajo muy arduo —sonreí—. ¿Qué consigue el nominado a cambio de sus esfuerzos?

—Nada, solo su agradecimiento. Lo que tiene mucho peso para ellos.

Toda la sala escuchó atentamente las palabras del anfitrión.

—Bien —dijo finalmente con aplomo, mirándose las uñas antes de volver a agarrar el respaldo de su silla—. Como saben, todos los años le corresponde a una persona levantar la mano y reconocer públicamente que, gracias a ella, gozo de libertad y tengo la posibilidad de llevar este estilo de vida nada convencional a pesar de mi cuestionable integridad y de mis pocos escrúpulos, gracias a su lealtad inquebrantable y a su firmeza no solo como colega, sino como amigo.

Miré a James Sawyer, que lo escuchaba impertérrito, y me estremecí al pensar en que pronto convertiría el bosque de abetos en dinero.

—Estos últimos años he designado para este reconocimiento público a un todo un caballero y a dos señoras de armas tomar, y me alegra ver que están todos presentes esta noche.

Se oyeron risas cordiales entre el público. Ciaran se inclinó hacia mí y susurró:

—Te apuesto ochenta y dos peniques y un beso a que este año se lo lleva Bertie Randall.

Le mandé callar y seguí escuchando.

—Pero me temo que no he sido sincero con ustedes y ha llegado la hora de aclarar las cosas.

Ciaran se removió inquieto en su silla, a mi lado.

—El cáncer es una enfermedad perversa. Se mete en el corazón de una familia y causa un daño que no puede curar ni la medicina, ni un milagro. Yo no pude ayudar a mi amada Grace en su batalla, y he huido como un cobarde de la mía. Pues bien, ya no.

Ciaran se levantó de su silla a mi lado y miró a su padre a través del salón. Clara, su padre, Mary, Penny... Todas las caras que conocía tenían la misma expresión divertida.

Fergal clavó los ojos en su hijo.

—Siéntate, chico. Deja acabar a tu padre, ¿eh?

Ciaran miró a su alrededor, azorado. Luego, un señor se levantó al otro lado de la sala y miró hacia nuestra mesa. Detrás de él, otro hizo lo mismo.

—Deja hablar a tu padre, Ciaran —dijo el primero con calma. Él no volvió a sentarse.

—Bertie tiene razón, muchacho. Déjale hablar —añadió el segundo.

Detrás de nosotros, mucho más cerca, se oyó la voz de una mujer.

—Deja que hable, Ciaran.

Mary se inclinó hacia él.

—Ciaran, si la junta no está preocupada, no te pongas nervioso —susurró—. Siéntate.

Ciaran ocupó lentamente su asiento. Estaba muy serio.

—Señoras y señores —continuó Fergal—, mi hijo, que, a pesar de mis esfuerzos, no ha salido mal del todo...

Miré a Ciaran, noté la tensión que irradiaba de él, pero tenía la mirada fija en su padre, como si Fergal hablara solo para él.

—... cumplió treinta años hace unas semanas. ¿Se lo

pueden creer? Ya sé que no parezco tan viejo –Fergal se rio suavemente para sí mismo y un instante después volvió a ponerse serio–. Durante estos últimos siete años, Ciaran, mi hijo, ha demostrado la lealtad y la tenacidad de un hombre el doble de mayor. Como saben, cuando Ciaran ingresó en esa especie de campamento de instrucción para albañiles al que le sometí, la empresa no atravesaba su mejor momento.

Al igual que a su padre, aquel recuerdo no pareció turbar a Clara lo más mínimo.

–Lo que no saben, lo que no sabe nadie fuera de mi fiel junta directiva, es que desde que tenía veintitrés años, Ciaran se ha consagrado a poner orden en el caos que yo había creado y a salvar lo que habíamos construido. Ciaran, con ayuda de la junta directiva, evitó el hundimiento de Argyll Incorporated y tomó las riendas cuando yo ni siquiera tenía fuerzas para levantarme de la cama.

A nuestro alrededor comenzaron a oírse susurros.

–No fui yo, sino mi hijo, quien levantó de nuevo la empresa.

Los susurros se convirtieron en murmullos.

–Ha recibido muchas críticas, y ha tenido mucho que demostrar. Si hubiera sido como el resto de nosotros, no habría hecho prometer silencio a la junta directiva para no humillarme ante mis iguales. Habría disfrutado de los halagos que merecía, en lugar de permitir que el resto del mundo lo viera como una especie de mocoso consentido que vivía a costa de su padre.

Ciaran crispó las manos sobre la mesa.

–Pero mi hijo no es solo mi hijo. También es el hijo de Gracie... y la influencia de su madre todavía resuena dentro de él.

Habían dejado de oírse susurros y murmullos, pero Clara, al menos, parecía más incómoda.

–Ciaran, eres fiel de corazón. Has vuelto a levantar Argyll. Hijo, has vuelto a levantarme a mí. Va siendo hora de que ocupes el lugar que te corresponde, frente al timón, no en las sombras para que yo pueda salvar la cara, sino dirigiendo el negocio familiar. El negocio que fundé yo y que tú vas a seguir llevando adelante.

Mary se enjugó los ojos con una servilleta. Ciaran se había quedado muy quieto a mi lado.

–Hijo, no hay premio lo bastante grande para recompensar lo que has hecho por mí. Así que voy a darte lo que te has ganado. Voy a darte la compañía.

Mary comenzó a sollozar y detrás de mí se oyó sorber por la nariz a otra señora.

–Les invito ahora a ponerse en pie y a levantar sus copas para brindar por el nuevo consejero delegado de Argyll Incorporated, mi hijo, ¡Ciaran Argyll!

Yo vi de pasada a Penny, que había puesto un mohín furioso. Luego la gente comenzó a levantarse y la perdí de vista. La sala prorrumpió en un fuerte aplauso a nuestro alrededor y Ciaran, estupefacto, avanzó entre apretones de manos y palmadas en la espalda, intentando llegar hasta su padre. Yo apretaba tan fuerte los puños que me dolían las manos, y poniéndome de puntillas vi a Fergal abrazar a su hijo.

–¡Que empiece la maldita música, por todos los diablos! –bramó por encima del gentío.

Capítulo 35

Pasado un rato, Ciaran regresó a nuestra mesa, donde Mary y yo lo abrazamos hasta que tuvo que pedirnos que lo soltáramos.

—Imagino que esto significa que no vamos a escaparnos, ¿verdad? —le susurré al oído.

—¿Ves a todas estas mujeres? —preguntó él, acercando su cabeza a la mía. En la sala había gran cantidad de mujeres mayores—. Ahora todas quieren bailar conmigo.

—Apuesto a que sí, señor consejero delegado.

—En cuanto acabe de bailar con ellas, nos escapamos, ¿de acuerdo? Te lo prometo.

Me sentía tan orgullosa de estar con él que después de aquello no me importó que se alejara.

Todo el mundo quería hablar con él y felicitarlo, como si fuera un recién casado. Para no estorbarle, lo dejé a su aire y pasé la mayor parte del tiempo girando por la pista de baile con Fergal. Aquel hombre rebosaba energía. Seguirle era una ardua tarea. Ni siquiera con zapatos planos conseguí que no me dolieran los pies. Cuando por fin dijo que iba a recuperar el aliento, decidí sentarme en el pasillo antes de que volviera y quedarme allí escondida.

Apoyé un pie en el suelo mientras me frotaba el otro, y el frescor de las baldosas me sentó de maravilla.

—Bien, ¿dónde está el rey de la fiesta? —me espetó Penny, meneando un cigarrillo apagado entre los dedos.
—No lo sé, divirtiéndose por ahí, espero —contesté, ignorando su mirada de rabia. El negro no le sentaba muy bien. La hacía parecer más tiránica de lo normal.
—No me cabe duda. ¿Sabes?, apuesto a que sé dónde está —sonrió y casi cruzó los brazos—. Si es que te interesa.
No iba a morder el anzuelo.
—No me sorprende que te interese a ti, Penny. Apostaste por el caballo equivocado.
Se mordió el labio y sonrió.
—He montado esos dos caballos, Holly, y ninguno de los dos es el acertado.
—Ahórratelo, Penny. No me interesa nada de lo que digas, así que sal a fumarte tu cigarrillo.
Toby entró desde el patio.
—Buenas noches, señoras. ¿Alguien ha visto a Ciaran? Quiero saber si puedo marcharme o no.
—Eres patética —me dijo Penny con desdén—. Pruebas un bocadito de la buena vida y te crees que lo has conseguido.
—¿Que lo he conseguido? ¿Qué crees que intento conseguir, Penny? No deberías juzgar a todo el mundo conforme a tu criterio.
—No lo hago —sonrió desdeñosamente—. Uso el mismo criterio que Clara, y no tienes nada que hacer.
Penny quizá no dijera nada que pudiera interesarme, pero siempre sabía dar donde más dolía.
—Vale, Penny, ya está bien —dijo Toby.
—No te metas donde no te llaman, taxista —siseó—. ¿Tienes permiso para entrar en la casa? Tu sitio no está aquí.
Yo me levanté.
—Penny, eres una imbécil...
—Y el tuyo tampoco. Ciaran te habría dejado tirada mucho antes si no te hubieras hecho la pobrecita viuda —era asombroso que algunas personas supieran exactamente qué decir para que se te revolvieran las tripas en el acto—. Y

ahora que Clara sabe lo que vale Ciaran, no tardarán mucho tiempo en estar otra vez locamente enamorados. Por cierto, ¿dónde vi desaparecer a Clara hace unos veinte minutos? Ah, sí, por esas escaleras –siseó, señalando con una de sus uñas pintadas de negro el descansillo que había por encima de nosotros–. ¿No has dicho que no sabías dónde estaba Ciaran? –añadió–. Pobrecita Holly, otra vez sola.

Pasó junto a Toby dándole un empujón y salió por la puerta hecha una furia.

–No le hagas caso, Holly. Está loca de celos. Lleva siglos intentando cazar a Ciaran. Pero a él no le interesa.

Toby me dejó sola con mis pensamientos.

Hacía por lo menos media hora que no veía a Ciaran. «No piques, Holly. No muerdas el anzuelo». Miré el descansillo a través de la escalera.

No iba a picar. Simplemente iba a subir al cuarto de baño. A fin de cuentas, me habían invitado a quedarme a pasar la noche. No estaba fisgoneando. Simplemente, no iba a usar el mismo piso que usaban el resto de los invitados.

Bueno, sí, en realidad no necesitaba ir al baño, pero, una vez arriba, el cuarto de baño que yo sabía que había al fondo del pasillo parecía un buen lugar para intentar calmarme. Cerré la puerta y me fui derecha al tocador para decirme a mí misma que estaba siendo una idiota. Una idiota desconfiada y desagradecida que no podía hacer oídos sordos.

Miré mi reflejo en el espejo sutilmente deslustrado. Seguía estando bastante guapa. Estaba un poco despeinada, seguramente por el ímpetu de Fergal, pero mi maquillaje seguía estando intacto.

Clara, en cambio, había tenido el pelo perfecto toda la noche, colgándole impecable sobre su vestido de color amarillo, hasta que había desaparecido hacía cosa de media hora.

«No eches leña al fuego, Hol. A ti te gusta Ciaran. Te gusta de verdad. Vuelve a la fiesta».

Sí, eso haría. Justo después de haberme acicalado un poco.

La fiesta empezaba a tocar a su fin, y muy pronto tendría a Ciaran para mí sola y podría quitarle la falda. Seguía sonriéndole al espejo cuando oí el primer gemido a través de la pared. Me quedé paralizada cuando estaba a punto de abrir el grifo.

Otro gemido frenético y luego un golpe sordo, y otro, y otro.

Yo sabía que no era Penny.

Los gruñidos y jadeos propios del sexo se fueron haciendo cada vez más claros con cada gritito que emitía ella. Él, en cambio, era muy silencioso.

Salí sin hacer ruido del cuarto de baño y seguí la pared de la izquierda, hasta la habitación donde aquella pareja estaba practicando el sexo. Las pocas lámparas que había en las mesas mantenían la primera planta casi en penumbra, pero vi que la puerta estaba entreabierta.

Fuera de aquellas habitaciones olía a flores. Mary debía de haber puesto ramos frescos en todas para la fiesta, por si acaso algún invitado se quedaba a pasar la noche. Avancé sigilosamente a lo largo de la pared y me tropecé con un suave montón de tela. Al principio pensé que era una manta amarilla, pero las mantas no eran de seda y gasa, ni llevaban cremallera para que su dueño pudiera quitárselas fácilmente. Noté que el corazón empezaba a latirme con violencia en la boca.

—¡Sí, sí! —gimió ella.

Contuve la respiración.

—¡Ah, sí! ¡Eso es! ¡Así!

Miré hacia abajo por si volvía a tropezarme con algo, pero al ver la falda escocesa y la chaqueta de Ciaran en el suelo mis pies se negaron a seguir adelante.

—¡Ah! ¡Qué... bien! ¡Sí! ¡Más fuerte! ¡Más fuerte!

Me sentí mareada. El cuerpo de ella, que golpeaba la pared, parecía imitar el latido de la vena que palpitaba en mi cuello. Iba a desmayarme.

–¿Holly? ¿Buscas a Ciaran?

Giré la cabeza y vi a Mary al fondo del pasillo.

Oí un revuelo precipitado en la habitación, detrás de mí, y la puerta que estaba entreabierta se cerró de golpe. La sonrisa de Mary se había borrado cuando me volví. Ella también había visto la ropa de Ciaran y la de Clara esparcida por el suelo.

–Ay, Dios –murmuró, poniéndose pálida.

Sentí que se me saltaban las lágrimas. «¡No llores, no llores!».

El pasillo pareció haberse alargado cuando pasé corriendo junto a Mary, de camino a la escalera. Bajé los escalones de dos en dos y abrí la pesada puerta de madera.

Fuera había empezado a llover. Penny seguía fumando en el vestíbulo. Pasé corriendo a su lado.

–Adiós, Holly.

Crucé el patio hacia la verja.

–¡Holly! –gritó Toby–. ¿Adónde vas?

Seguí corriendo. Necesitaba salir de allí enseguida.

–¿Holly?

Casi había acabado de cruzar el patio cuando Toby llegó con el coche marcha atrás y se cruzó en mi camino. Bajó la ventanilla.

–Holly, ¿qué pasa? ¿Adónde vas?

–A casa –me estremecí.

–¿A casa?

Empecé a rodear el coche y Toby se bajó de un salto.

–Espera, ¿qué ha pasado?

Empecé a hipar, intentando contener el estallido de llanto inminente.

–Está bien, Holly, está bien. ¿Quieres que te lleve a casa? –preguntó.

–Sí, por favor –logré decir mientras empezaban a caer las primeras lágrimas.

–¿Holly? –gritó Ciaran desde los escalones, a los que Penny se había acercado para ver mejor, arriesgándose a mojarse con la lluvia. Cirian había conseguido ponerse otra vez la falda, pero no le había dado tiempo a ponerse la chaqueta y el chaleco.

Me metí en la parte de atrás del coche de Toby y procuré calmarme mientras él avanzaba un poco para dar la vuelta.

Ciaran apareció corriendo delante de nosotros y Toby se detuvo.

–¡Holly! –me gritó Ciaran por la ventanilla abierta de Toby–. ¿Adónde vas?

–¡Vete, Ciaran! ¡Déjame en paz!

–¿Qué? ¡Holly!

–¡Arranca, Toby! –dije.

–Holly, ¿es que te has vuelto loca?

–¡Toby, si no arrancas, me voy andando, maldita sea! –aunque no sonaba muy convincente, hipando entre palabra y palabra.

–Mira, tío, deja que la lleve a casa y luego la llamas, ¿vale? Voy a llevarla –dijo Toby, arrancando.

–¡Holly! –gritó Ciaran.

–¡Sigue, Toby!

–¡Eso hago, eso hago, maldita sea!

Encendió los limpiaparabrisas y su ruido rítmico enmascaró mis sollozos entrecortados.

«Idiota. Eres una idiota».

Llevábamos casi diez minutos circulando en silencio cuando Toby dijo:

–Espero que estés dispuesta a hacer las paces, porque esos faros de ahí atrás parecen los de un Aston Martin.

Ciaran estaba detrás, en la cuesta, y se acercaba rápidamente.

–Ignórale, Toby. En cuanto entremos en el bosque, se aburrirá –dije.

–Entonces es que no conoces muy bien a Ciaran –masculló.

–¿No está borracho? No debería ir conduciendo –repliqué.

–Ciaran nunca bebé más de una copa. ¿No te habías fijado?

No, no me había fijado.

Cuando entramos en el bosque, todo se volvió negro bajo el dosel de los pinos. Negro y húmedo.

Ignoré a Ciaran, que seguía detrás de nosotros, un poco alejado.

–Ahora esperará a que te deje en tu casa para no distraerme mientras conduzco –dijo Toby.

Encendió las luces largas para iluminar la entrada a las oficinas de la comisión forestal. El monitor de velocidad brilló. Íbamos a sesenta, el límite de velocidad en aquel tramo. Yo quería que Toby fuera más deprisa, pero no se lo pedí.

–¿Has visto eso? –preguntó, pasando de las luces largas a las cortas y viceversa.

–¿El qué?

Miré por entre el movimiento de los limpiaparabrisas a tiempo de ver a una cierva en medio de la carretera, paralizada por los faros.

–¡Mierda! –Toby pisó el freno y el coche derrapó hacia la derecha. La cierva echó a correr hacia los árboles. Nos detuvimos a tiempo de ver la silueta de tres o cuatro ciervos más que salían saltando del talud y cruzaban la carretera detrás de nosotros, iluminados por el resplandor de los faros de Ciaran.

Oímos el chirrido de otras ruedas y, a luz de los faros de su coche, vi estallar su parabrisas y romperse en mil pedazos brillantes que se esparcieron por la carretera.

Lo último que oí fue un grito.

Capítulo 36

«Sigan las flechas rojas», decían.
No las verdes, el color de los recién nacidos. Ni las blancas, el color de los muertos.
Rojo. Como el rojo que brillaba en el techo del coche de Ciaran mientras el ciervo agonizaba allá arriba.
«Sigan las flechas rojas», dijeron cuando por fin vinieron a decirnos que tenía una conmoción cerebral severa, pero que había tenido mucha, mucha suerte.
Mary ya había entrado a verlo con Fergal. Toby había conseguido hablar con ella mientras estaba echándole la bronca a Fergal tras pillarlo tirándose a Clara en una de las habitaciones. Mientras Ciaran dormía, su padre le contó que había encontrado a Clara merodeando por las habitaciones, seguramente buscando a otra persona, y que se lo había tomado como una invitación directa a dar de nuevo las gracias a James Sawyer por asistir a la fiesta. Para demostrarle que no les guardaba rencor.
Fergal era un sinvergüenza, pero no conseguí ponerle mala cara sabiendo que había matado dos pájaros, o a dos arpías, de un tiro. Además, estaba pálida como un fantasma. ¿Y qué tenía yo que reprocharle, a fin de cuentas? Era una advenediza. No tenía derecho a decir nada.
Pero no podía marcharme.
Llevaba allí toda la noche, mirando a Ciaran, esperando

a que al menos gruñera, o se despertara, o me dijera que me fuera. Pero solo se oían los ruidos de los monitores, marcando las horas con sus pitidos. Cuando había estado en el hospital con Charlie, no había oído ninguno de aquellos ruidos.

Entonces no se oía nada.

Rodeé la cama para mirar otra vez su cara. El airbag había absorbido la mayor parte del impacto frontal, pero el ciervo había caído contra el techo justo encima de la cabeza de Ciaran. Solo tenía una brecha de unos cinco centímetros de largo entre el pelo. Había sangrado tanto que yo había pensado que estaba muerto. Los cristales por todas partes, la sangre... Todo, otra vez.

Toby decía que me había dado un ataque de ansiedad y que uno de los paramédicos me había puesto oxígeno en la cuneta.

Toda esa sangre por un solo corte. Se lo habían cosido, pero tendría un buen dolor de cabeza cuando por fin se despertara.

Seguí con el dedo la línea de su ceja, donde el último corte que se había hecho por mi culpa todavía brillaba, un poco rosa.

—Lo siento —murmuré. Pero tan inadecuado... Lo había echado todo a perder. Ciaran se despertaría, y todo habría acabado.

Deslicé los dedos alrededor de los suyos.

—Pero primero tienes que despertarte, Ciaran —dije con una vocecilla—. Despierta y dime que me vaya, que vuelva a mi vida con Dave, donde nunca hay risas, ni peleas, ni diversión. Donde el loco de tu padre no me arañe con su barba, y Mary no me reconforte con su bondad. Y tú... donde no se me llene el estómago de mariposas al verte, y donde no sienta que podría caer hasta el fondo de tus ojos. Dime que vuelva a todo eso, Ciaran —susurré—. Y lo haré. Lo haré porque sé la suerte maravillosa que tuve al encontrarte, y que no puedo esperar también poder quedarme contigo. Despierta, Ciaran. Despierta y dime que vuelva a mi vida de antes... cuando no te quería.

El cielo nocturno empezaba a clarear a través de las persianas. Pronto sería de día. Me marcharía antes de que llegaran las visitas, seguramente por última vez. Me quité las bailarinas y me acurruqué en el sillón, al lado de la cama de Ciaran, para dormir un par de horas antes de que amaneciera.

Cuando desperté otra vez, se oía más ruido fuera, en la planta. Tardé unos segundos en darme cuenta de dónde estaba. Volví la cabeza para mirar a Ciaran y me encontré con aquellos hermosos ojos castaños. Lo miré unos segundos, sin saber si estaba bien. Luego sus ojos empezaron a sonreírme.

–¿Tienes los pies fríos? –preguntó, mirando mis zapatos abandonados en el suelo.
–Eso nunca.

Capítulo 37

Ciaran y yo no nos hemos ido a vivir juntos. Todavía no, al menos. Aunque la tienda ha despegado de veras gracias a la nueva novia de Jesse, Nat, Ciaran parece pasar más tiempo que yo en la casa de campo. Le gusta mirar el sol sobre el embalse. Le tranquiliza, en medio del caos de sus compromisos de trabajo, que se han disparado estos últimos meses, desde que empezó el macroproyecto de urbanización.

Argyll Incorporated consiguió que la Fundación Lux le adjudicara los terrenos tras proponer Ciaran la construcción de un centro puntero de investigación contra el cáncer como parte del proyecto urbanístico, en honor de Grace, naturalmente. Los costes de su construcción correrían a cargo de la empresa. El patronato de la fundación acogió muy favorablemente la propuesta, como es lógico, y desde ese momento fue casi imposible que James Sawyer pudiera presentar una contraoferta más ventajosa para la fundación. Él mismo reconocía que no se dedicaba a ganar dinero para desprenderse de él otra vez.

Ciaran todavía está decidiendo qué va a hacer con la peque finca que le ha vendido el patronato. Dice que no es muy grande, pero que aun así puede ganarse dinero, estando tan cerca de las futuras vías del tren. Se rumorea que James Sawyer intenta ganarle la partida de nuevo, pero

Ciaran se anda con mucho cuidado para no descubrir sus cartas.

Cuando no está fastidiando a los Sawyer, se dedica a correr detrás de Fergal, que, a pesar de algún que otro desliz, por fin parece estar calmándose. Ahora que no está en las oficinas, fingiendo trabajar, pasa más tiempo con Mary. Ella se las arregla para mantenerlo sobrio y además, seamos claros, nada de lo que haga puede sorprenderla. Entre los dos Argyll, Mary ha visto de todo.

Ciaran también ha trabado una nueva amistad. La señora Hedley y él parecen beneficiarse de su mutua compañía. Creo que Cora está un poco enamorada de él, pero mientras no se vaya a comer con ella demasiado a menudo, yo les dejo que disfruten en paz de su idilio. La señora Hedley le prepara huevos pasados por agua con patatas, y Ciaran le trae tulipanes, y, como suele suceder con las relaciones menos convencionales, la suya funciona.

Ella le ha sugerido que haga un columpio en el jardín para Daisy. Ciaran piensa colgarlo del manzano que plantamos para Charlie, aunque yo creo que Daisy ya tendrá edad de salir con chicos cuando el árbol haya crecido lo suficiente. Rob dice, sin embargo, que Daisy no saldrá con chicos hasta que tenga cuarenta años, por lo menos, así que ya veremos.

Vamos a medir a Daisy cuando volvamos a casa. Ciaran nos ha sacado a todos a rastras a dar un paseo por el bosque. Conduzco yo, claro, teniendo en cuenta que, de los dos, soy la única que no se ha estrellado contra un animal del tamaño de un ropero.

Ciaran también se empeñó en que al menos uno de los dos tuviera un deportivo en el que exhibirse, y no cabíamos todos dentro. El deportivo es suyo, claro. Yo tengo un monovolumen corriente, uno nuevecito y muy cómodo de conducir. Aunque ya le he dicho que se acabaron los gastos injustificados: se los he prohibido. Echo de menos mi furgonetita burdeos, pero ahora tiene su propia plaza de aparcamiento y vive frente a la tienda. Es un anuncio bonito y llama la atención, como dijo Charlie.

Nada, sin embargo, llama tanto la atención como nuestra troupe, que intenta organizarse en el aparcamiento del centro de visitantes.

–Martha, ¿llevamos la silla de paseo o la del coche? –gritó Rob mientras Martha se acercaba a la máquina de los tiques.

–¡La del coche, Rob! Para que Dave no vuelva a babearle el traje.

–Nada de babearle la ropa a Daisy, Dave –Ciaran se rio, sujetando a Dave por la correa. Fue fácil robarle un beso, aprovechando que Dave casi no le dejaba moverse.

–¡Sabes a huevos con patatas! –me reí, metiéndome bajo su brazo.

–¿Qué puedo decir? Mi otra chica me trata como a un rey.

–¡Fergal! ¡Te has sentado en el capó de un coche y no es nuestro! ¡Levántate! –le regañó Mary, tirándole de la solapa de la chaqueta.

–No tendrás frío, ¿verdad, Fergie? –pregunté–. Hace una mañana de abril preciosa.

Fergal miró a Mary con el ceño fruncido.

–Sí, pero la crueldad de Mary me está dando escalofríos. Es una mujer muy fría –dijo, antes de estrecharla entre sus brazos con cariño.

–Bueno –dijo Ciaran al cerrar el coche–, ¿estamos todos listos? ¿Quién tiene la tarta?

–¡Yo! –gritó Rob mientras metía la caja blanca en la cesta de debajo del cochecito.

Preparar tu propia tarta de cumpleaños es un poco raro, así que Ciaran le había pedido a Jesse que la hiciera él. Yo ya le había echado un vistazo: era una tarta sencilla, con una estrella en la parte de arriba, con mi nombre y el número veintiocho, así que no me llevaría un gran disgusto si Dave la probaba antes que nosotros. Pero seguía sin estar muy segura de adónde nos dirigíamos: nos estábamos alejando de las mesas de picnic. Hacía un día cálido, pero no lo suficiente para tumbarse en el suelo del bosque, ni siquiera para comer una tarta de chocolate. Pero Ciaran estaba empeñado en que fuéramos a dar un paseo por mi cumpleaños todos juntos, como una familia.

Hacía casi seis meses que no íbamos por allí. La última vez me había llevado un disgusto al ver todos aquellos carteles afirmando que el bosque era suyo. No me apetecía verlos otra vez, y menos aún ver las cosas horrendas que, según decía Ciaran, habría construido Sawyer allí. Estaba intentando no pensar en ello, pero cuando doblamos la curva no había otro sitio donde mirar, más que aquellos horribles carteles verdes.

–¿Por qué no seguimos un rato por el hayedo? –pregunté, esperanzada.

–Porque allí no hay donde comerse la tarta –contestó Ciaran, haciendo que nos paráramos todos–. Y porque quiero darte una cosa y es demasiado grande para llevarla hasta allí –concluyó con una sonrisa.

–Vamos, chico, acaba de una vez. ¡Quiero probar esa tarta! –bufó Fergal.

–Sí, gracias, papá. Así me gusta, que me apoyes.

–¿Acabar con qué? –le pregunté, viendo que estaba nervioso. Miré a Martha, que estaba detrás de mí.

–A mí no me preguntes. A nosotros no ha querido decirnos nada. Eres muy reservado, Ciaran –le regañó.

–Ya. ¿Podéis poneros todos aquí, junto a los helechos, menos Holly, por favor? –hicieron todos lo que les pedía, como solía ocurrir. Luego, Ciaran se volvió hacia mí–. Holly... te he traído aquí hoy, con nuestra familia, para pedirte una cosa...

Noté que se me agrandaban los ojos.

«¡No puedo creerlo! Todavía no. ¡Es demasiado pronto! No imaginaba que fuera a hacer esto, aquí. Claro que ¿por qué no aquí? Aquí sería perfecto, en cierto modo... pero no debajo del cartel de «vendido» del bosque de acebos, eso desde luego, y...».

—¡No! —dijo Ciaran bruscamente—. Estoy viendo girar los engranajes de tu cabeza, Holly. ¡No es eso! Todavía no, por lo menos.

Respiré hondo, aliviada, y solté el aire lentamente. «Todavía no, por lo menos» me sonaba perfecto.

—Lo que quería preguntarte es si te gustaría venir a Hollywood conmigo? Sé que hablamos de ello una vez, y que dijiste que no te impresionaría mucho. Que ni siquiera estabas segura de que existiera, ¿recuerdas? ¿Que Holly tendría que venir a ti?

Fergal levantó las cejas al oír aquello.

—Tengo que decir en mi defensa que estaba borracha cuando dije eso. Pero ¿Hollywood? Hala, Ciaran, menudo regalo.

—¿Y bien? ¿Vienes, entonces?

—Eh... ¿cuándo? —pregunté, asombrada.

—Ahora —dijo sonriéndome—. Ahora mismo.

—¿Ahora mismo? ¿Quieres decir ya, ya? No puedo, Ciaran... Tengo trabajo, y Dave y yo...

Siguió sonriéndome.

—Holly, quiero que cierres los ojos.

«¿Qué está tramando?». Seguro que iba a aparecer un helicóptero, o algo igual de estrafalario, para llevarnos al aeropuerto. Hice lo que me pedía y cerré los ojos con fuerza.

—¡Retiradlo, chicos! —gritó, y oí que detrás de la valla una máquina se ponía en marcha. Una cosa alta y ruidosa comenzó a pitar por encima de nuestras cabezas. Luego se oyó un estrépito de madera sobre metal y un ruido como si arrastraran algo por el suelo. Un minuto o así más tarde, se apagó el motor de la máquina.

Martha susurró para sí:

—Ay, Holly.

—Vale, Holly, antes de que abras los ojos, quiero que sepas que técnicamente esto es un regalo de cumpleaños, y no un gasto injustificado –con los ojos todavía cerrados, Ciaran me dio un beso suave en los labios y me susurró–: Sé cuánto significaba esto para ti, Holly. Ahora ya puedes estar tranquila. Feliz cumpleaños, amor mío. Abre los ojos.

Delante de mí, donde antes había estado el cartel, había un pequeño paraíso cobijado entre los acebos, que seguían allí, intactos. Un largo edificio parecido a una cabaña con una zona de juegos y varios invernaderos, un puente de cuerda, un hoyo para hacer hogueras, un tótem y mesas y bancos de madera rústica. Era increíble. Parecía un hotel de vacaciones, pero en el bosque. Limpio, natural y perfecto.

–En las aulas caben cuarenta niños si llueve. Hay otra cabaña entre los árboles. Y también servicios y una cocina, allí.

Yo no podía creer lo que estaba viendo.

–Pero... pero ¿cómo? ¿Cómo ha pasado esto? –pregunté, entrando aturdida en el bosque transformado.

–Sawyer quería parte de los terrenos de la fundación. Y yo quería esto. El día después de que ganáramos el concurso, los llevé a Clara y a él a comer al Atlas. Sabía que era preferible hacer una propuesta a Sawyer antes de que tuviera tiempo de pensárselo bien.

Yo seguía aturdida.

–No sé qué decir, Ciaran. Es increíble lo que has hecho aquí.

–Yo he hecho lo fácil, Holly. Charlie se encargó de toda la negociación. Esto no podría haber salido adelante sin su proyecto.

–Gracias, Ciaran. Muchísimas gracias –dije mientras intentaba contener la inundación que notaba crecer dentro de mi pecho.

–No te preocupes. Ya me lo agradecerás luego –dijo maliciosamente–. Bueno, ¿qué te parece ese cartel de ahí?

Levanté la vista hacia los árboles y miré la gran estrella que parecía suspendida en el aire. La reconocí enseguida.

—Me encanta, Ciaran. Es perfecto. Todo es perfecto.
Y lo era.
—¡Vamos a comer tarta! —gritó Fergal mientras pasaba por la puerta con Daisy en brazos.
Mary besó a Ciaran y siguió a Fergal, Rob pasó empujando el cochecito en una mano e intentando apartar a Dave de la tarta con la otra, y Martha pasó a nuestro lado y me apretó el brazo al pasar.
—¿Vienes? —preguntó Ciaran—. Fergie no va a guardarte tarta porque sea tu cumpleaños —sonrió.
—Ahora voy. Solo quiero mirar el cartel un momento —dije, haciéndole señas de que entrara.
Lo vi ir a reunirse con los otros en la cabaña y volví a leer el cartel para mis adentros.

Escuela Bosque Holly-Wood. Donde el futuro crece.

ÚLTIMOS TÍTULOS PUBLICADOS EN HQN

No reclames al amor de Carla Crespo

Secretos prohibidos de Kasey Michaels

Noche de luciérnagas de Sherryl Woods

Viaje al pasado de Megan Hart

Placeres robados de Brenda Novak

El escándalo perfecto de Delilah Marvelle

Dos almas gemelas de Susan Mallery

Ángel sin alas de Gena Showalter

El señor del castillo de Margaret Moore

Siete razones para no enamorarse de J. de la Rosa

Cuando florecen las azaleas de Sherryl Woods

Hombres de honor de Suzanne Brockmann

Dulces palabras de amor de Susan Mallery

Juego de engaños de Nicola Cornick

Cuando llegue el verano de Brenda Novak

Inmisericorde de Arlette Geneve

www.ingramcontent.com/pod-product-compliance
Lightning Source LLC
LaVergne TN
LVHW030339070526
838199LV00067B/6353